POCI

OSER

DU MÊME AUTEUR
CHEZ ODILE JACOB

Affirmez-vous ! Pour mieux vivre avec les autres, 2000, 2002.
Toujours mieux ! Psychologie du perfectionnisme, 2006.

Dr Frédéric FANGET

OSER

Thérapie
de la confiance en soi

Odile
Jacob

poches

© ODILE JACOB, 2002, AVRIL 2006
15, RUE SOUFFLOT, 75005 PARIS

www.odilejacob.fr

ISBN 978-2-7381-1727-4
ISSN : 1621-0654

Introduction

« Depuis longtemps, je manque de confiance en moi. Je me trouve beaucoup de défauts : jalouse, pas intelligente, mauvaise mère. Je n'aime pas mon caractère, je ne me sens pas aimée… J'ai toujours peur que les autres ne m'aiment pas. »

Voici la lettre qu'Anna m'avait envoyée avant de venir me consulter. Lorsque je la reçois à mon cabinet, elle me précise : « Au fond, je sais que je ne suis pas nulle, mais j'ai besoin que quelqu'un me le dise… Je n'existe que par rapport aux autres… Si on me trouve bête, je me trouve bête… » Je lui pose alors la question suivante : « Vous trouvez-vous des qualités ? » Anna, embarrassée et peu habituée à voir les choses sous cet angle, me répond : « Oui, je crois que j'écoute beaucoup les autres. D'après ce que l'on me dit, je donnerais de bons conseils. »

Célia : « Je n'ai pas confiance en moi. Je suis timide, je dépends des autres, j'ai peur qu'ils me jugent négativement, je doute de mes capacités, je n'ose pas entreprendre de nouvelles activités ni assumer des responsabilités. J'ai peur de l'inconnu. Souvent, j'ai des pensées angoissantes. Je me fais des "films" très longtemps à l'avance. »

Denise : « Au début, j'ai consulté un sexologue parce que j'avais des difficultés lors des rapports sexuels. Il a éliminé toutes les causes physiques et m'a conseillé de rencontrer un psychiatre. D'après lui, j'ai un manque de confiance en moi important. Effectivement, je me dis en permanence que je suis nulle et que je ne vais pas y arriver… En fait, j'ai l'impression d'être moins bien que les autres dans tous les domaines : personnel, social, professionnel. Ce qui me surprend surtout, c'est que mon entourage me croie très forte. Ils sont convaincus que je n'ai aucun problème : ils viennent se confier à moi, me demander un avis. Le masque paraît solide ! »

Écoutons maintenant Sabine : « J'ai toujours eu une boule dans le ventre… Je pense à un événement très longtemps à l'avance. J'ai toujours peur de ne pas y arriver. J'ai un gros manque de confiance en moi… En cas de conflit, j'agresse immédiatement, surtout si je me sens remise en cause. Et, en plus, je ne résous pas la difficulté. Je prends les choses pour moi. J'ai toujours peur que les autres me prennent pour une idiote ».

Jacques : « Dire que j'ai toujours tout donné pour ma boîte. À 59 ans, mon patron vient de m'annoncer que je ne pourrai pas continuer le projet que j'avais initié. Cela fait quinze ans que je l'ai mis en place. J'ai tout misé dessus et voilà toute la reconnaissance que l'entreprise a pour moi. Ils vont mettre un jeune à ma place ! J'ai travaillé 70 heures par semaine pour eux, je n'avais pas d'amis, je n'ai pas vu grandir mes enfants et voilà toute la récompense que l'on me donne… » Jacques se met à pleurer et ajoute : « Et puis, que vais-je faire maintenant ? Je ne sais rien faire d'autre. J'ai tout investi dans mon travail. Les loisirs et les plaisirs mérités ? Je n'en ai aucun. Depuis des années je n'ai pas contacté mes amis… » Jacques est en arrêt maladie depuis trois mois. Le ressort est cassé, il manque de confiance en soi pour redémarrer.

En tant que médecin psychiatre, j'ai constaté que le manque de confiance en soi est un problème central chez la majorité des personnes qui entreprennent une thérapie. De nombreuses souffrances affectives ou professionnelles sont dues à ce déficit de confiance en soi : peur de mal faire, peur d'être jugé, peur d'aimer, peur d'être aimé.

La confiance en soi est beaucoup plus qu'un simple rouage de notre fonctionnement mental : elle est au cœur d'une pyramide qui repose, à la base, sur l'estime de soi, acquise dès notre plus jeune âge, et s'extériorise, au sommet, par l'affirmation de soi. C'est donc un élément fondamental de notre personnalité. Si elle vient à manquer, alors survient la souffrance.

Ce qu'on prenait autrefois pour un trait de caractère inné n'est pas une fatalité : il est possible de changer, il est possible d'avoir confiance en soi, même si l'on a l'impression que cela n'a jamais été le cas. J'ai écrit ce livre pour tous ceux qui doutent d'eux — dans leurs actions comme dans leurs relations aux autres —, pour les aider à se libérer de ce manque de confiance en soi tyrannique, pour leur permettre de sortir du cercle vicieux de l'échec. J'espère qu'avec ces pages ils apprendront à mieux s'aimer, j'espère qu'ils oseront agir, j'espère qu'ils oseront exister face aux autres. Souvent, ce qui manque, c'est finalement un peu de respect de soi-même, un peu de tolérance envers sa propre personne.

Pour écrire cet ouvrage, je me suis largement inspiré de la réalité que je côtoie, quotidiennement depuis vingt ans, en consultation : ce sont les personnes dont je m'occupe qui m'apportent toute la matière première. C'est pourquoi ce livre leur donne fréquemment la parole. Bien sûr, afin de préserver leur intimité, j'ai modifié les caractéristiques des individus et de leur histoire.

Outre ces témoignages, mon intention est de vous faire connaître les données scientifiques les plus récentes de la psychologie et des neurosciences. Cela de façon simple et didactique, afin que vous puissiez en tirer profit dans votre vie de tous les jours. Mon but est de vous proposer une vision rigoureuse de la question et des techniques scientifiquement validées.

Permettez-moi de vous présenter, pour finir ce préambule, l'architecture générale de ce livre à l'intérieur duquel vous pouvez naviguer selon vos besoins et votre histoire propres, sans forcément tout lire, de façon linéaire :

- la première partie décrit et explique les *mécanismes de la confiance en soi* : j'en conseille la lecture à chacun ;
- la deuxième partie présente les *sept « préjugés »*, c'est-à-dire les différents regards que nous portons sur nous-même, depuis notre enfance, et qui sont *responsables d'un manque de confiance en soi*. Par exemple : « Je ne suis pas capable de… » ou « J'ai besoin qu'on m'aime » ou encore « Je dois toujours faire mieux ». Insistez sur les préjugés dans lesquels vous vous reconnaissez. Cela vous permettra de comprendre d'où vient ce manque de confiance en vous ;
- la troisième partie vous propose une *thérapie de la confiance en soi* : trois clés vous sont proposées selon un ordre logique, mais vous pourrez, en fonction de vos difficultés, choisir les techniques qui vous semblent les plus appropriées. À mon avis, il est utile de les « tester » au moins une fois pour choisir les plus appropriées.

PREMIÈRE PARTIE

Les mécanismes de la confiance en soi

Le manque de confiance en soi empoisonne votre vie. Il vous fait souffrir, il vous inhibe dans vos actions et gâche vos relations avec les autres. Il retentit sur votre vie professionnelle, sur votre vie amoureuse et dans vos relations familiales.

Avant de vous changer vous-même, avant d'utiliser les outils thérapeutiques et de pouvoir en ressentir les bénéfices, il est indispensable que vous compreniez les mécanismes psychologiques de la confiance en soi.

Vous vous reconnaîtrez sûrement dans ces pages et vous prendrez conscience des conséquences néfastes de ce manque de confiance en vous dans tous les domaines de la vie quotidienne.

Comment le manque de confiance en vous vous gâche la vie

Les conséquences d'un manque de confiance en soi peuvent être très lourdes au quotidien. Vous ne faites pas ce que vous voulez ou ce que vous pourriez faire. Vous vous sentez frustré, insatisfait, exploité. Vous accumulez les échecs et vous vous le reprochez. Mais cela ne fait qu'augmenter votre manque de confiance en vous. L'image que vous avez de vous-même est négative, vos relations avec les autres difficiles. Mais rassurez-vous, tout cela procède d'un *mécanisme* : or tout mécanisme peut être inversé et tout cercle vicieux transformé en cercle vertueux.

Blocages, fuites et échecs

➤ *Vous n'osez pas agir*

« Il suffit de vouloir pour réussir ! », entend-t-on souvent. C'est vrai, si l'on a une bonne confiance en soi. Mais si vous manquez de confiance en vous, votre volonté n'est pas en jeu ; vous voulez agir mais *vous n'osez pas*. Le manque de confiance en vous vous bloque dans l'expression de vos désirs et de vos besoins. Il vous empêche d'obtenir ce que vous souhaitez. Ce n'est pas un manque de volonté, mais une difficulté voire une impossibilité à agir.

Quel est le mécanisme de ce « blocage » ?

La crainte de ne pas y arriver : en fait, vous anticipez l'échec, ce qui vous paralyse dans l'action.

Le cercle vicieux de l'échec

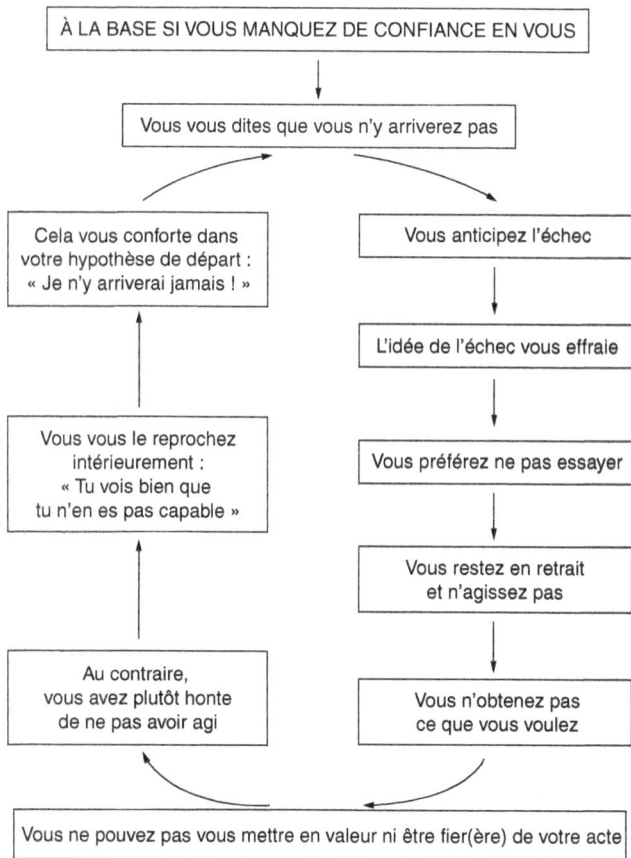

À LA BASE SI VOUS MANQUEZ DE CONFIANCE EN VOUS

↓

Vous vous dites que vous n'y arriverez pas

Cela vous conforte dans votre hypothèse de départ : « Je n'y arriverai jamais ! »

Vous anticipez l'échec

↓

L'idée de l'échec vous effraie

↓

Vous vous le reprochez intérieurement : « Tu vois bien que tu n'en es pas capable »

Vous préférez ne pas essayer

↓

Vous restez en retrait et n'agissez pas

↓

Au contraire, vous avez plutôt honte de ne pas avoir agi

Vous n'obtenez pas ce que vous voulez

Vous ne pouvez pas vous mettre en valeur ni être fier(ère) de votre acte

Imaginez que vous vouliez briser ce cercle vicieux à un endroit quelconque. Par exemple, vous décidez de relativiser l'échec en tentant un acte qui ne porte pas à conséquence. Et surtout, vous choisissez une action qui ait une grande chance de réussite. Pour ce faire, choisissez un domaine que vous maîtrisez, et entourez-vous de personnes bienveillantes (tous ces conseils seront développés dans la troisième partie du livre, notamment page 182 et suivantes). Alors, si vous entreprenez cette action, votre cercle vicieux va s'inverser comme le montre le tableau suivant « Le cercle vertueux de la réussite ».

La confiance en soi est donc un *processus*, une *mécanique* qu'il est possible d'inverser. Si vous manquez de confiance en vous il existe des solutions.

➤ *Vous avez tendance à fuir*

Vous évitez beaucoup de situations :
• Entrer le premier (la première) au restaurant ! Vous préférez laisser passer votre copain (copine) : « Vas-y, demande, toi, si on peut avoir une table près de la fenêtre ! » Et c'est votre amie Géraldine qui a droit au charmant sourire du serveur avec cette phrase : « Mais oui, mademoiselle, je m'occupe tout de suite de vous ! »
• Prendre la parole en public : « Dis donc, Bernard, tu ne veux pas présenter les résultats à ma place à la réunion ? Il y a des huiles aujourd'hui et cela m'impressionne. Toi qui es à l'aise, je pense que tu y arriveras mieux que moi ! » Et c'est Bernard qui profite des éloges de vos supérieurs à votre place : « Très bien, Bernard, je vous félicite pour cette présentation des résultats de votre équipe ! Bravo ! »
• Recevoir chez vous : « Impensable, ils vont voir à quel point je suis mauvaise cuisinière et que je n'ai aucune conversation ! »

Le cercle vertueux de la réussite

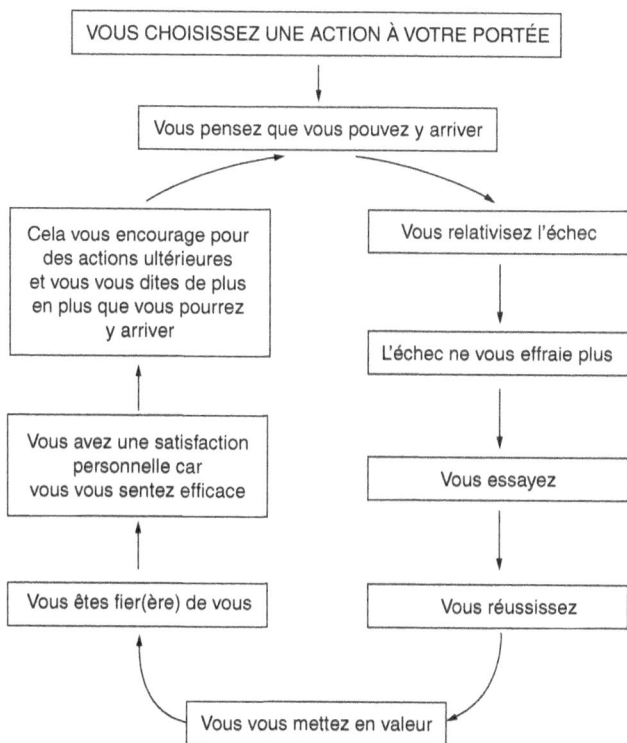

VOUS CHOISISSEZ UNE ACTION À VOTRE PORTÉE

Vous pensez que vous pouvez y arriver

Cela vous encourage pour des actions ultérieures et vous vous dites de plus en plus que vous pourrez y arriver

Vous relativisez l'échec

L'échec ne vous effraie plus

Vous avez une satisfaction personnelle car vous vous sentez efficace

Vous essayez

Vous êtes fier(ère) de vous

Vous réussissez

Vous vous mettez en valeur

• Inviter à dîner cette personne qui vous attire et qui fait l'objet de toutes vos conversations avec vos amis : « Penses-tu, elle va vite se rendre compte à qui elle a affaire ! Pourquoi veux-tu qu'elle s'intéresse à quelqu'un comme moi ! »

➤ *Vous accumulez les pertes*

Et ceci dans toute votre vie :
• Au travail, vous n'avez pas le poste que mériteriez car vous ne savez pas vous mettre en avant.
• Votre conjoint n'est pas digne de vous. Vous êtes la seule à ne pas vous en rendre compte. Pourtant toutes vos amies vous le disent. Mais vous vous dévalorisez et vous choisissez un compagnon qui vous maintient dans cette dévalorisation.
• Vos amis vous exploitent. Vous êtes toujours prêt à rendre service mais c'est toujours à sens unique. Lorsque vous avez besoin d'eux, ils ne sont plus là. Et vous n'osez pas exiger qu'ils vous rendent toute l'attention que vous leur portez.

➤ *Vous évitez, évitez et évitez encore…*

• Les nouvelles rencontres.
• De vous lancer dans de nouveaux projets.
• De créer.
• De profiter d'opportunités…

➤ *L'art du camouflage*

Telle une petite souris, vous parlez d'une voix à peine audible, vous vous blottissez au fond de la salle de réunion ou bien dans un coin du salon de réception lors d'une soirée, afin de vous faire le plus discret(e) possible. La tenue voyante ou élégante n'est pas pour vous : mieux vaut le jean et le pull ample ou des vêtements qui n'attirent aucun regard. Vous regardez souvent vos pieds. Vous parlez à voix basse, à peine audible. Vous vous disqualifiez tout le temps. Si quelqu'un vient vers vous pour entrer en contact, vous rougissez et vous prétendez devoir partir de toute urgence. Derrière cette attitude d'inhibition apparente, dans votre tête, c'est tout le contraire, vous pensez sans arrêt. Vous n'arrêtez pas de vous dire : « Pour qui va-t-on me prendre ? Comment vais-je réagir si l'on m'aborde ? Pourvu que personne ne le fasse ! » Avec vous, tout est à l'intérieur, à l'inverse des personnes apparemment sûres d'elles chez qui, parfois, tout n'est que dans l'emballage, vous êtes une pierre précieuse enfouie dans du papier journal. « Comme cela, personne ne viendra me déranger ! Je serai bien tranquille ! » Mais, de plus, vous ne savez pas que vous êtes une pierre précieuse. Au contraire, vous pensez que vous n'êtes qu'un morceau de verre. Vous ne savez pas mettre cette pierre précieuse en valeur et vous faites tout pour la cacher.

La technique du camouflage n'a pas de secret pour vous. Tout est fait dans vos comportements pour que personne ne vous voie ou ne vous remarque. Certains cherchent à tout prévoir ou du moins à éviter l'imprévu qui les terrorise. Ils se renseigneront pour savoir avec précision qui est invité à cette soirée. Ils détestent les voyages non préparés, les surprises, pensant qu'ils ne seront pas capables de faire face. Ils préparent longuement l'exposé oral qu'ils doivent faire afin d'éviter tous les pièges et les critiques.

Les émotions négatives

Lorsque l'on manque de confiance en soi, on peut ressentir cinq types d'émotions principales (pas nécessairement toutes en même temps) :

– La tristesse ou le découragement, le défaitisme, le sentiment d'infériorité. Au fond, vous pensez que vous n'êtes pas une personne intéressante, ni très capable de faire beaucoup de choses.

– La peur ou l'inquiétude, la crainte de ne pas réussir, l'imprévu vous paralysent, et vous empêchent d'agir. Agir représente pour vous un risque catastrophique. Alors, vous vous dites que vous ne serez pas capable de faire face et, donc, vous vivez dans un perpétuel état d'inquiétude afin de prévoir l'imprévisible.

– La culpabilité : tout est de votre faute. Vous vous blâmez vous-même en permanence et pensez qu'il vaut mieux vous faire discret, rester en retrait et faire le moins de choses possible pour éviter d'être encore responsable et coupable.

– La honte ou la crainte de décevoir les autres vous amènent à vous faire le plus discret possible. Vous pensez souvent que les autres vont mal vous juger.

– Un sentiment d'exclusion, d'être à part, en dehors des groupes, non intégré vous conduit à penser que vous n'êtes pas comme les autres, que vous êtes exclu.

À chacune de ces émotions négatives correspond une façon de penser et de se comporter comme le montre le tableau suivant. Tout ceci a pour conséquence que vous n'avez pas une bonne image de vous.

Les émotions peuvent se manifester dans votre corps. Dès que vous êtes en difficulté votre corps réagit. Vous rougissez, vous sentez des bouffées de chaleur, votre cœur se met à taper très fort, vos mains tremblent, vous bafouillez et vous cherchez vos mots. Parfois, cela peut aller jusqu'à la nausée, voire la panique.

Émotions	Pensées	Comportements
Tristesse	Je ne vaux pas grand-chose.	Je n'ai plus d'énergie pour agir.
Peur	Je ne serai pas capable de… Je ne saurai pas faire face à…	Je cherche à tout prévoir. J'évite l'imprévu.
Culpabilité	C'est de ma faute.	Je me mets en retrait et évite de faire des choses.
Honte	Les autres vont mal me juger.	J'évite les gens (et surtout ceux qui m'impressionnent) et leurs jugements.
Exclusion	Je suis différent(e) des autres (à part).	Je ne me mélange pas aux autres et je reste seul(e).

Une mauvaise image de soi

Ces pensées sur vous-même vous maintiennent dans un climat d'insatisfaction personnelle. Si vous n'y veillez pas, cela vous conduira probablement à des troubles psychologiques. Il va donc falloir réapprendre à vous parler autrement, à tenir un discours plus positif sur vous-même. Mais il n'y a pas que l'image que vous avez de vous-même : vous donnez une mauvaise image de vous aux *autres*. À force de vous mettre en retrait, de vous dévaloriser, les autres vont penser que vous êtes un personnage insignifiant. C'est pourquoi il est important d'apprendre à se mettre en valeur.

Les principales pensées négatives
dans le manque de confiance en soi

Je n'y arriverai pas !
Je suis nul(le) !
Il (elle) va me laisser tomber.
On ne m'aimera plus.
Je vais blesser l'autre.
J'ai encore été maladroit(e).
On ne s'intéressera pas à moi.
Je n'ai rien à dire d'intéressant.
Je ne suis pas assez cultivé(e).

Un manque d'affirmation avec les autres

Voici les cinq grandes difficultés que l'on peut rencontrer dans nos relations avec les autres.

➤ Première difficulté :
vous n'exprimez pas vos besoins et vos désirs

Perdu(e) en ville, vous passez des heures à chercher votre chemin plutôt que de demander à un passant par peur de le déranger. Vous préférez vous passer de votre monnaie plutôt que de la demander au commerçant. Sortir une heure en avance du bureau pour emmener votre dernier enfant chez le médecin : pas possible. Votre patron refusera certainement. Demander à un autre participant de votre cours de gymnastique que vous connaissez depuis maintenant deux mois de faire un détour pour vous ramener chez vous en voiture (alors qu'il habite à quelques mètres de chez vous). Non, vous choi-

Vous n'exprimez pas vos besoins

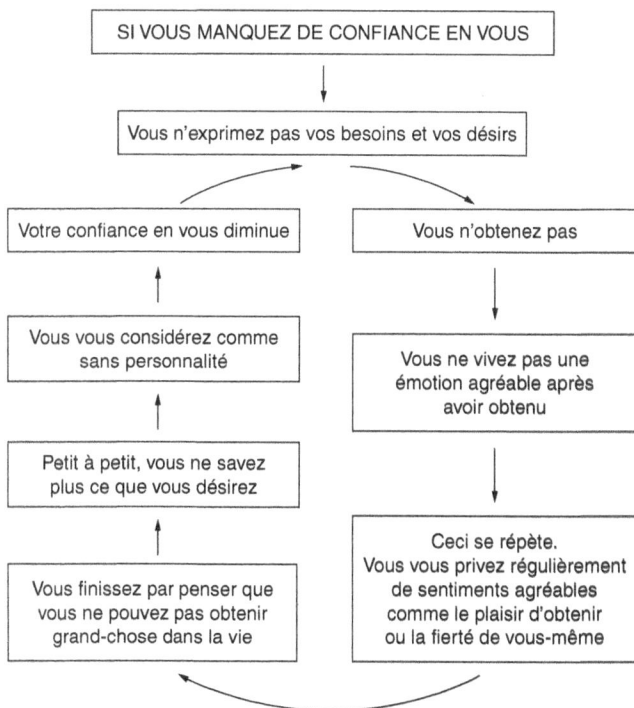

SI VOUS MANQUEZ DE CONFIANCE EN VOUS

↓

Vous n'exprimez pas vos besoins et vos désirs

Votre confiance en vous diminue   Vous n'obtenez pas

↑

Vous vous considérez comme sans personnalité   Vous ne vivez pas une émotion agréable après avoir obtenu

↑

Petit à petit, vous ne savez plus ce que vous désirez

↑

Vous finissez par penser que vous ne pouvez pas obtenir grand-chose dans la vie   Ceci se répète. Vous vous privez régulièrement de sentiments agréables comme le plaisir d'obtenir ou la fierté de vous-même

sirez plutôt de vous tremper sous l'orage et de rentrer à pied pour ne pas le déranger.

Les conséquences concernent tous les domaines de votre vie. Vous n'osez pas demander ces choses-là parce qu'un certain nombre d'idées préconçues vous gênent : « Je ne dois pas faire mon intéressant(e). Je vais déranger l'autre. L'autre doit deviner mes besoins. Inutile de demander cela sera refusé. »

Mais ne pas exprimer vos besoins aux autres n'est pas sans conséquences sur votre confiance en vous comme le montre le tableau précédent. Alors comment exprimer vos besoins plus facilement ? (Voir la clé 3 dans la troisième partie.)

➤ Deuxième difficulté : vous n'osez pas vous manifester quand quelque chose vous gêne

Par crainte des réactions de l'autre, vous gardez vos critiques pour vous. Du coup, l'autre continue et vous êtes insatisfait de vous-même, vexé de ne pas répondre. Vous vous dites : « Je suis une serpillière sur laquelle on peut s'essuyer les pieds ! ou une bonne poire que l'on peut exploiter ! » Vous devenez défaitiste : « Cela ne vaut pas la peine, cela ne changera pas. » Quand la coupe est pleine, déborde, vous explosez agressivement : « On m'en demande trop ! »

Ce que vous perdez lorsque vous n'exprimez pas ce qui vous gêne :
• votre voisin continue à gêner votre sommeil lorsqu'il rentre tard et fait du bruit la nuit. Vous n'osez pas lui demander d'en faire moins ;
• votre ami(e) continue à vous « charrier » devant les copains (copines) en dévoilant une partie de votre intimité. Vous n'osez pas lui dire que cela vous dérange ;
• votre conjoint continue à vous dévaloriser au quotidien. Mais comme vous vous jugez de peu de valeur vous pensez qu'il a raison et vous le laissez faire ;
• vos enfants continuent à laisser la maison en désordre. Vous râlez dans votre for intérieur, mais vous rangez sans rien leur dire.

Là aussi, un cercle vicieux va s'instaurer comme le montre le tableau ci-contre.

Vous n'exprimez pas ce qui vous gêne

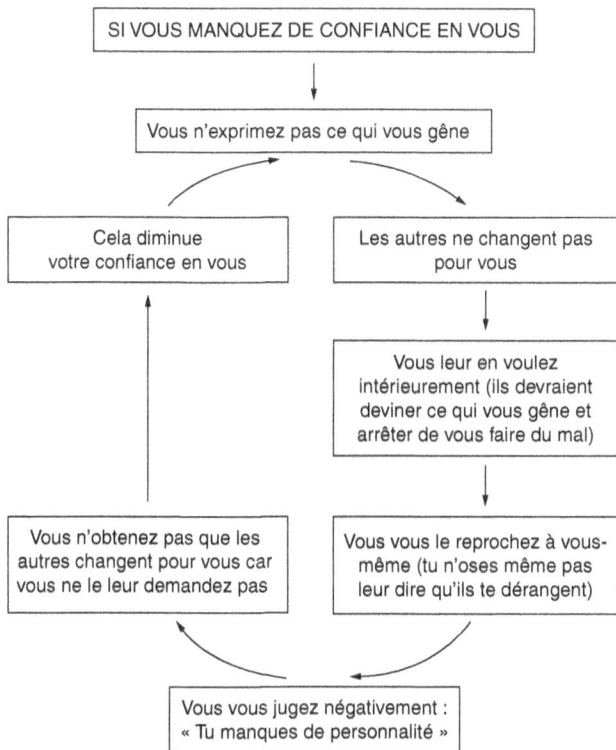

SI VOUS MANQUEZ DE CONFIANCE EN VOUS

↓

Vous n'exprimez pas ce qui vous gêne

Cela diminue votre confiance en vous

Les autres ne changent pas pour vous

Vous leur en voulez intérieurement (ils devraient deviner ce qui vous gêne et arrêter de vous faire du mal)

Vous n'obtenez pas que les autres changent pour vous car vous ne le leur demandez pas

Vous vous le reprochez à vous-même (tu n'oses même pas leur dire qu'ils te dérangent)

Vous vous jugez négativement : « Tu manques de personnalité »

Là aussi, ce sont des pensées qui vous empêchent d'exprimer ce qui vous gêne :
• Cela ne sert à rien, il (elle) ne changera pas pour moi.
• Je vais déclencher un conflit.
• J'en veux trop. Je suis trop exigeant.
• Je ne saurai pas m'exprimer.

➤ *Troisième difficulté : vous avez du mal à dire non*

Du coup, les autres ont tendance à vous exploiter, à dépasser vos limites. D'ailleurs, vous ne savez plus bien vous-même où elles sont car vous n'avez pas l'habitude de vous opposer.

Les conséquences peuvent être importantes :

• les autres vous exploitent. C'est vous qui rendez le plus de services et vous n'avez pas toujours de retour ;

• cette attitude charitable vous donne une bonne image, de quelqu'un de sociable et de gentil. Mais vous, vous vous considérez comme une « bonne poire » ;

• les limites de votre intimité, de ce que vous acceptez et de ce que vous refusez ne sont pas toujours claires pour les autres. Ils vous font travailler jusqu'à point d'heure parce que vous n'osez pas refuser à votre supérieur ce travail qu'il considère comme urgent, même si c'est le moment pour vous de partir ;

• votre partenaire vous contraint à des actes sexuels qui vont à l'encontre de vos désirs personnels. Vous n'osez pas lui dire non.

Marie couche-toi là !

La sexualité est un domaine dans lequel la difficulté à dire non peut avoir des conséquences dramatiques comme l'actualité le laisse parfois entrevoir. Marie, jeune femme extrêmement timide et réservée, incapable de dire non, raconte elle-même sa terrible expérience : « Au début ce n'était pas très grave. Je ne disais pas non lorsque l'on m'invitait à danser et même si le garçon ne me plaisait pas. C'est devenu plus embêtant lorsque je n'ai pas osé dire non à un homme qui a voulu m'embrasser au cours d'une soirée. Encore plus grave, ce même homme m'a proposé de sortir pour prendre l'air et plus tard m'a emmenée chez lui dans son garage. Il a commencé à me déshabiller. Puis il m'a dit qu'il avait un petit coup de téléphone à passer. Il est revenu une minute après et a continué à me déshabiller. Et ce n'est que dix minutes plus tard que j'ai compris la signification de ce coup de téléphone, quand trois de ses amis sont arrivés. Ils ont fermé la porte. » Puis Marie ajoute en pleurant : « J'ai été violée par ces quatre hommes ! Et je n'ai jamais osé rien dire. J'ai eu tellement honte de moi que je n'ai pas porté plainte. Je n'ai jamais parlé de cet événement à mes parents (à l'époque j'avais 19 ans). De toute façon, je pense que je ne suis bonne qu'à me coucher lorsqu'on me le demande, je suis une Marie couche-toi là. »

Et le drame ne s'arrête pas là car Marie actuellement âgée de 40 ans a une conception tellement dévalorisée de son propre corps qu'elle continue, à l'encontre de son bonheur, à dire oui à n'importe qui. Heureusement, elle a enfin décidé d'entreprendre une thérapie sérieuse qui l'amènera à apprendre à se respecter elle-même. Lors de cette thérapie l'apprentissage des techniques de refus sera pour Marie une révélation. Elle va, petit à petit, apprendre à poser ses limites aux autres.

Lorsque l'on ne dit pas non, un cercle vicieux peut s'instaurer (voir le tableau ci-après).

Les idées préconçues qui vous amènent à ne pas dire non :

– si je dis non, on va mal le prendre,
– cela va entraîner un conflit,
– si on me demande quelque chose je dois le faire,
– dire non c'est égoïste !
– pour dire non il faut se justifier, avoir de bonnes raisons,
– si je ne dis pas non tout de suite, après c'est trop tard.

Vous n'osez pas dire non

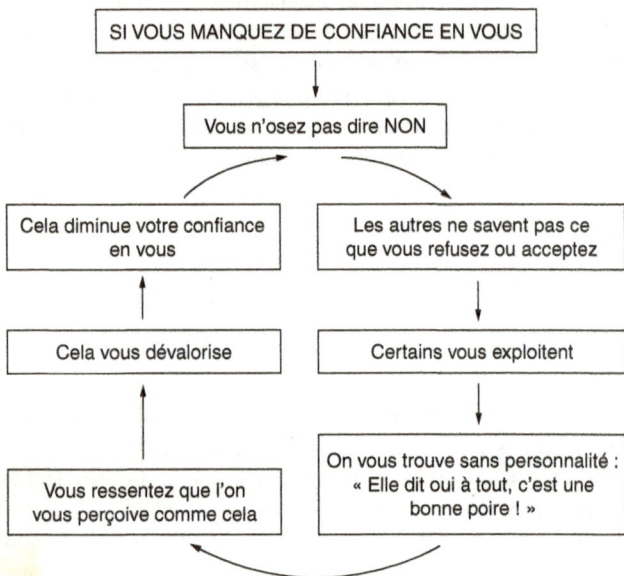

```
┌─────────────────────────────────────────┐
│ SI VOUS MANQUEZ DE CONFIANCE EN VOUS     │
└─────────────────────────────────────────┘
                    │
                    ▼
        ┌───────────────────────────┐
        │ Vous n'osez pas dire NON  │
        └───────────────────────────┘
```

Cela diminue votre confiance en vous	Les autres ne savent pas ce que vous refusez ou acceptez
Cela vous dévalorise	Certains vous exploitent
Vous ressentez que l'on vous perçoive comme cela	On vous trouve sans personnalité : « Elle dit oui à tout, c'est une bonne poire ! »

➤ *Quatrième difficulté :*
vous ne vous protégez pas lorsque vous êtes attaqué

Patron : Bon sang, Laurence, vous vous êtes encore trompée !

Laurence : …

Patron : Je vous avais demandé de regarder les numéros avant de commencer. Ce n'est pourtant pas compliqué !

Laurence : …

Patron : Je vous ai déjà demandé d'avoir plus de rigueur et d'attention !

Laurence : Je suis désolée, je n'ai pas fait attention.

Patron : Aujourd'hui ce n'est pas très grave, mais une prochaine fois, ça pourrait l'être. Alors, de la rigueur, Laurence ! De la rigueur !

Laurence : ...

Comme le montre ce récit, Laurence est complètement paralysée et muette lorsque son patron la critique. Elle a un comportement passif, c'est-à-dire qu'elle laisse son interlocuteur faire valoir ses droits, mais elle n'exprime pas les siens et ne dit rien. Si ce genre de situation se répète, Laurence risque d'entrer dans le cercle vicieux ce qui va diminuer sa confiance en elle (voir tableau ci-dessous).

Le cercle vicieux lorsque l'on ne se protège pas face aux critiques

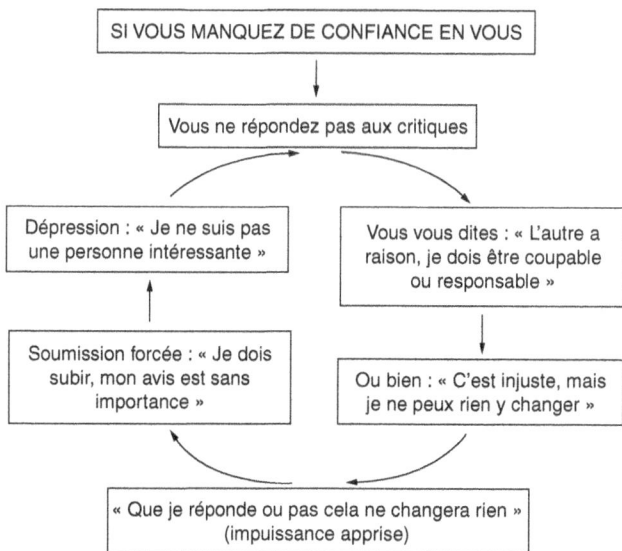

SI VOUS MANQUEZ DE CONFIANCE EN VOUS

↓

Vous ne répondez pas aux critiques

Dépression : « Je ne suis pas une personne intéressante »

Vous vous dites : « L'autre a raison, je dois être coupable ou responsable »

Soumission forcée : « Je dois subir, mon avis est sans importance »

Ou bien : « C'est injuste, mais je ne peux rien y changer »

« Que je réponde ou pas cela ne changera rien » (impuissance apprise)

En fait, ce cercle vicieux risque de vous entraîner, petit à petit, dans le mécanisme de l'« impuissance apprise » décrit par les psychiatres. Que se passe-t-il exactement ? Si le sujet se sent impuissant à changer les choses, il se dit : « Que j'agisse ou que je n'agisse pas, cela ne change rien, que je réponde ou non à ces critiques cela ne changera rien ! » Si ce mécanisme d'impuissance appris se répète, vous pouvez aller jusqu'à développer un état dépressif sévère. Sans en arriver là, le fait de ne pas vous protéger a des conséquences dans différents domaines :

- vous êtes dévalorisé en public, devant vos collègues,
- les agressifs et les harceleurs s'acharnent sur vous,
- vous vous dévalorisez parce que vous ne savez pas vous défendre,
- vous fuyez et évitez tout ce qui pourrait entraîner un conflit,
- vous exprimez peu votre opinion ou bien vous laissez trop les autres exprimer les leurs.

Cette attitude de non-protection est le résultat de certains préjugés que vous subissez dans vos pensées et qui peuvent être : « Les chefs ont tous les droits, même ceux de remettre en cause la personne », ou « S'il me critique, l'autre doit avoir en partie raison. C'est vrai que je n'ai pas bien fait ce qu'il m'avait demandé », ou bien « Cela ne sert à rien de se défendre », ou encore « Comme on me l'a dit lorsque j'étais petit(e), il vaut mieux éviter les conflits. On ne sait jamais comment cela peut finir. »

Il est important ici de comprendre que, si vous devez être ouvert à la critique sur votre comportement parce que cela est source de progrès et d'évolution personnelle, en revanche, il faut savoir vous défendre lorsque votre personne est agressée ou jugée sur sa valeur. En résumé, on peut dire que vous pouvez être tolérant lorsque vous êtes critiqué sur ce que vous *faites*, sur vos comportements, mais mieux vaut vous protéger quand on vous attaque sur ce que vous *êtes*, c'est-à-dire sur votre personne. Chacun d'entre nous doit assurer sa propre survie psychique et ne pas laisser détruire l'image qu'il a de lui. Faute de quoi, vous aggraverez votre manque de confiance en vous.

Il faut savoir se défendre sans être agressif, car les réponses agressives vont aboutir rapidement au conflit. Mieux vaut éviter ce type d'escalade. Les techniques présentées dans la clé 3 de la troisième partie vont vous y aider.

➤ *Cinquième difficulté :*
vous ne vous mettez pas assez en valeur

Le bien est normal et ne mérite pas qu'on s'y arrête. Seule la perfection et surtout vos maladresses ou vos échecs vont monopoliser votre énergie, retenir votre attention.

« Docteur, pourquoi me félicitez-vous d'avoir fait ce que vous m'avez demandé la semaine dernière ? C'est normal ! On doit faire ce que l'on nous demande. Sinon, alors là ce serait répréhensible... » Si l'on vous dit : « Je te trouve superbe dans cette robe-là ! » Vous répondez : « Mais non, c'est une robe que j'ai achetée en promotion. Ce n'est rien ! » Puis vous regardez celle de votre amie en disant qu'elle est beaucoup plus belle. Le compliment n'est pas pour vous. Vous avez peu l'habitude de vous féliciter de vos actions positives ou de vos qualités.

Avec les autres vous êtes extrêmement discret. Vous ne montrez pas vos capacités. Vous les laissez se mettre en valeur à votre place. Vous ressemblez aux équipiers du champion cycliste Lance Amstrong qui durant les trois semaines du tour de France pédalent pendant des heures pour amener leur leader en bonne position sur la ligne d'arrivée. Lorsqu'ils voient que Lance Amstrong n'a plus besoin d'eux (il leur fait un signe), ils le laissent partir et c'est lui qui profite de tous les applaudissements, et prend le maillot jaune ! Cette position de leader n'est pas la vôtre. Vous auriez trop peur que l'on vous remarque. Vous préférez travailler dans l'ombre et mettre les autres en valeur. Le cercle vicieux s'installe alors.

Vous ne vous mettez pas en valeur

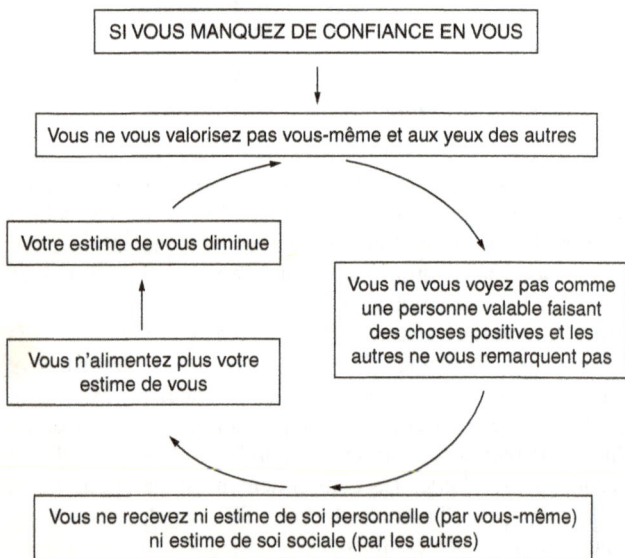

SI VOUS MANQUEZ DE CONFIANCE EN VOUS

Vous ne vous valorisez pas vous-même et aux yeux des autres

Votre estime de vous diminue

Vous ne vous voyez pas comme une personne valable faisant des choses positives et les autres ne vous remarquent pas

Vous n'alimentez plus votre estime de vous

Vous ne recevez ni estime de soi personnelle (par vous-même) ni estime de soi sociale (par les autres)

Même si l'on a une bonne estime de soi au départ, il faut, au quotidien, apprendre à l'entretenir pour qu'elle se maintienne tout au long de notre vie. Le travail de mise en confiance en soi n'est jamais terminé. Pour éviter toute « panne », mieux vaut s'en occuper régulièrement !

Les principaux préjugés qui vous empêchent de vous mettre en valeur sont :

- – C'est prétentieux !
- – Faire bien, c'est normal.
- – En dehors de la perfection rien n'est remarquable.
- – Si je me mets trop en valeur j'étoufferai les autres.
- – Je vais m'attirer des jalousies et des inimitiés.

Le manque de confiance en soi perturbe tous les domaines de la vie

Votre vie professionnelle, votre vie personnelle, votre couple, vos relations familiales, vos relations amicales… Le manque de confiance en soi envahit tout !

➤ *Votre travail*

Arthur, 28 ans, est un jeune professeur de français qui manque d'autorité avec ses élèves parce qu'il manque de confiance en lui. Ainsi, les ados dont il s'occupe se moquent de ses mimiques ou de sa voix et le remettent en cause en public et en pleine classe. Impossible de les faire taire. Ils vont même jusqu'à refuser de donner leur carnet de correspondance lorsqu'il le leur demande. Si Arthur se prend à vouloir les punir, alors les élèves crient à l'injustice. D'ailleurs, ils ne font jamais ce que le professeur leur demande, la classe est sans arrêt turbulente et les quelques élèves qui voudraient travailler n'y arrivent pas. Ceci est extrêmement ennuyeux pour Arthur qui a déjà eu deux inspections négatives. On lui a fait savoir qu'il serait difficile de le titulariser s'il n'avait pas plus d'autorité.

Caroline est une jeune commerciale brillante, déjà promue chef des ventes à 26 ans. Tout va très bien dans son travail

qui est jugé parfait par ses supérieurs. D'ailleurs Caroline a toujours aimé les choses très bien faites. Elle est perfectionniste.
Et l'on peut supposer qu'elle est une valeur sûre pour son
employeur. Mais voilà, elle revient catastrophée, en pleurs, me
disant : « J'ai demandé à mon supérieur de redevenir vendeuse
comme avant… Je ne sais pas faire obéir mes vendeurs qui me
remettent en cause à chaque fois que je leur demande quelque
chose et cela devant les autres. Hier, j'ai fait remarquer à l'un
d'entre eux qu'il n'était pas allé voir monsieur Martin, un de
nos plus gros clients. Il m'a crié dessus devant tout le monde
en me disant : "Tu es pénible ! Tu en veux toujours plus ! Quoi
qu'on fasse tu n'es jamais contente…" » Avec les douze autres
vendeurs et vendeuses de son équipe, le travail se passe relati-
vement bien. Tous voudraient que Caroline reste leur chef des
ventes parce qu'elle les comprend et est gentille avec eux. Mais
tous sont aussi d'accord pour dire qu'elle manque d'autorité et
laisse « déraper » certains collègues.

Comme on le voit dans ces exemples, le manque de
confiance en soi peut complètement perturber votre carrière
professionnelle et vous empêcher de vous développer pleine-
ment dans votre travail. D'ailleurs, beaucoup de mes patients,
comme Caroline, demandent à être rétrogradés ou refusent
les responsabilités auxquelles ils pourraient prétendre non pas
par manque de compétences mais par manque de confiance
en eux : ils ne sont pas sûrs de pouvoir faire face aux enjeux
que représente cette responsabilité.

➤ Votre vie de couple

Claire m'explique, après plusieurs consultations, qu'elle
n'est pas heureuse dans son couple parce que son conjoint ne
veut pas d'enfant. En fait, il est divorcé, déjà père de quatre
enfants et âgé de quinze ans de plus qu'elle. Dès le départ, il a
fixé les conditions de cette relation sentimentale en disant à

Claire qu'il ne voulait pas d'enfant. Elle a accepté, au début de leur relation, mais maintenant, à 38 ans, elle se pose des questions : « Je pensais qu'il changerait d'avis et me ferait un enfant par amour. En fait, il n'en est rien. » Son conjoint, à la suite de leur dernière discussion, vient de lui confirmer qu'il ne voulait toujours pas d'enfant, lui précisant qu'il le lui avait bien dit dès le départ. Claire s'est voilé la face. Au fond d'elle-même, elle se doutait de la réponse de son conjoint et c'est pourquoi, ces dernières années, elle n'avait pas abordé la question.

Lorsque Claire fait une analyse objective de sa relation de couple, elle se rend compte que celle-ci n'est pas satisfaisante pour elle, il y a plus de points négatifs que de points positifs.

Analyse de la relation de couple de Claire

Points positifs	Points négatifs
Nous avons des projets communs (faire l'ascension du mont Blanc). Nous avons acheté un studio à la montagne. Nous avons des points communs, une façon de voir les choses.	Il ne veut pas d'enfant avec moi. Il me parle mal. Il se met souvent en colère (même devant les clients). Il n'est pas fier de moi. Il ne prend pas d'initiative. Il n'est pas démonstratif, pas câlin. Lorsque je ne suis pas d'accord. avec lui, il m'humilie en public.

Claire admet que son couple n'a pas d'avenir et qu'elle ne se sentira jamais vraiment épanouie sans enfant. D'ailleurs, tous ses amis lui confirment qu'ils ne la trouvent pas heureuse depuis qu'elle est avec cet homme. Claire manque totalement de confiance en elle. Elle considère qu'elle est incapable de rester seule. « D'ailleurs je n'ai jamais essayé, j'ai toujours vécu en couple. » Claire réalise en me disant cela que c'est son quatrième échec de couple. Elle choisit un partenaire pour lui tenir compagnie et masquer son angoisse de solitude. La thérapie de Claire se penchera sur ces deux problèmes. D'abord sa véritable phobie de la solitude qui sera traitée (avec des méthodes présentées dans la troisième partie). Puis le choix d'un partenaire qui corresponde vraiment à ses projets de vie de femme et qui ne soit pas uniquement pour elle un « médicament antisolitude ».

En fait, depuis des années, mélangeant les deux problèmes, Claire s'est trouvée dans un cercle vicieux dont il lui était impossible de sortir seule.

Un conjoint est-il un médicament ?

JE MANQUE DE CONFIANCE EN MOI

J'ai peur de rester seul(e) car je me sens abandonné(e)

Je perds de plus en plus confiance en moi

Je ne m'autonomise pas

Je me sens dépendante de lui pour être bien

Je comprends que mon bien-être est lié à lui

Il faut que je sois avec quelqu'un en couple pour me sentir bien

L'angoisse est plus forte que le rationnel pour le choix de mon conjoint

Je reste avec un conjoint même s'il ne me convient pas parce que cela me rassure

➤ Vos relations amicales

Le manque de confiance en vous vous conduit à vous comparer sans cesse aux autres. C'est l'*anxiété d'évaluation*. Amélie dit à sa meilleure amie, Julia : « Tu as eu 14 en français, moi je n'ai eu que 12. » Et Amélie d'entrer dans une crise de jalousie envers sa meilleure amie qui a une meilleure note qu'elle.

Par ailleurs, à force de vous focaliser sur vos propres déceptions, vous risquez de ne plus prêter attention à vos amis. Ils finiront par se sentir négligés, vous trouvant « décidément trop nombriliste », et s'éloigneront de vous. Si vous reprenez confiance en vous, vous n'aurez alors plus besoin de vous comparer aux autres, plus besoin de vous sentir *mieux qu'elle ou que lui* pour vous sentir bien. Vous pourrez alors être satisfait de la réussite de vos amis sans jalousie. Vous passerez de *relations possessives* où l'autre vous sert de point de comparaison à des *relations libératrices* où chacun existe pour lui-même.

➤ Le manque de confiance en soi tout au long de la vie

Caroline, que nous avons rencontrée tout à l'heure, ajoute : « Je viens de vous parler de mes difficultés à assumer mon poste de responsable commercial et à me faire obéir par certains de mes collaborateurs. Mais ce n'est pas tout, en fait je me rends compte que j'ai toujours manqué de confiance en moi. J'ai été terrifiée lorsque j'ai passé mon oral face au jury. Mais, même avant, je me rappelle que je n'osais pas aller passer mon permis de conduire. J'avais tellement peur d'échouer et du regard de l'examinateur sur moi. Et puis, c'est même encore plus vieux. Je me souviens en cours élémentaire, je n'avais pas eu de bons points alors que certains de mes camarades en avaient. Je n'avais que 7 ans et je me souviens que je me suis dit que je devais être une petite fille qui ne valait pas grand-chose puisque je n'avais pas eu de bons points ! » Caroline peut raconter des événements comme ceux-là qu'elle a considérés comme des échecs ou des manques, tout au long de sa vie et pour lesquels elle s'est toujours dit qu'elle ne valait pas grand-chose.

Ces exemples nous montrent à quel point le manque de confiance en soi peut perturber notre vie. Mais les spécialistes l'ont compris, ils vont nous aider à mieux comprendre ce problème.

Le point de vue des spécialistes

Des mots pour le dire

D'abord, quelles sont les définitions de la *confiance* ?

« 1. Espérance ferme, assurance de celui qui se confie en une personne ou à quelque chose. 2. Sentiment qui fait qu'on se fie à soi-même. » Voici les deux définitions de la confiance selon le dictionnaire *Le Robert*.

« 1. Sentiment de celui qui se fie, s'en remet à quelqu'un ou à quelque chose. 2. Action de s'en remettre à soi-même, hardiesse, courage, assurance. » Voici les deux définitions de la confiance selon le *Grand Larousse encyclopédique*.

Ces définitions de la confiance n'ont guère évolué depuis trente ans. Déjà on peut discerner deux types de confiance à travers ces définitions :

- la confiance envers l'autre : une personne ou même une chose,
- la confiance envers soi-même.

La confiance en l'autre est donc la première notion abordée par ces dictionnaires. La confiance en soi n'apparaît qu'en second. De plus, l'encyclopédie introduit la notion d'*action*, de s'en remettre à soi-même. Ici, il y a décision, prise par la personne elle-même, et destinée à la personne elle-même (s'en remettre à soi-même). Il s'agit donc d'une définition *autocentrée* de la confiance. On pourrait dire une définition *centrifuge*. On part de soi et on revient à soi. En d'autres termes et pour être simple, on fait les choses pour soi.

Cette conception de la confiance en soi a été critiquée pour son égocentrisme. Elle a fait la fortune de l'ego-psychologie des années 1960, qui continue à se développer. En fait, la confiance en soi passe aussi par notre rapport aux *autres* et aux *choses*. Notre rapport aux autres est clairement signifié dans le dictionnaire : « Espérance ferme en une personne. » Effectivement, notre équilibre psychologique passe aussi par l'établissement de bonnes relations sociales et le respect des autres. Ceci est le meilleur moyen de maintenir à long terme une bonne confiance en soi.

Les trois dimensions de la confiance en soi

La confiance en soi peut être appréhendée dans trois dimensions : chacune d'elles possède ses origines et ses manifestations propres. Elles peuvent être liées les unes aux autres, comme une sorte de pyramide, divisée en trois étages :

- la base, c'est l'estime de soi. Le matin dès mon réveil, avant même d'avoir fait quoi que ce soit et avant même d'avoir eu la moindre relation avec qui que ce soit, est-ce que je me considère comme une personne valable et digne d'intérêt ? Ma valeur étant ce qu'elle est, ni plus ni moins, mais je ne la remets pas en cause, ni à travers mes actions, même si j'échoue, ni à travers mes relations aux autres ;
- le milieu de la pyramide représente la confiance en soi au sens strict du terme. Il s'agit des compétences personnelles. C'est la confiance dans vos actes, vos décisions, vos projets même si les autres ne sont pas concernés ;

– le sommet, ce sont les rapports aux autres, les compétences relationnelles ou l'affirmation de soi. Vos rapports avec les autres sont-ils bons ?

La pyramide de la confiance en soi

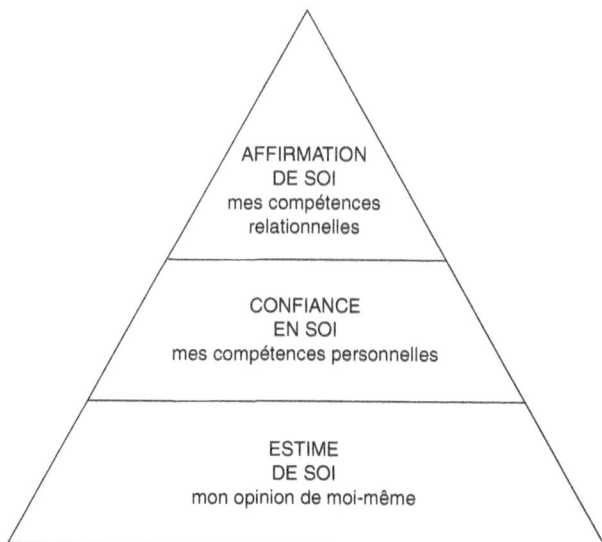

AFFIRMATION
DE SOI
mes compétences
relationnelles

CONFIANCE
EN SOI
mes compétences personnelles

ESTIME
DE SOI
mon opinion de moi-même

➤ *Le MOI : l'estime de soi*

Avoir confiance en soi-même, décider par soi-même, pour soi-même. Cette forme de confiance en soi est ce que les spécialistes appellent l'« estime de soi personnelle ». C'est un jugement de valeur *global* que nous portons sur notre *personne*. « Je me sens une personne nulle, ou je me sens une personne géniale, ou une personne valable avec ses qualités et ses défauts et je m'assume comme cela. »

Cette estime de soi personnelle se construit très tôt, dès l'enfance. C'est la base même de la confiance en soi. Sans elle, vous aurez beaucoup de peine à prendre confiance en vous-même ; si votre vie est une succession de réussites, tout le monde vous admirera mais pas vous. Si vous n'avez pas appris très tôt que la valeur d'un être humain est personnelle, qu'elle appartient à chacun d'entre nous et que personne d'autre que nous n'a le droit de la discuter, alors vous manquerez d'estime de soi personnelle. Mais, rassurez-vous, même dans ce cas-là, il existe des méthodes pour augmenter son estime de soi. Elles vous seront présentées dans la troisième partie.

➤ *VOS ACTES : la confiance en soi*

Souvenez-vous d'une des définitions du dictionnaire : « S'en remettre à quelque chose. » Cette troisième dimension de la confiance en soi concerne notre sentiment de *compétence personnelle* : « Est-ce que je me sens capable de réaliser telle ou telle chose ? Bien faire mon travail, être une bonne mère ou un bon père, bricoler correctement, bien faire la cuisine, réussir dans tel ou tel sport, me débrouiller pour trouver ma route seul(e), partir en voyage de manière autonome, me déplacer en bus, métro, voiture, train, sans avoir besoin de quelqu'un pour m'accompagner, aller seul(e) faire une réclamation dans un magasin, etc. »

Notre sentiment de compétence personnelle, notre capacité à agir, à décider, à effectuer et à mener au bout des projets, c'est cela que l'on appelle la *confiance en soi* au sens strict. Elle peut s'acquérir très tôt, si, enfant, nous étions encouragé, félicité dès que nous faisions quelque chose. De même si, en cas d'échec, notre entourage relativisait, dédramatisait, et nous donnait les moyens de nous améliorer sans nous culpabiliser en nous montrant le côté bénéfique et formateur de l'échec.

Si vous manquez de cette confiance en vos capacités d'action, vous pouvez faire quelque chose : la troisième partie du livre vous y aidera. Il n'est jamais trop tard.

➤ *LES AUTRES : l'affirmation de soi*

Sans l'autre, notre estime de soi, même si elle est très bonne au départ, ne nous suffira pas pour bien vivre à long terme. À moins que nous vivions dans une tour d'ivoire, d'égoïsme, et nous « fichions royalement de l'opinion des autres », comme on l'entend parfois dire.

Est-ce vraiment une attitude réaliste ? Les chercheurs en psychologie ont démontré que le « support social », en d'autres termes l'aide et le soutien que nous apportent les autres, était le meilleur moyen d'éviter la dépression. Ce travail de relation avec les autres est maintenant bien intégré dans le travail de soins destinés aux patients dépressifs. À long terme, des études montrent que les rechutes sont moins fréquentes, à traitement médical équivalent, si un travail sur une amélioration des relations du patient est entrepris.

Je m'aime plus, je m'apprécie plus lorsque les autres sont bienveillants avec moi, lorsqu'ils me soutiennent ou lorsqu'ils me disent que j'ai fait quelque chose de bien. D'où la nécessité d'établir de bonnes relations avec les autres, de leur exprimer nos désirs, nos besoins, nos émotions, tout en écoutant et en respectant les leurs. Ce respect des autres a largement été développé dans mon premier ouvrage : *Affirmez-vous !*[1] En effet, si vous améliorez votre affirmation de soi, vous amélio-

---

1. Collection « Guide pour s'aider soi-même », Paris, Odile Jacob, 2000, nouvelle édition 2002.

rez aussi vos *compétences relationnelles*. Vos relations avec les autres seront plus nombreuses, plus chaleureuses et profondes, et vous augmenterez votre confiance en vous. Les méthodes destinées à augmenter votre affirmation de soi seront abordées dans la troisième partie.

Ces trois dimensions ne sont pas étanches : elles se complètent et se « chevauchent » bien souvent. Mais, lorsque l'une d'elles vient à manquer, alors notre personne est vulnérable.

	Le manque d'estime de soi	Le manque de confiance en soi	Le manque d'affirmation de soi
Origine	Manque de nourritures affectives[1].	Attitudes envers les premières actions de l'enfant.	Traumatismes, échecs lors des premières relations (exemple : tête de Turc à l'école).
Définition	L'image de moi.	Mes actes.	Mes rapports avec les autres.
Grands préjugés	Je suis nul(le), sans valeur.	Je ne me sens pas capable.	J'ai besoin que l'on m'aime.
Domaines concernés	Ma valeur globale.	Mes capacités à agir par moi-même	Mes capacités à interagir avec les autres.
Maladies possibles	Dépressions chroniques. Troubles de personnalité.	Dépressions. Trouble d'anxiété généralisée.	Phobies sociales. Troubles de personnalité évitante.
Traitements	Thérapie sur la personnalité.	Thérapie sur les comportements.	Thérapies par affirmation de soi.

---

1. Selon l'expression de Boris Cyrulnik in *Les Nourritures affectives*, Paris, Odile Jacob, 1995.

Test : « Avez-vous confiance en vous ? »

Et vous ? Manquez-vous de confiance en vous ?

Voici un petit test qui va vous aider à répondre à cette question. Répondez rapidement, spontanément sans trop réfléchir aux questions suivantes. Cochez pour chaque question une des cases.

	Tout à fait vrai	Plutôt vrai	Plutôt faux	Tout à fait faux
1. Je doute de mes capacités.				
2. J'ai de la peine à prendre des décisions qui me concernent.				
3. Je m'habille très discrètement pour passer inaperçu.				
4. J'ai très peur de l'échec.				
5. Je préfère renoncer si je ne suis pas sûr de réussir.				
6. J'ai tendance à garder mes émotions pour moi plutôt que de les exprimer.				
7. Tout imprévu m'inquiète surtout si je ne le maîtrise pas.				
8. Je suis plutôt négatif sur moi-même.				
9. Je me plains souvent.				
10. Je suis perfectionniste.				
Sous-Total A =				

	Tout à fait vrai	Plutôt vrai	Plutôt faux	Tout à fait faux
11. J'ai beaucoup de difficultés à dire non.				
12. Les compliments me mettent mal à l'aise.				
13. Je n'exprime pas souvent mes besoins et mes désirs.				
14. Les critiques me déstabilisent et je ne sais pas bien y répondre.				
15. Je ne prends pas souvent la parole en groupe.				
Sous-Total B =				
16. Parfois je pense que je ne vaux rien.				
17. Je pense que j'ai beaucoup plus de défauts que de qualités.				
18. Je pense que je suis une personne moins valable que les autres.				
19. J'aimerais avoir plus de respect pour moi-même.				
20. J'ai une opinion négative de moi-même.				
Sous-Total C =				
Score total A + B + C =				

➤ *Pour interpréter les résultats du test*

Comptez :
- un point pour « tout à fait vrai »,
- deux points pour « plutôt vrai »,
- trois points pour « plutôt faux »,
- quatre points pour « tout à fait faux ».

Faites un sous-total (A) pour les items de 1 à 10, puis un sous-total (B) pour les items de 11 à 15 et un sous-total (C) pour les items de 16 à 20. Faites un total général en additionnant les trois scores précédents (sous-total A + sous-total B + sous-total C).

• *Si votre score total est compris entre 60 et 80*, votre confiance en vous est excellente. Vérifiez seulement que vous n'êtes pas dans le cas d'un excès de confiance en vous qui vous amène à dominer les autres ou à les écraser.

• *Si votre score total est entre 40 et 60*, votre confiance en vous globale est plutôt satisfaisante. Vérifiez alors vos sous-scores.

• *Si votre score total est entre 20 et 40*, votre confiance en vous est défaillante. Il va être nécessaire pour vous de l'améliorer.

• *Si votre score total est entre 0 et 20*, votre confiance en vous est mauvaise. Il est important que vous vous en occupiez.

➤ *Comment naviguer dans le livre en fonction de vos résultats ?*

• Votre sous-score A traduit votre confiance en vous. Si votre score est inférieur à 20 vous serez alors aidé par la clé 2 (troisième partie).

• Votre sous-score B traduit vos capacités à vous affirmer. Si votre score est inférieur à 10, intéressez-vous surtout à la clé 3 (troisième partie).

• Votre sous-score C traduit votre estime de vous. S'il est inférieur à 10, intéressez-vous à la clé 1 (troisième partie).

• Vous avez des mauvais scores au test ? Heureusement, il existe des solutions, cela pour les trois domaines qui sont en fait liés. Une amélioration de votre affirmation de soi a de bonnes chances d'entraîner, par effet de cascade, une amélioration de votre confiance en vous et de votre estime de vous. En effet les méthodes d'affirmation de soi utilisées

en psychothérapie modifient en profondeur notre personnalité. Ceci a été montré par de nombreuses équipes de
spécialistes.

➤ *Champagne !*

Vous avez peut-être vu la pyramide des coupes de champagne à certains mariages. Le jeu consiste à remplir tous les
verres en n'en remplissant qu'un seul, celui du sommet. Par
effet de cascade, si celui du haut est plein, il va continuer à
remplir de lui-même ceux qui sont en dessous. Puis les verres
suivants, lorsqu'ils seront pleins, vont remplir les verres du
niveau en dessous, etc.

Vous pouvez vous aussi, comme les mariés, ne remplir
que la coupe du haut et cela aura des conséquences positives
sur les coupes d'en dessous. Si vous vous affirmez en respectant les autres, vous aurez plus confiance en vous, en vos
compétences et vous aurez une meilleure image de vous.

La pyramide de champagne

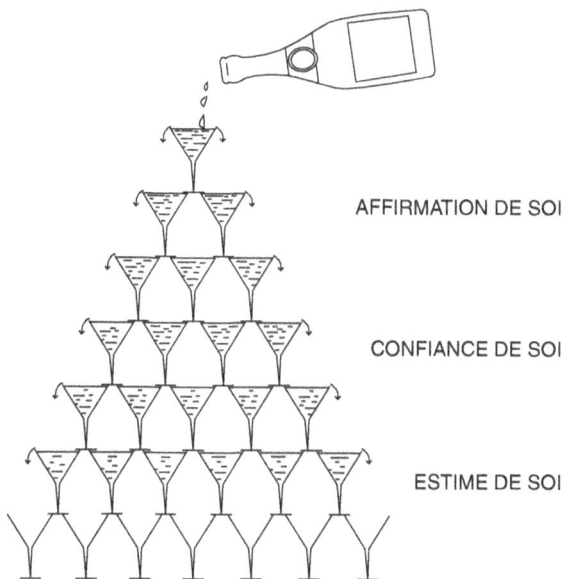

AFFIRMATION DE SOI

CONFIANCE DE SOI

ESTIME DE SOI

Modifier son comportement permet de modifier l'image de soi

Doit-on juger quelqu'un sur sa personne ou sur ses actes ?

« Vous voyez bien que je suis nulle, Docteur, je ne fais que des bêtises ! » Depuis une demi-heure, Isabelle me raconte qu'elle n'a pas été attentive au travail, que sa supérieure hiérarchique lui en a fait le reproche, qu'elle a accepté de sortir avec un homme plus jeune qu'elle parce que ça la met en valeur alors qu'elle sait que cette relation est très dangereuse pour son couple. Elle a essayé de rompre, à plusieurs reprises mais n'y arrive pas. « Vous voyez bien que je n'ai aucune volonté ! Je ne suis même pas capable de dire non à un garçon qui me drague s'il me donne confiance en moi ! En plus, j'ai tellement été stressée cette semaine que mon fils aîné m'a fait une "sortie" samedi soir en me reprochant de ne pas m'être intéressée à ses résultats scolaires de la journée. Vous voyez que je suis une mauvaise mère ! Décidément, je suis vraiment nulle sur tous les plans ! »

On finirait presque par être d'accord tant Isabelle est convaincante, tant elle nous apporte des preuves de ses défaillances multiples. Elle a d'ailleurs, avec le temps, fini par se convaincre elle-même qu'elle était réellement nulle. Ce n'est plus une impression, un doute : c'est devenu pour elle une certitude. D'ailleurs, dans la réalité, si ces comportements existent (mes patients souvent les majorent), Isabelle doit effectivement travailler sur elle pour améliorer son attention au travail et ses relations, dans son couple comme avec son fils. Mais cela veut-il dire qu'Isabelle est une *personne nulle* ?

➤ Plaidoyer pour le respect de sa personne

Peut-on juger sa valeur en tant que personne uniquement sur ses actes ?

Eh bien non : notre valeur personnelle est différente de celle de nos actions.

Même le pire criminel n'est pas jugé sans procès. Il a droit à une défense. Est-ce qu'Isabelle, dans son discours, se donne un droit à la défense ? Examine-t-elle si elle a des circonstances atténuantes ? N'avons-nous pas tous le droit à l'erreur dans notre travail ? Ne peut-il pas arriver à beaucoup de pères ou de mères d'oublier de demander de ses nouvelles à un de leurs enfants ? Ne peut-il pas arriver à un certain nombre de personnes d'avoir un écart dans leur couple parce qu'elles doutent d'elles ?

Bien sûr, on peut se fixer des exigences très élevées avec des règles de vie strictes : « Je dois avoir une conduite irréprochable en tout ! Je dois tout faire parfaitement ! » Est-ce réaliste ? Si vous voulez préserver une opinion de vous correcte, alors vous devez sans tarder intégrer deux conseils :

Premièrement, donnez-vous le droit à l'erreur. Essayez d'améliorer vos comportements lorsqu'ils sont défaillants. Isabelle doit se perfectionner au travail, rompre avec la nécessité de sortir avec des hommes pour s'aimer elle-même, et probablement être plus attentive aux résultats scolaires de son fils. Pour autant, elle doit se pardonner ses erreurs, ce qui l'aidera à les modifier.

Deuxièmement, ne laissez pas les autres juger votre personne négativement. Chaque être humain a une valeur propre qui est différente de celle des autres. Bien sûr, il est utile de chercher à progresser, mais il est tout aussi utile d'apprendre à se tolérer. La tolérance de soi-même est un des grands outils pour améliorer la confiance en soi.

Le Moi n'est pas que l'ensemble de nos actions. Il évolue en permanence avec le temps, en fonction de notre environnement et de notre culture.

Le manque de confiance en soi peut devenir une maladie

Les maladies du manque de confiance en soi

➤ *La dépression*

C'est la maladie la plus souvent rencontrée chez des personnes qui manquent de confiance en elles. Ici, le manque de confiance en soi semble être présent dès l'origine de la maladie. Il s'agit d'une tristesse permanente avec une perte de l'envie et du goût de faire les choses, un manque de désir et de volonté pour tout, une difficulté à anticiper l'avenir qui paraît bouché.

La dépression peut également s'accompagner de symptômes physiques : ralentissement (vous n'arrivez plus à faire les choses), fatigue, trouble du sommeil, troubles de la concentration et de la mémoire, troubles physiques divers et variés…

Cette dépression peut être d'intensité modérée mais permanente et vous gêner de nombreuses années, c'est ce que l'on appelle la « dysthymie ». Mais la dépression peut aussi évoluer par accès très intenses et très marqués, vous handicapant beaucoup dans votre vie. Ces accès, qui durent en général de quelques semaines à quelques mois, nécessitent un traitement médical urgent. Ils seront abordés dans le préjugé 1 : « Je ne suis pas capable de… », p. 66, et surtout dans le préjugé 3 : « Je me trouve nul(le) » (voir p. 88).

➤ *L'anxiété sociale ou phobie sociale*

C'est la deuxième maladie la plus fréquemment rencontrée chez des personnes qui manquent de confiance en elles. Ici, le manque de confiance en soi semble être un facteur aggravant. Il s'agit de la peur des autres[1]. Si l'on manque de confiance en soi et que l'on a un jugement négatif sur soi-même, on aura tendance à redouter le jugement des autres et à penser que les autres nous jugent négativement. Si ces pensées sont importantes, vous aurez peut-être tendance à éviter les contacts des autres et vous enfermant petit à petit dans une vie solitaire, en retrait, en refusant les invitations et les contacts, les promotions professionnelles, les prises de parole en public…

Il s'agit d'une maladie très fréquente, évaluée 2 à 3 % de la population selon les études ; passée assez inaperçue, à la fois chez les psychiatres et dans le grand public, mais qui nécessite toute l'attention des médecins. Il existe actuellement des traitements efficaces pour soigner ce problème[2]. Ces aspects seront abordés en particulier dans le préjugé 2 : « J'ai besoin qu'on m'aime », p. 76.

➤ *Le trouble d'anxiété généralisée ou TAG*

Il ne s'agit pas des fresques sur les murs des cités, mais du trouble d'anxiété généralisée (TAG) ! Lui aussi est très fréquent, il atteint probablement entre 3 à 4 % de la population générale. Il affecte des sujets inquiets, bilieux, qui se font toujours du souci et qui s'inquiètent pour tout. Il semble bien exister des liens entre le manque de confiance en soi et

---

1. Lire à ce sujet C. André et P. Légeron, *La Peur des autres,* Odile Jacob, 2001.
2. F. Fanget, « Traitement des phobies sociales : efficacité des thérapies comportementales et cognitives de groupe », *L'Encephale,* 1999, 25 : 158-68.

l'anxiété généralisée qui seront décrits dans le préjugé 6 : « Je me fais toujours du souci », p. 119.

➤ *Alcoolisme, anorexie et traumatismes*

Il existe beaucoup d'autres maladies qui peuvent avoir des liens avec le manque de confiance en soi. C'est le cas de certaines formes d'*alcoolisme*. Par exemple les personnes qui boivent pour s'autoagresser et se confirmer dans la mauvaise image qu'elles ont d'elles-mêmes ou celles qui boivent parce qu'elles ont peur d'aborder les autres et que l'alcool les y aide.

Un manque de confiance en soi est très souvent rencontré chez les jeunes femmes souffrant d'*anorexie mentale*. En conclusion le manque de confiance en soi est en cause dans plusieurs maladies.

Mais il existe aussi des événements qui ont pour conséquence un manque de confiance en soi, c'est le cas des *traumatismes sexuels*. Par exemple, l'inceste entraîne chez les personnes qui l'ont subi une grande difficulté à accepter leur corps et qui, globalement, ont des difficultés à faire confiance aux autres dans leurs relations. Ces aspects seront abordés dans le préjugé 7 : « Je ne peux pas compter sur les autres », p. 131.

Les maladies liées
à un excès de confiance en soi

➤ *L'euphorie maniaque*

À l'inverse de la dépression, on peut rencontrer chez les personnes qui souffrent d'un excès momentané de confiance en elles ce qu'on appelle des « manies ». Il ne s'agit pas du

sens habituel et populaire de « manies » — comme des « petites manies » —, mais d'une véritable euphorie de l'humeur
qui dure quelques semaines. On se croit capable de tout faire,
au-dessus des autres et on est hyperactif. Cette excitation est
en contraste avec l'état habituel.

➤ *Les narcissiques, les « moi je »*

Est-il possible d'avoir tout le temps trop confiance en
soi ? Oui, et cela pose même certains problèmes. Vous avez
autour de vous des personnes toujours très sûres d'elles ou en
tout cas qui le paraissent. Ici, la surestimation est permanente.

Trois types de problèmes sont liés à l'excès de confiance
en soi :

– c'est suspect,
– cela a des conséquences sur l'entourage de ces personnes,
– cela a des conséquences sur elles-mêmes.

Cela est suspect : lorsque vous rencontrez une personne
apparemment très sûre d'elle, ne croyez pas qu'elle soit très
solide. En effet, il y a en a deux types de personnes sûres d'elles :

– celles qui le sont vraiment. Vous n'aurez pas besoin
   d'essayer de vous faire une place à côté d'elles : elles
   vous respectent, elles vous laissent la parole, elles savent
   voir vos bons côtés et elles vous aident à progresser.
   Elles ne font jamais les choses à votre place si vous ne
   leur demandez pas ;
– et puis il y a les « faux sûrs d'eux », écrasants, qui ont
   besoin de dominer pour exister. Pour eux, vous n'existez
   pas, ils ne vous laissent pas la parole, ils n'ont pas pris
   le temps d'observer vos côtés positifs. En général, ils
   font les choses à votre place et, lorsque vous essayez de
   vous lancer, ils vous critiquent… Souvent, ils vous

expliquent que vous avez tort et eux raison, ils cherchent globalement à vous dominer. Ces personnalités ont besoin de dominer pour se rassurer, car contrairement aux apparences, elles ont une estime de soi fragile. C'est par la domination de l'autre qu'elles essaieront de prendre confiance en elles-mêmes. En fait, leur estime de soi est sociale, elles sont dépendantes de l'impression de domination qu'elles donnent aux autres pour se sentir sûres d'elles. Elles ont une très faible estime de soi personnelle et peuvent être très facilement déstabilisées lorsqu'elles sont remises en cause.

– Les conséquences sur l'entourage : à côté d'eux vous vous sentez rabaissé, agacé, vous avez l'impression d'être complètement nul. Ils vous donnent l'impression de tout savoir mais ils ne vous communiquent jamais leur savoir. Ils parlent d'eux tout le temps et leur expression favorite est : « Moi, je… »

– Les conséquences sur eux-mêmes : à l'intérieur d'eux, ils ne vivent pas les émotions comme vous l'imaginez. Ils sont extrêmement craintifs et redoutent toute critique ou défaite qui pourraient les déstabiliser. Toute leur confiance en eux dépendant du fait d'être remarqués par les autres, ils ont un besoin d'approbation et de compliment qui touche à la dépendance toxicomaniaque. De plus, comme ils ne cherchent que les messages positifs, ils ne peuvent pas progresser. Aucune critique constructive ne leur est accessible. Les autres ne peuvent être entendus que dans la mesure où ils vont dans leur sens. Dès que vous cherchez à leur faire une critique même constructive, ils se sentent blessés dans leur amour-propre et vous expliquent que c'est vous qui avez tort.

La confiance en soi chez l'enfant

Vais-je transmettre mon manque de confiance en moi à mon enfant ? Cette question m'est très souvent posée par les mères de famille qui viennent me consulter. Que répondre ? D'abord qu'elles ont raison de s'en préoccuper car, incontestablement, rien ne sert de se voiler la face, les parents ont un rôle majeur dans la confiance en soi chez l'enfant. Mais je m'empresse d'ajouter que, même si vous manquez de confiance en vous, vous pouvez avoir un rôle tout à fait positif et aider votre enfant à acquérir une bonne confiance en soi.

Le rôle de l'enfance dans la constitution de la confiance en soi

La confiance en soi de l'enfant dépend en grande partie de l'attitude de son entourage (les parents, mais pas seulement). Deux chercheurs en psychologie, Rosentahl et Jacobson[1] se sont livrés à l'expérience suivante : des enfants d'école primaire ont passé des tests afin d'évaluer leurs capacités d'apprentissage scolaire. Les chercheurs ont ensuite réparti les

---

1. *In* A. Muchielli, *L'Identité*, Paris, PUF, 1986.

enfants en deux classes : la classe A, qui regroupait des enfants à fort potentiel, et la classe B comportant ceux à faible potentiel. Ils ont ensuite répété des tests d'évaluation en fin d'année. Les résultats montrèrent que les enfants de la classe A, qui avaient un fort potentiel au départ, avaient fait des progrès très nettement supérieurs à ceux de la classe B, de potentiel plus faible.

Rien de surprenant dans ces résultats, pensez-vous ! Sauf que les deux chercheurs avaient menti aux enseignants et que les enfants étaient également répartis dans les deux classes. La classe A et la classe B comprenaient un nombre égal d'enfants à fort et à faible potentiels ! La conclusion de cette expérience surprenante et d'ailleurs discutée sur le plan éthique est la suivante : c'est l'opinion, l'espoir que mettent les enseignants sur les enfants qui favorisent les progrès de ces enfants. Les enfants considérés comme les moins performants suscitent moins l'intérêt des professeurs. Loin de moi l'idée de mettre en cause les professeurs car il semble que les parents aient le même type d'attitude. Gardez la conclusion de cette expérience à l'esprit et faites attention aux *a priori*.

Le rôle de l'entourage dans la constitution de la confiance en soi chez l'enfant a été longuement décrit dans les ouvrages de psychologie consacrés au développement de l'enfant. Je ne les reprendrai pas et je renverrai le lecteur intéressé à la bibliographie. Je rappelle toutefois que plusieurs auteurs sont d'accord sur le fait que la confiance en soi se constitue très tôt et à tous les stades de l'enfance.

Rappelons pour mémoire les principaux stades :

– D'abord l'*anxiété de séparation* qui se situe *entre 8 et 12 mois* et au cours de laquelle l'enfant va se concevoir comme une personne différente de sa mère. Il s'inquiète lorsque celle-ci le laisse ou lorsqu'un étranger s'approche. Aider l'enfant à passer cette phase de séparation progressive d'avec sa mère, dans un certain confort, en mettant « des mots » sur cette séparation comme le disait Françoise Dolto (« Je reviens te chercher ce soir après mon travail »), est évidemment un moment tout à fait fondamental pour qu'il prenne confiance en lui.

– La deuxième étape est celle de l'*apprentissage du non* qui survient, généralement au cours de la *deuxième année*. Stade également important, car c'est là que l'enfant va apprendre que tout n'est pas possible, que tout n'est pas permis, qu'il ne peut pas tout obtenir, d'où la frustration. Il va également à ce stade s'opposer aux autres en disant des « non » systématiques à ses parents. Il est important ici de respecter ce besoin d'opposition de vos enfants même caricatural car cela leur permet de prendre confiance dans le fait qu'ils ont leur personnalité.

– Vient ensuite ce que les psychanalystes ont appelé la *période œdipienne, vers 3-5 ans*, où commence à se poser la question de l'identité sexuelle.

– *L'adolescence*, période tout à fait fondamentale et où l'on retrouve les *mécanismes d'opposition,* va s'agrémenter de *mécanismes de création de sa propre personnalité.* Ceci se fera par une triple approche : l'adolescent s'identifie à certains aspects de vous-même, il rejette en bloc d'autres aspects et c'est la troisième dimension, entre identification et rejet, qui lui permettra de créer sa propre personnalité et de prendre vraiment confiance en lui. Laissez bien vos enfants se situer, se repérer par rapport à vous. C'est là, en tant que parent, que vous devrez être le plus solide car il n'est pas toujours simple de tolérer les oppositions, parfois violentes, des adolescents. Nous verrons d'ailleurs par la suite qu'il ne faut pas tout tolérer.

L'importance du rôle de l'enfance dans la constitution de la confiance en soi est très largement développée dans la deuxième partie de ce livre à propos de tous les préjugés à l'origine du manque de confiance en soi. D'ailleurs, si vous vous penchez sur votre propre enfance et sur les différents stades que nous venons d'évoquer, cela vous permettra de mieux comprendre vos enfants.

Les signes du manque de confiance en soi qui doivent vous alerter

Comme chez l'adulte, on retrouve chez l'enfant les manifestations du manque de confiance en soi dans trois domaines :

- premièrement, dans son rapport à lui-même et à son image,
- deuxièmement, dans son rapport à ses actions et ses compétences,
- troisièmement, dans son rapport aux autres et ses contacts sociaux.

➤ *Le rapport de l'enfant à son image*

Attention aux enfants qui tiennent un discours négatif sur eux-mêmes, en particulier lorsqu'ils s'évaluent avec les petits copains : « Je suis moins beau qu'untel… Je suis trop maigre… Je suis trop grand… trop gros… mon nez est trop… pas assez… » Déjà l'évaluation par rapport aux autres s'installe.

Attention aussi à ces enfants qui s'inventent une filiation imaginaire. Ils disent être le fils d'un grand savant, ou bien que leur père est un ancien champion de football, ou bien que leur famille a toujours été une famille noble, ou bien qu'ils sont des sortes d'extra-terrestres doués de pouvoirs plus ou moins surnaturels… Ces enfants ont besoin de se raconter des histoires fantastiques pour se mettre en valeur. Rien de grave dans tout cela si c'est momentané et ponctuel. Plus ennuyeux si l'enfant se réfugie en permanence dans ce genre de fabulations familiales et si, de plus, il renie ses propres origines. Il peut alors refuser le milieu modeste de ses parents, un manque d'éducation ou un métier peu valorisant chez son père. Parlez-en avec lui et aidez-le à accepter la réalité.

➤ *Le rapport de l'enfant à ses actions*

L'attitude de l'enfant envers ses échecs, et cela quel que soit son âge, doit attirer l'attention des parents. Dès le plus jeune âge, il peut lui arriver de ne pas attraper le pompon sur le manège, d'avoir de mauvais résultats à l'école, de ne pas s'y faire de copains... Face à ces échecs ou ces difficultés, l'enfant qui manque de confiance en soi va rapidement s'effondrer, dramatiser les choses et, comme l'adulte, remettre en cause sa propre valeur. C'est pourquoi il est important de lui apprendre à gérer ses échecs et ses difficultés.

➤ *Ses rapports avec les autres*

Les contacts sociaux sont une très bonne façon de repérer un manque de confiance en soi chez l'enfant. Il s'isole, refuse les échanges. Ou bien alors, dans ses relations, il est dominé, passif, exploité, voire martyrisé dans la cour de l'école. À l'inverse, méfions-nous des enfants sûrs d'eux qui ne s'expriment que dans la domination des autres et la violence. Parfois, ces difficultés peuvent aller jusqu'à un refus scolaire et un isolement. Attention alors à l'existence d'éventuelles phobies sociales ou dépressions chez l'enfant.

Pour ceux d'entre vous, parents, qui souhaitent en savoir plus, je vous conseille à la fin du livre des ouvrages traitant du manque de confiance chez l'enfant. Mais voici déjà quelques pistes modestes qui pourront vous être utiles.

Comment aider votre enfant
à prendre confiance en lui

Bien sûr cette liste n'est pas exhaustive et on pourrait très certainement (comme l'ont fait plusieurs ouvrages que je vous conseille en bibliographie) développer beaucoup plus longuement les mécanismes de la confiance en soi chez l'enfant. Il me semble que l'on peut retenir trois grandes idées :

- être soi-même un bon modèle de confiance en soi,
- apprendre à l'enfant à avoir une confiance en lui inconditionnelle,
- avoir des attitudes de « parents ».

➤ *Être soi-même un bon modèle*
de confiance en soi

Si vous progressez vous-même en augmentant votre capital confiance, il est probable que vos enfants vous suivront. La meilleure réponse à apporter à une mère qui se demande si elle va transmettre son manque de confiance en soi à son enfant est donc de lui conseiller de travailler elle-même sur sa confiance en soi.

Si vous avez des difficultés, vous pouvez parler avec votre enfant et montrer que vous savez prendre une certaine distance par rapport à vos propres difficultés. Votre enfant se rendra compte que vous n'êtes pas un modèle à prendre en bloc, sans distance, mais qu'il peut se situer par rapport à vous en gardant certaines de vos qualités et en étant plus distant par rapport à vos défauts. C'est votre discours critique sur vous-même (critique au bon sens du terme) qui lui permettra de mieux se situer.

➤ *Apprenez à votre enfant*
la confiance en soi inconditionnelle

• Acceptez les erreurs et les échecs de votre enfant.
• Montrez-lui que vous l'aimerez toujours, comme parent, quels que soient ses résultats.
• Ne le dévalorisez jamais en l'insultant devant les autres.
• Ne dénigrez pas ses résultats ou ses comportements.
• Montrez-lui que vous l'acceptez tel qu'il est.

Bien sûr, vous souhaitez que, par certains efforts, votre enfant s'améliore et réussisse, mais cela n'est qu'un souhait et vous le considérerez toujours comme votre enfant quels que soient ses comportements. C'est par cette attitude d'amour inconditionnel que votre enfant va acquérir une confiance en lui inconditionnelle qui ne sera pas dépendante de ses actions et de ses performances. Il ne s'agit pas de se taper sur le ventre toute la journée en étant fier de soi. Mais, sans confiance en soi inconditionnelle, nous devenons très vite dépendants des échecs et des aléas de la vie. Mais il faudra aussi aider votre enfant à se construire une confiance en lui conditionnelle et lui donner un certain goût pour la performance et la fierté d'être lui-même. Pour cela il est important que vous ayez de vraies attitudes de parents.

➤ *Avoir des attitudes de « parents »*

Cela semble peut-être banal, mais on a vu ces dernières décennies des parents devenir les *copains* de leur enfant. Eux-mêmes avaient eu des parents très autoritaires qui les avaient infantilisés. On observe régulièrement en psychologie ces mouvements de balancier où l'on passe d'un excès à l'autre. Aussi, il me paraît important de rappeler que les rôles des parents sont extrêmement multiples et d'ailleurs très difficiles à tenir. Rassurez-vous, le spécialiste que je suis a parfois lui-même bien de la peine à suivre tous ces préceptes avec ses propres enfants. Surtout, ne soyez pas complexé à la lecture de ce livre, considérez ces conseils comme des pistes qui sont là pour vous aider et en aucun cas pour vous culpabiliser.

- Premièrement, vous êtes un *coach* pour votre enfant : comme le *coach*, vous êtes un soutien permanent pour votre enfant, qu'il réussisse ou qu'il échoue. Vous allez, comme le *coach,* encourager l'effort et non la réussite : « C'est bien, tu as essayé. Cette fois-ci, tu n'as pas réussi, mais si tu persévères, tu y arriveras une prochaine fois ! » Aidez-le face aux difficultés à trouver les solutions lui-même plutôt que de les lui apporter sur un plateau. Toutefois, s'il ne trouve pas, ne le laissez pas dans l'embarras, prenez-lui la main et aidez-le à passer le cap. Montrez-lui également la réalité et les limites de son pouvoir. Il ne peut pas tout obtenir. Personne ne peut décrocher la lune ! Il est important de lui apprendre la frustration et de ne pas dramatiser lorsque ses désirs ne sont pas exaucés. Expliquez-lui que certains désirs resteront à l'état de désirs et ne seront pas réalisés.
- Deuxièmement, vous êtes un *pédagogue* : sans remplacer les professeurs, responsables de la scolarité, faites comme eux, apprenez des choses à votre enfant. Apprenez-lui à se défendre lorsqu'il est attaqué, apprenez-lui à dire « non » lorsqu'il ne veut pas se soumettre, apprenez-lui à respecter les autres mais aussi lui-même, en le complimentant régulièrement. Apprenez-lui à être fier de lui.
- Troisièmement, vous êtes un *point de repère*, probablement un des rôles les plus difficiles pour les parents, en particulier dans la phase d'adolescence. Malgré leur

apparente opposition, les adolescents ont besoin que leurs parents soient des points de repère et tiennent le choc ! Soyez ferme sans être intolérant. Montrez-leur les limites. Soyez cohérent, en particulier faites ce que vous dites. Ne dites pas ce que vous ne ferez pas et ne faites pas sans avoir prévenu avant. Ce conseil qui paraît banal est extrêmement précieux. On voit beaucoup d'erreurs d'éducation avec des parents qui menacent leurs enfants de grandes représailles qu'ils n'appliqueront jamais par manque d'autorité et, à l'inverse, certains parents qui sanctionnent brutalement sans avoir prévenu. Il est important que l'acte accompagne la parole. Autrement dit, il faut bien réfléchir, si possible avec votre conjoint, sur ce que vous allez demander à votre enfant avant de lui demander de l'appliquer. Mais une fois que votre décision est prise et dite, suivez-la telle quelle.

– Quatrièmement, vous êtes un *libérateur* pour votre enfant : eh oui, et ce n'est pas le plus facile, laissez l'oiseau quitter le nid ! Le plus souvent, c'est le parent qui est en difficulté et qui doit renoncer à une partie de sa vie et affronter le départ de ses enfants. Mais ne vous méprenez pas, un enfant a toujours besoin de ses parents, même à 40, 50, 60 ans… Vous serez toujours le nid vers lequel l'oiseau, même adulte et autonome, aura de temps en temps besoin de revenir. N'oubliez pas que la confiance en soi doit se maintenir chez l'adulte. Votre enfant est devenu un adulte certes, mais il a encore besoin de vous.

Maintenant que vous savez mieux ce qu'est la confiance en soi, son importance, les conséquences d'un manque de confiance, il va falloir comprendre pourquoi vous en manquez. Pour vous y aider, je vous propose une galerie de sept portraits illustrant les grands mécanismes du manque de confiance en soi. Ces sept portraits reposent chacun sur un préjugé, une sorte de façon de penser que l'on a sur soi-même, le plus souvent ancré depuis notre enfance. Ces préjugés sur nous-mêmes vont guider nos façons de nous comporter. Cherchez quels sont ceux qui prédominent chez vous.

Les sept préjugés principaux sont :

– préjugé 1 : « Je ne suis pas capable de… »,
– préjugé 2 : « J'ai besoin qu'on m'aime »,
– préjugé 3 : « Je me trouve nul(le) »,
– préjugé 4 : « Je dois faire toujours mieux »,
– préjugé 5 : « Je n'arrive jamais à me décider »,
– préjugé 6 : « Je dois toujours me faire du souci »,
– préjugé 7 : « Je dois me méfier des autres ».

DEUXIÈME PARTIE

Les préjugés à l'origine du manque de confiance en soi

À l'origine du manque de confiance en soi, on trouve sept « préjugés », sept idées toutes faites qui sont comme un prisme à travers lequel vous regardez votre vie. Ces visions des choses ne sont pas d'égale importance : les quatre premiers préjugés sont plus fréquents chez ceux qui manquent de confiance en eux. Sachez d'autre part, que vous pouvez vous sentir concerné par plusieurs préjugés. Ne vous inquiétez pas ! Il existe des solutions pour chaque cas. Ce sera à vous de mettre au point votre boîte à outils thérapeutique grâce aux techniques proposées dans la troisième partie.

Préjugé numéro 1 :
« Je ne suis pas capable de... »

Histoire vécue

L'histoire de Célia vous permettra de comprendre que notre psychologie personnelle ne se laisse découvrir que très progressivement. Les psychothérapeutes le savent, l'histoire ne s'éclaircit qu'à la fin, un peu comme le scénario d'un film qui nous tient en haleine jusqu'au bout[1]

Célia, 21 ans, étudiante en droit, m'écrit avant notre premier rendez-vous une lettre dont voici un extrait : « Je manque de confiance en moi... Je suis une personne timide et angoissée... J'ai des pensées angoissantes... Aussi, je souhaiterais commencer une psychothérapie. »

Lorsque Célia arrive à ma consultation, je lui demande : « Que voulez-vous dire lorsque vous écrivez "je manque de confiance en moi" ? » Célia me répond : « Je n'ose pas *faire* certaines choses, par exemple, prendre la parole dans les groupes que je ne connais pas ou peu. Cela m'intimide. »

Thérapeute : D'accord je comprends. Le manque de confiance en vous vous gêne-t-il dans d'autres domaines ?

Célia : Je ne me sens *pas capable* de commencer une nouvelle activité. Par exemple, j'ai besoin de faire un petit

---

1. J. Cottraux, *La Répétition des scénarios de vie*, Odile Jacob, 2001.

boulot pour payer mes études. On vient d'ailleurs de me proposer de travailler dans un restaurant. Eh bien, j'ai refusé, alors que j'en ai financièrement besoin.

Thérapeute : Pourquoi avez-vous refusé ?

Célia : J'avais peur de faire des erreurs dans les commandes, de ne pas donner les plats prévus ou de mal rendre la monnaie.

Thérapeute : D'accord. Avez-vous d'autres craintes à l'idée de commencer ce travail ?

Célia : Oui, j'avais peur que les clients ou les autres employés me jugent mal.

Thérapeute : Vous arrive-t-il de mal faire les choses ou d'être mal jugée par les autres dans d'autres domaines de votre vie ?

Célia : Oh, oui, Docteur, tout le temps !

La suite de la consultation m'apprendra que Célia a les mêmes peurs dans pratiquement tous les domaines de sa vie. À la faculté, elle redoute d'échouer à ses examens alors qu'elle les a toujours réussis. Elle a peur des autres étudiants : elle pense qu'ils la jugent sans intérêt. Même chose quand un garçon cherche à la séduire.

En poursuivant les séances, je vais me rendre compte que les craintes de Célia peuvent se résumer en deux points essentiels :

- peur d'être incompétente dans les actes de la vie quotidienne,
- peur d'être mal jugée par les autres (lorsqu'ils se rendront compte de son incompétence).

En fait, ces craintes ont infiltré toute la vie de Célia alors qu'elle était très jeune.

On peut, à ce stade, se poser deux questions importantes :

– pourquoi Célia passe-t-elle toute sa vie à la « moulinette de l'incompétence » qu'elle pense présenter ?
– que faire face à un tel « rouleau compresseur » de doute, d'incertitude et de négativisme ?

En fait, ces deux questions résument tout l'objet de ce livre : pourquoi manquons-nous de confiance en nous ? Comment s'en sortir et aller mieux ?

Les mécanismes du préjugé d'incompétence

Remontons le fil du temps. Célia me raconte qu'elle se trouve incompétente dans beaucoup de domaines. Cela a-t-il un rapport avec son passé ?

La première étape consiste à faire prendre conscience à Célia que sa timidité, ses doutes, ses difficultés à la faculté et avec les garçons sont liés par une idée, un jugement qu'elle porte au fond d'elle : « *Je ne suis pas compétente.* » Tel est son *préjugé*. Célia ne voit et ne parle que de ses échecs. Lors de ses consultations, elle n'a pas évoqué une seule de ses réussites. Elle n'anticipe que les échecs et continue à les anticiper même lorsque, dans la réalité, elle fait face avec efficacité. Elle s'entoure de personnes peu valorisantes pour elle et qui la confirment dans son idée d'incompétence. Son petit ami lui reproche ses erreurs en permanence, éventuellement en public. Il ne la complimente pratiquement jamais. Son amie intime, elle aussi, est très peu valorisante, et passe son temps à parler de ses propres problèmes à elle. Elle dit toujours à Célia : « Oh toi, tu ne peux pas comprendre ce genre de choses. » Tous ces discours maintiennent Célia dans sa pensée : « Je ne suis pas capable. »

C'est ce que les spécialistes appellent des *facteurs de maintien*.

➤ *Cela a bien commencé un jour !*

Célia raconte que, bien qu'elle ait été une enfant sage, discrète, avec d'assez bons résultats scolaires, ses parents ne manifestaient jamais de joie devant ses réussites. Ils avaient plutôt tendance à lui demander de faire encore plus et encore mieux.

Beaucoup plus tard, en thérapie, elle se rappelle une scène de son enfance. Elle a 11 ans et vient d'entrer en sixième, dans un collège de la ville la plus proche de son village où elle ne connaissait personne. De nature timide, Célia ne se fait pas d'amie au premier trimestre, se réfugiant dans un travail assidu. À Noël, elle obtient un bon bulletin scolaire. Ses parents en font à peine cas : « C'est correct mais tu peux faire beaucoup mieux. »

Célia est très affectée : elle a fait tout ce qu'elle a pu. Par ailleurs, elle se sent seule, sans camarades. Bien qu'elle en ait parlé à sa mère, celle-ci, ne lui a pas proposé d'inviter une petite copine à la maison. Peut-être n'est-elle pas une petite fille capable, se dit-elle : alors qu'elle a beaucoup travaillé, ses résultats ne sont pas merveilleux et, surtout, ses parents ne sont même pas fiers d'elle. Et si ses parents s'intéressaient plus à son travail qu'à elle ?

On peut imaginer que la confiance en soi de Célia serait meilleure si les parents lui avaient dit, ce jour-là : « C'est bien ma petite fille, l'entrée en sixième est un moment difficile. Tu as perdu tes amis de l'année dernière et tu dois te retrouver dans un nouveau milieu avec des camarades inconnus. De plus, tu as 45 minutes de trajet le matin et le soir, ce qui est fatiguant. Tu dois t'adapter à plusieurs professeurs alors que, l'année dernière, tu n'avais qu'une maîtresse, que nous connaissions dans le village. Compte tenu de tout cela, nous sommes, nous tes parents, très contents de tes résultats pour le premier trimestre et très fiers de toi… De plus, nous avons remarqué que tu étais un peu seule et que tu avais des difficultés à te faire de nouvelles copines. Aussi, nous te proposons d'inviter une de tes amies à la maison et s'il le faut, si elle habite loin, nous irons la chercher en voiture… »

Rêve peut-être, mais avec ce type de discours parental, on peut supposer que, au moins sur le moment, Célia aurait eu une pensée plus positive sur elle-même !

Haro sur les parents ?

Faut-il pour autant expliquer le manque de confiance de Célia par la seule attitude parentale ? Et proposer, comme certains, de régler ses comptes avec ses parents, unique moyen, selon eux, de sortir de notre névrose ? Nous verrons plus loin qu'en fait l'attitude thérapeutique n'est pas aussi simple. De plus, opposer Célia à ses parents ne ferait que renforcer sa culpabilité. Il m'apparaît plus utile d'éclaircir l'attitude de ses parents. Je lui pose la question suivante : « À votre avis, Célia, pourquoi vos parents ont-ils eu cette attitude à la fin de ce premier trimestre de sixième ? »

En fait, Célia se rend compte que ses parents ont certes été maladroits, mais qu'ils n'avaient pas la volonté de lui faire du mal. Elle m'explique : « Mes parents s'en voyaient dans la vie. Mon père travaillait dur, ma mère aussi, mais l'argent manquait à la maison. Mon père disait toujours : "Il faut que tu aies une bonne situation dans la vie." En fait, il souffrait de sa précarité ainsi que ma mère et ils voulaient que je réussisse mieux qu'eux. Mon père manquait de culture et de diplômes. Pour lui, il fallait que j'aie la chance de faire des études. »

Les parents de Célia croyaient bien faire, comme c'est souvent le cas d'ailleurs. Leurs désirs de réussite pour leur fille étaient louables. Je fais alors remarquer à Célia : « Votre père fondait de grands espoirs sur vous, sur votre réussite dans les études. Pensez-vous qu'il vous jugeait *incapable de réussir* ? »

Célia pleure et répond : « Je n'avais jamais vu les choses comme cela. En fait, c'est vrai, il a tout fait pour que je réussisse dans la vie. Et si je suis maintenant en maîtrise à la faculté, c'est bien grâce à lui… »

N'y a-t-il que l'éducation ?

On entrevoit ici que, s'il existe un facteur éducatif responsable d'une partie du manque de confiance en soi de Célia, il existe aussi chez elle une sensibilité présente dès son plus jeune âge. D'après sa mère, Célia a toujours été une enfant très sensible. En revenant de l'école, Célia lui disait à propos d'une de ses copines : « Elle est bien meilleure que moi. Elle est amie avec toutes les filles de la classe. »

Effectivement, comme certains spécialistes l'ont montré[1], certains enfants sont plus vulnérables que d'autres.

➤ *Tout se joue-t-il avant 6 ans ?*

L'étude du cas de Célia montrera qu'à partir d'un tempérament vulnérable existe dès la petite enfance le préjugé d'incompétence : « *Je ne suis pas capable.* » Et qu'ensuite, tout au long de son enfance, de son adolescence et

---

1. J. Kagan, *La Part de l'inné*, Paris, Bayard, 1999.

de sa vie adulte, les événements viendront confirmer Célia dans ce préjugé qu'il s'agisse de son entrée en sixième, de sa crainte d'échouer au bac, de ses premiers contacts avec les garçons, ou de ses craintes de ne pas être à la hauteur comme monitrice de colonie ou caissière dans une chaîne de restaurants...

Si Célia ne se soigne pas, il y a de fortes raisons de penser que son sentiment d'incompétence persistera dans la suite de sa vie. Le sentiment d'incapacité à faire les choses (« *je ne suis pas capable de...* ») qui est un jugement par rapport à nos capacités donc à notre comportement, lorsqu'il se répète, risque de se *généraliser* et de devenir « *je ne suis pas compétent(e)* », un préjugé beaucoup plus global et destructeur, parce qu'il concerne notre personne et l'ensemble de nos capacités.

Le schéma fonctionne aussi dans l'autre sens. Nous le voyons avec les facteurs de maintien : Célia s'entoure d'amis dévalorisants, elle évite les difficultés, les nouveautés. Lorsqu'elle réussit, elle ne se met pas en valeur et tout ceci la maintient dans la pensée : « Je suis incompétente. »

C'est le modèle du *cercle vicieux*. Beaucoup plus complexe et réaliste qu'une hypothèse causaliste et simpliste du type : « Les dés sont jetés avant 6 ans. » Mais, surtout, ce modèle du cercle vicieux nommé *analyse fonctionnelle* par les spécialistes a un énorme avantage : *on peut s'en sortir* en inversant le cercle vicieux comme nous le verrons plus loin.

Le tableau ci-contre résume le cercle vicieux de Célia. Les solutions utilisées avec Célia sont présentées ici afin de vous montrer comment vous pouvez procéder à votre changement personnel. Il s'agit d'un exemple. Toutes les possibilités permettant d'améliorer votre confiance en vous (celles utilisées avec Célia et d'autres) seront reprises en détail dans la troisième partie de cet ouvrage.

Le cercle vicieux de Cécilia

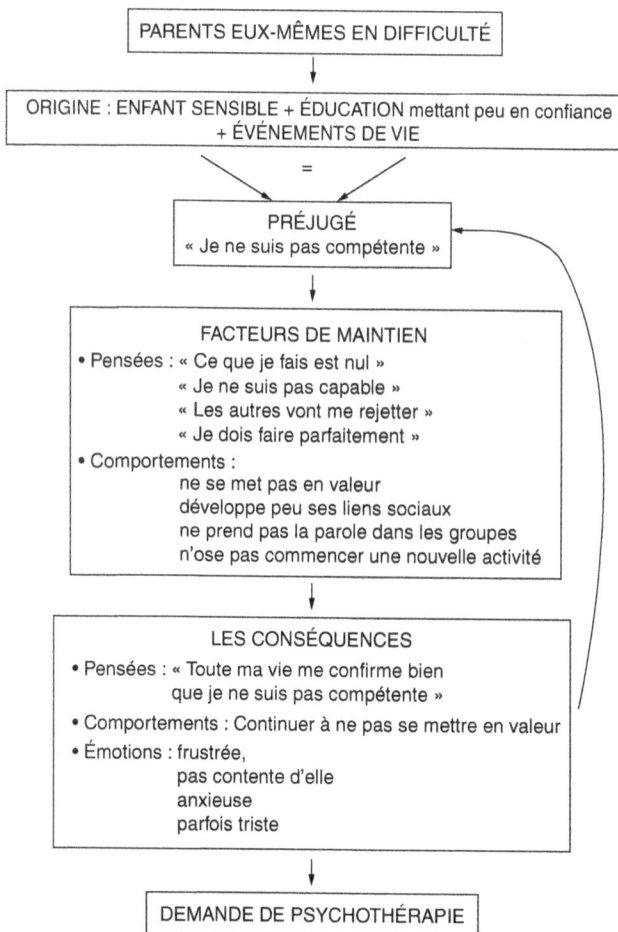

PARENTS EUX-MÊMES EN DIFFICULTÉ

ORIGINE : ENFANT SENSIBLE + ÉDUCATION mettant peu en confiance
+ ÉVÉNEMENTS DE VIE

=

PRÉJUGÉ
« Je ne suis pas compétente »

FACTEURS DE MAINTIEN
- Pensées : « Ce que je fais est nul »
    « Je ne suis pas capable »
    « Les autres vont me rejetter »
    « Je dois faire parfaitement »
- Comportements :
    ne se met pas en valeur
    développe peu ses liens sociaux
    ne prend pas la parole dans les groupes
    n'ose pas commencer une nouvelle activité

LES CONSÉQUENCES
- Pensées : « Toute ma vie me confirme bien
    que je ne suis pas compétente »
- Comportements : Continuer à ne pas se mettre en valeur
- Émotions : frustrée,
    pas contente d'elle
    anxieuse
    parfois triste

DEMANDE DE PSYCHOTHÉRAPIE

Les solutions : quelques pistes

Les solutions seront largement développées dans le programme de reprise de confiance en soi qui fait l'objet de la troisième partie de ce livre.

En quelques mots, voici les premières pistes que je peux vous donner pour vaincre votre préjugé d'incompétence.

– Repérez et arrêtez vos critiques intérieures, vos pensées négatives : elles vous empêchent d'agir, vous mettent en échec et vous font croire, à l'avance, que vous n'y arriverez pas. Les solutions pour vous aider à vaincre ces critiques intérieures seront développées dans la clé 1 de la troisième partie.

– Passez à l'action pour vous prouver que vous êtes capable de faire beaucoup plus que vous ne l'imaginez. Mais, attention, n'agissez pas n'importe comment, n'importe quand et avec n'importe qui. Vous avez besoin d'aide pour programmer vos actions afin de réussir et de vous sentir efficace. Un grand chercheur en psychologie, Albert Bandura[1], a montré que c'est le sentiment d'efficacité personnel qui va vous motiver pour agir et reprendre confiance en vous. Ce programme vous permettra également de vaincre vos appréhensions, d'avoir moins peur des échecs, d'oser agir et d'être fier de vous. Tous ces éléments sont détaillés dans la clé 2 de la troisième partie du livre.

– Affirmez-vous avec les autres. Arrêtez de croire qu'ils sont plus compétents que vous et que vous l'êtes moins qu'eux. C'est un *a priori*, un préjugé qui est probablement

---

1. A. Bandura, « Self efficacy », *Advances in behaviour Research and therapy*, 1975, 13, 141-152.

faux. En suivant les méthodes d'affirmation de soi qui sont détaillées dans la clé 3 de la troisième partie du livre, vous vous surprendrez par les compétences relationnelles que vous allez acquérir.

Mais l'exemple de Célia ne montre pas tous les aspects du manque de confiance en soi. Aussi, il me paraît utile de vous montrer d'autres exemples de préjugés susceptibles de saboter votre confiance en vous.

Préjugé 2 :
« J'ai besoin qu'on m'aime, qu'on m'apprécie, qu'on m'approuve »

Histoires vécues

➤ *Aurélie ou le comportement d'abnégation*

Aurélie, laborantine, 26 ans, vient me consulter pour une timidité excessive. Elle vit seule. Elle a un amant, marié, qui vient la voir lorsque cela l'arrange, pour avoir des rapports sexuels. Aurélie est incapable de refuser car elle se trouve tellement nulle qu'elle ne pense pas mériter un homme plus fidèle. Dans ses amitiés, c'est la même chose. Elle n'a que deux copines qui décident tout pour elles et l'oublient lorsqu'elles n'ont pas envie de la voir. Ce sont elles qui décident des sorties, des dates et lieux. Aurélie suit sans rien dire. Elle n'ose pas aborder de nouvelles personnes. Au travail, c'est toujours elle qui remplace les collègues quand c'est nécessaire ; elle est la moins bien payée parce qu'elle est la seule à ne jamais avoir demandé d'augmentation à son patron alors que c'est une employée modèle.

Intelligente, émotive et fine, Aurélie comprend bien que ce retrait ne lui donne pas confiance en elle : « Je me trouve nulle. Je suis insignifiante, transparente. Les autres décident de toute ma vie pour moi. » Et pourtant Aurélie n'est pas nulle. Il s'agit d'une personne qui souffre d'une phobie sociale assez sévère, qui doute d'elle-même de manière considérable et qui pense que les autres sont meilleurs qu'elle.

Aurélie présente essentiellement ce que nous appelons un comportement d'*abnégation*.

➤ *Paul ou le manque d'estime de soi inconditionnel*

Paul est un ingénieur de haut niveau. Il est titulaire d'une thèse d'État, donne des conférences dans le monde entier et on pourrait penser au premier abord que c'est quelqu'un de très sûr de lui, en tout cas sur le plan professionnel. Écoutons-le : « En fait, lorsque je dois faire une conférence je suis terrorisé. Raisonnablement, je sais que je suis au niveau pour cette présentation, mais j'ai toujours peur d'une question du public à laquelle je ne pourrais pas répondre et qui me ridiculiserait. J'ai besoin de l'approbation des autres. Si une seule personne dans le public me fait une remarque négative par rapport à ma prestation, j'en serai malade pendant trois jours. D'ailleurs, l'opinion des autres est pour moi plus importante que la mienne. Aussi, j'essaie de ne pas être désapprouvé et de ne pas décevoir. Si, lors d'une conférence, je ne suis pas d'accord avec les conclusions d'une autre équipe, j'ai toujours tendance à minimiser les différences en disant que les travaux de l'autre équipe sont excellents, même s'ils s'avèrent faux… Avec mes amis, c'est la même chose. Souvent, j'entends des âneries sur des sujets qu'ils connaissent mal, mais je préfère me taire de peur d'entrer en conflit. Je cherche toujours à leur plaire, à leur montrer que je suis une personne bien, à rechercher les compliments et l'approbation des autres… C'est comme si, tous les jours, je devais regagner la confiance en moi, reconquérir l'opinion des autres, montrer que je suis une personne valable. Mon estime de moi-même est à refaire chaque jour : je dois démontrer que je suis quelqu'un de bien... »

En fait Paul souffre de ce que l'on appelle un *manque d'estime de soi inconditionnel*. Il conditionne son estime de soi à l'approbation des autres.

Paul présente essentiellement ce que nous avons appelé un comportement de *recherche d'approbation* en particulier sur sa valeur intellectuelle.

➤ Sophie ou la recherche d'approbation sur son physique

Sophie a toujours besoin qu'on l'aime. Elle s'explique : « J'ai été élevée dans un milieu ouvrier, défavorisé et peu cultivé. J'ai toujours souffert de ce manque de culture et d'argent et en particulier par rapport à mes copines d'école. Moi-même, je n'ai pas pu faire d'études. Je ne peux pas avoir une conversation et j'ai toujours honte de pendre la parole face aux autres qui s'expriment particulièrement bien. Je suis très impressionnée quand je suis devant une personne qui s'exprime facilement, qui est cultivée, qui a des arguments.

En revanche, j'ai assez conscience d'être mignonne physiquement. La nature m'a au moins donné cela. Aussi, je me suis dit que ma valeur dépendait surtout de ma capacité à séduire. Je passe mon temps à m'habiller, à m'arranger, à acheter des vêtements, à aller chez le coiffeur et à essayer de séduire les hommes qui me plaisent. Dans un premier temps, je suis assez contente. Ça me déclenche beaucoup d'émotions. D'ailleurs, je tombe la plupart du temps passionnément amoureuse dès les premières heures. J'ai alors dans la tête un scénario de prince charmant qui va venir m'enlever et m'emmener dans un monde idéal. Vous comprenez, si c'était le cas, j'aurais l'impression d'être quelqu'un d'exceptionnel. Je me fais alors des films. Ça dure quelques jours, quelques semaines. Je n'arrête pas de le séduire, d'exposer mes charmes et je dois, pour finir l'histoire, coucher avec lui, car j'ai besoin qu'il m'aime et qu'il me dise que je suis la seule qui compte pour lui. » Là le visage de Sophie change et elle continue en disant : « Malheureusement, la réalité me fait retomber. Souvent c'est la déception. Vous savez, souvent, les hommes, lorsqu'ils ont eu un rapport sexuel, sont beaucoup moins attirés par ma séduction et mon charme. Souvent, il s'agit d'hommes qui ne sont pas libres et qui viennent coucher avec moi lorsqu'ils en ont envie. Je me rends compte alors que je ne suis pas la femme idéale que j'avais pensé être pour eux. La déception est d'autant plus violente que mes illusions ont été grandes. Je me dis alors qu'il ne faut plus que je succombe à la tentative de séduction pour ne plus être déçue… Mais c'est plus fort que moi. La seule façon que j'aie de me valoriser, c'est ma capacité à séduire… Vous voyez bien, Docteur, que je ne suis pas intelligente, que je n'ai pas de culture. Que voulez-vous que je dise dans une conversation ? »

Les mécanismes du besoin d'être aimé

Pourquoi certains ont-ils tant besoin d'être appréciés ? Le mécanisme présenté dans le schéma suivant repose sur un préjugé de base : ma valeur personnelle dépend de ce que les autres pensent de moi. Ce préjugé, acquis le plus souvent dans l'enfance, peut vous imposer des règles de vie de deux sortes.

➤ Deux règles de vie

« *Je dois être approuvé en particulier par les gens que je juge importants et de valeur.* » En effet, vous pouvez penser que, si vous êtes entouré d'un conjoint de grande valeur, cela signifie que vous êtes vous-même quelqu'un de valable. Le problème de cette règle de vie est que vous vous mettez en situation de dépendance par rapport à quelqu'un pour valoir quelque chose. Si cette ou ces personnes que vous jugez valables, s'éloignent, alors vous risquez de perdre confiance en vous.

« *Je ne dois pas être rejeté sinon cela me confirmera que je suis nul.* » Vous pensez que si vous êtes rejeté, en particulier par des personnes que vous jugez valables, elles vous rejetteront à cause de votre manque de valeur. Vous pourrez, là aussi, vous dire que vous êtes sans valeur et perdre confiance en vous.

Ces règles de vie vont vous amener à adopter deux styles comportementaux.

➤ Deux styles comportementaux

Vous recherchez l'approbation des autres. Si vous arrivez à faire penser aux autres que vous êtes quelqu'un de valable alors vous vous jugerez valable. Vous avez tendance à avoir des comportements de séduction avec les autres, vous cherchez à leur faire plaisir. Vous essayez peut-être de connaître leurs opinions et leurs pensées pour aller dans leur sens. Comme l'homme-caméléon du film *Zelig* de Woody Allen où le personnage se transforme en fonction de son interlocuteur et parvient même à se métamorphoser physiquement pour s'adapter à celui qui est en face de lui.

Vous pouvez aussi adopter des comportements d'abnégation qui consistent à faire ce que les autres veulent. Vous voulez à tout prix leur faire plaisir, vous allez voir le film qu'ils ont envie de voir, dans le restaurant où ils souhaitent aller et dans le lieu de vacances qu'ils ont choisi. La priorité pour vous est de ne pas entrer en conflit avec l'autre et de ne pas déplaire pour éviter de vous faire rejeter. Ainsi pensez-vous : « Si je suis d'accord avec les autres ils ne me rejetteront pas, ils m'accepteront » et cela vous rassure. Malheureusement, ces comportements peu personnalisés ne peuvent pas augmenter votre confiance en vous.

Ces styles comportementaux vont s'accompagner de deux types de pensées (ou cognitions).

➤ Deux types de pensées

Première pensée : « Si je me soumets à l'opinion de l'autre, il m'acceptera mieux. » Vous pensez que, pour être intégré ou rester dans un groupe, il faut ne jamais exprimer des opinions différentes, personnalisées. Il faut être de l'avis général du groupe. Vous avez très peur de vous retrouver en conflit. En particulier, vous redoutez la situation où vous serez le seul à être d'une opinion différente au sein du groupe. Ces pensées ne sont pas toujours irréalistes : on voit beaucoup d'associations ou d'entreprises dans lesquelles, pour déclencher une euphorie d'équipe, on va chercher à conduire tous les membres de l'équipe à avoir une seule et même pensée : « Nous sommes les meilleurs… nous savons, nous, ce qu'il faut… »

Deuxième pensée : « Si je fais le bien de l'autre, il ne me rejettera pas. » Vous pensez que si vous passez votre vie à répondre aux désirs de ceux qui vous entourent, ils vous accepteront mieux. Le problème de cette pensée est qu'elle vous conduit au comportement d'abnégation que nous avons vu tout à l'heure et même à un certain assujettissement à l'autre. C'est en effet l'autre qui désire pour vous et décide ce que vous devez faire pour lui faire plaisir. Aussi, vous vous retrouvez entouré de personnes qui ont tendance à vous exploiter et à peu tenir compte de vos besoins et de vos désirs. Ceux-ci n'étant pas exprimés, vous avez tendance à perdre confiance en vous et à vous juger comme quelqu'un ayant peu de personnalité. Les événements de la vie auront souvent tendance à confirmer votre préjugé.

➤ *Ce qui vous arrive renforce votre préjugé*

Dans beaucoup de situations, on appréciera votre discrétion, le fait que vous ne vous opposiez pas et que vous ayez tendance à faire ce qu'on vous demande. Bref, vous êtes une personne gentille, sans problème, et vous trouvez certainement, dans votre vie amicale, conjugale et professionnelle, beaucoup de gens qui entrent dans ce système de fonctionnement. Les personnes comme vous sont en général bien acceptées, « elles ne posent pas de problème ». Cette *acceptation sociale* va vous confirmer dans votre préjugé : par vos comportements d'abnégation, vous êtes accepté et, le jugement des autres vous étant favorable, vous êtes une personne valable : « Ma valeur est bonne car les autres pensent du bien de moi ou plutôt ils ne pensent pas de mal de moi. »

Mais, fatalement, il y aura des situations où vos besoins seront différents de ceux des autres. C'est le cas lorsqu'une personne dominée dans le couple décide de s'affirmer alors que son conjoint souhaite continuer à dominer. Ce pourra être aussi le cas dans votre vie professionnelle : lorsque vous aurez un besoin qui contrarie votre employeur, vous aurez toutes les peines du monde à le lui demander. Ce sera le cas aussi avec certains de vos amis qui vous demanderont des services à des moments où cela ne vous sera pas possible. Vous serez alors très embarrassé pour dire non. Par exemple, lorsqu'un de vos voisins un peu trop bruyant vous empêche de dormir, vous n'oserez pas lui demander de baisser le son : votre besoin de répondre aux désirs des autres, qui est le plus souvent ancien, ne vous a pas permis de vous affirmer dans votre vie. Aussi, vous ne savez pas comment faire dans ces situations conflictuelles que vous avez tendance à éviter et à fuir en pensant : « Mieux vaut ne pas me mettre en conflit, sinon je risque d'être rejeté, seul. » Et si cela était le cas vous pensez que, seul, vous ne valez pas grand-chose et donc, vous perdez confiance en vous.

On le voit, vous êtes pris dans un cercle vicieux où le préjugé de base entraîne deux règles de vie qui s'accompagnent elles-mêmes de deux styles de comportements et de pensées qui vont confirmer le préjugé de base. Surtout si des événements viennent réactiver ce préjugé. Nous le verrons dans les solutions, c'est en sortant de ce cercle vicieux que vous prendrez confiance en vous.

Le cercle vicieux du besoin d'approbation

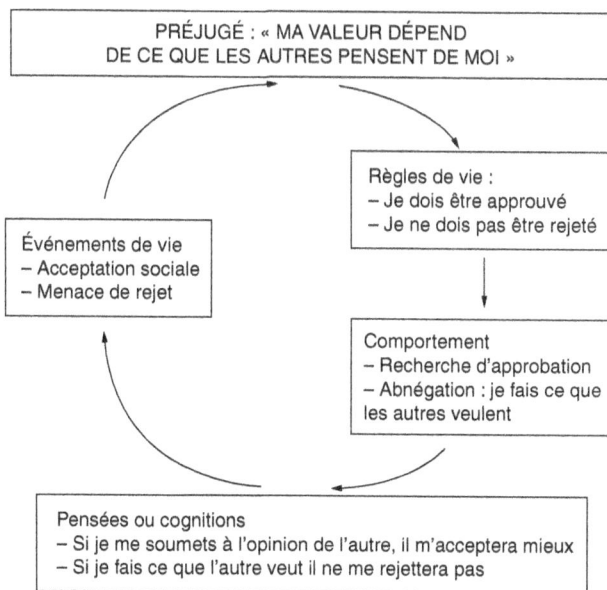

PRÉJUGÉ : « MA VALEUR DÉPEND DE CE QUE LES AUTRES PENSENT DE MOI »

Règles de vie :
– Je dois être approuvé
– Je ne dois pas être rejeté

Comportement
– Recherche d'approbation
– Abnégation : je fais ce que les autres veulent

Pensées ou cognitions
– Si je me soumets à l'opinion de l'autre, il m'acceptera mieux
– Si je fais ce que l'autre veut il ne me rejettera pas

Événements de vie
– Acceptation sociale
– Menace de rejet

Les deux types de confiance en soi : explication

Comment expliquer ces phénomènes ?
Il y a deux types de confiance en soi.

➤ *La confiance en soi inconditionnelle*

Il s'agit de la confiance en soi de base que nous portons en nous, quels que soient nos comportements et nos relations avec les autres. Nous nous estimons avec une certaine valeur, qui n'est ni supérieure ni inférieure à celle des autres, mais qui est la nôtre, indiscutable, insensible aux événements. C'est elle qui nous permet, le matin à notre réveil, avant que nous ayons fait quoi que ce soit, de penser que nous sommes un être avec ses qualités et ses défauts, ses atouts et ses points faibles, mais en tout cas quelqu'un d'unique.

C'est cette même notion qui nous permet de penser que nous avons des points sur lesquels nous devons progresser et accepter la contradiction. Cette confiance en soi inconditionnelle est la base de la confiance en soi. Elle a été donnée en général précocement par les nourritures affectives de l'enfance. C'est elle qui nous met en sécurité en termes d'image de soi.

➤ *La confiance en soi conditionnelle*

Ici, nous conditionnons la confiance que nous avons en nous à notre réussite et à nos relations avec les autres. Pour être quelqu'un de bien, je dois réussir (professionnellement, maritalement, amicalement ou autre) et je dois être apprécié par les autres. Dans ce cas, nous entrons dans un système de dépendance à nos actions et aux autres : pour rester quelqu'un de bien, il faut le démontrer chaque jour, comme Paul. Le danger est qu'on risque alors de ne plus supporter la moindre erreur. Il faut aussi, comme Sophie et Aurélie, toujours tenter de se faire apprécier des autres car, si les autres vous renvoient une bonne image, vous avez une valeur. Il s'agit d'une véritable dépendance, comme on peut être dépendant du tabac, de l'alcool et des drogues : vous dépendez de l'approbation des autres.

➤ Un équilibre entre ces deux formes de confiance en soi

Comme toute dépendance, il faut que la dose ne soit pas trop élevée. En effet, l'équilibre entre les deux formes de confiance en soi (inconditionnelle et conditionnelle) est nécessaire. Un petit peu de confiance en soi conditionnelle est utile : elle vous permet d'être ouvert aux autres, de faire attention à leurs réactions envers vous, et aussi de progresser dans vos actes. Mais si vous en avez trop ou si vous fonctionnez, comme dans les cas précédents, essentiellement sur la confiance en soi conditionnelle, vous risquez de manquer de confiance en soi inconditionnelle. Or celle-ci est indispensable pour rester en sécurité quels que soient les événements, pour garder confiance en soi dans l'échec ou lorsque vous êtes désapprouvé par certaines personnes, ce qui ne manquera pas de vous arriver.

C'est la recherche d'un équilibre entre ces deux formes de confiance en soi, conditionnelle et inconditionnelle, qui vous permettra un meilleur fonctionnement psychologique.

On peut supposer qu'un manque de confiance en soi inconditionnelle (insuffisamment donné dans l'enfance) a amené les personnes des récits précédents à rechercher la confiance en soi conditionnelle. C'est la recherche de la

confiance en soi conditionnelle qui guide leurs comportements et qui va les faire entrer dans le cercle vicieux de la
recherche de l'approbation des autres. Mais ce comportement ne permettra pas d'augmenter la confiance en soi
inconditionnelle et ceci peut persister toute la vie si vous
n'y faites pas attention. Si vous souffrez de ce préjugé il
va donc falloir travailler sur votre confiance en soi inconditionnelle.

Quelles sont ces solutions ?

Les solutions : quelques pistes

Elles seront très largement développées dans la troisième partie du livre mais je vous en donne déjà les lignes
directrices ici.

Si vous souffrez du préjugé « J'ai toujours besoin que
l'on m'aime, que l'on m'apprécie, que l'on m'approuve... »
je vous propose de :

– Vous affirmer envers les autres grâce aux techniques
  d'affirmation de soi qui seront développées dans la clé 3
  (p. 218) : apprenez à exprimer vos opinions, vos désirs
  même lorsqu'ils ne correspondent pas à ceux des autres,
  posez des limites aux autres lorsque vous n'êtes pas
  d'accord.
– Relativiser le besoin d'approbation : qu'est-ce que la
  valeur d'un être humain ? Comment la définir ? Êtes-
  vous pire que les autres ? Utilisez les techniques développées dans les clés 1 et 2 (p. 140 et 169). Faites la liste
  de toutes vos qualités. Utilisez les techniques de son-
  dage... Relativisez aussi l'opinion des autres : est-ce raisonnable de penser que l'on peut être approuvé par tout
  le monde ? Les autres sont-ils tous du même avis sur

vous ? La diversité des opinions ne fait-elle pas la richesse du monde ? Bien sûr que si ! Alors acceptez de ne pas être le même que les autres, d'être différent et comprenez, en montrant petit à petit vos différences, que cela ne signifiera pas nécessairement que vous serez rejeté.

– Apprendre à vous aimer sans condition. L'amour inconditionnel de soi-même est indispensable pour ne pas se remettre sans arrêt en cause. Vous pouvez utiliser les techniques présentées dans la clé 2 (p. 169) qui vous permettront de prendre conscience de vos points forts.

Préjugé 3
« *Je me trouve nul(le)* »

Histoires vécues

➤ *Justine ou la difficulté relationnelle*

Justine, jeune femme d'une trentaine d'années, présente ce préjugé de nullité. Elle raconte une scène de sa vie quotidienne sous forme de dialogues. Elle a noté les propos de ses interlocuteurs, en l'occurrence une amie, Claire, et un jeune homme de rencontre, Philippe. Elle a également retranscrit ce qu'elle a appelé sa « voix intérieure », c'est-à-dire ce qu'elle se dit dans sa tête au moment où elle vit la scène.

Justine doute d'elle et n'ose jamais aborder les garçons qui lui plaisent. Samedi dernier, elle était en discothèque avec son amie Claire à côté d'un jeune homme nommé Philippe qui l'attirait. Voici ce qu'elle a noté de la situation.

« (*Voix intérieure* : De toute façon je suis tellement nulle que je ne vais pas oser lui adresser la parole. J'ai tellement honte de ma façon de danser. Et puis je n'ai rien à voir avec lui. Il est à l'aise avec ses copains. Moi je ne suis pas à l'aise en groupe.)

Justine : ...

Le garçon a remarqué nos regards attentifs. Il redouble d'agilité sous les sourires de ses copains.

(*Voix intérieure* : T'es vraiment nulle, ma fille, pas étonnant que tu restes seule, tu n'oses pas aborder les garçons. Je suis sûre que Claire n'a pas ce complexe et qu'elle va l'aborder, elle.)

Justine : ...

(*Voix intérieure* : Et voilà, elle lui parle et moi comme une idiote, je reste là au lieu de me joindre à eux. De toute façon, elle a plus d'humour que moi, je ne suis pas une fille intéressante. Je n'ai pas de conversation, avec moi il va s'ennuyer.)

Ce dialogue montre le débat intérieur de Justine : elle est tiraillée entre l'envie d'aborder ce garçon et sa voix critique intérieure qui l'en empêche. Petit à petit, Justine va, au cours de sa thérapie, s'accepter comme elle est et considérer que : « après tout c'est au garçon de décider s'il accepte ou pas d'avoir une relation avec moi » plutôt que de s'autojuger négativement elle-même.

Cet exemple montre comment le préjugé de nullité peut perturber vos relations avec les autres et vous empêcher d'avoir des relations que vous souhaitez.

➤ *Sébastien ou l'invasion du sentiment de nullité*

Sébastien fait une demande de psychothérapie à la suite de plusieurs dépressions très sévères dont certaines l'ont amené à l'hôpital. Il est sous antidépresseurs en permanence, a eu plusieurs arrêts maladie et parle régulièrement de suicide.

En dehors du traitement médical, bien nécessaire dans le cas de Sébastien, nous allons commencer une psychothérapie pour traiter le problème de fond lié à son préjugé : « Je suis nul ». Après quelques séances et l'établissement d'une relation de confiance, Sébastien a accepté de noter les moments pendant lesquels il se sentait nul, au fur et à mesure que ce sentiment l'envahissait. Pour cela, il a utilisé une fiche à trois colonnes (voir p. 90) notant dans la colonne de gauche les événements qui déclenchent l'émotion, puis dans une seconde colonne, les émotions vécues sur le moment, en précisant leur intensité par un chiffre de 0 à 10. Enfin, dans la troisième colonne, à droite, il note ses « pensées automatiques », c'est-à-dire son discours intérieur au moment de la situation.

Situation	Émotions de 0 à 10	Pensées automatiques
Je dois remplir un dossier de candidature pour une recherche d'emploi.	J'ai honte de moi. Tristesse. 8 /10	Je suis vraiment nul Je ne suis pas capable car personne ne m'a embauché. Je n'ai pas effectué correctement cette recherche d'emploi. Je n'y arriverai jamais Laissons tomber.
Mon ami Bernard me fait remarquer, d'un ton de reproche, que je n'écoute pas les autres et que je ne fais que parler de moi.	Honte. Découragement. 7/10	C'est vrai, je parle tout le temps. Je suis nul, égoïste et narcissique.
Je me mets à table. Ma femme me dit : « Tu pourrais t'habiller autrement ! » alors que je suis en train de m'asseoir.	Découragement. Colère. 6/10	Je ne comprends pas, même en ne disant rien je suis désagréable. Ça ne va jamais. Elle ne pourra jamais m'accepter. De toute façon je suis pénible pour tout le monde.

On voit bien à quel point le sentiment de nullité envahit tous les domaines de la vie de Sébastien : le travail, les amis, le couple… Sébastien en revient toujours à penser qu'il est nul dans tout ce qu'il fait.

Les mécanismes du préjugé de nullité

Pourquoi certains se trouvent-ils si nuls ? À la base, il y a un *préjugé* ancien, construit depuis l'enfance. C'est une affirmation indiscutable. Rien ne peut vous permettre de sortir de votre nullité. Pour vous, c'est une tare, une tache intérieure, qui n'est pas modifiable.

➤ *Un préjugé ou une règle de vie ?*

À l'extrême, vous pouvez avoir la conviction, indestructible, d'avoir toujours été nul, de l'être à présent et dans l'avenir. On le voit, il s'agit d'une conviction puissante et destructrice, difficile à modifier et qui va influencer toutes vos pensées et vos actions. Cette conviction est ce que l'on appelle un *préjugé*. C'est un jugement de valeur, une affirmation abrupte qui ne souffre aucune discussion : « Je suis nul, un point c'est tout ! »

Mais il existe aussi des règles de vie qui seront formulées de la façon suivante : « Je ne serais pas nul(le) si je faisais telle ou telle chose… » Ces règles de vie sont déjà moins délétères puisque vous semblez mettre une condition à votre nullité. Ce qui sous-entend que vous pouvez les formuler ainsi : « Je ne serais pas nul si… ou je ne serai pas nul lorsque je ferai telle chose… » Ici, il existe une possibilité d'issue. L'ennui, c'est, comme le montre le schéma p. 93, que vos jugements sur vous-même sont influencés par des mécanismes de pensée qui filtrent l'information de manière tendancieuse. En effet, vous avez acquis la conviction que vous êtes nul, mais en plus, vous allez interpréter tout ce qui vous arrive dans votre environnement d'une certaine manière pour confirmer cette conviction.

➤ *Trois mécanismes de pensée*

Vous êtes soumis à des mécanismes de pensée qui sont essentiellement au nombre de trois (encore qu'il y en ait d'autres de moindre importance) et qui fonctionnent comme des filtres au travers desquels vous voyez la réalité.

• *La maximalisation du négatif* vous conduit à surestimer tout ce qui est négatif. Vos erreurs, vous en voyez partout et vous les dramatisez. Vos défauts ? Vous les voyez plus gros qu'ils ne sont. Les critiques que vous font les autres ? Vous les surestimez et elles vous déstabilisent pendant très longtemps.

• *La minimalisation du positif* : à l'inverse, vous minimisez tout ce que vous faites de bien et vos réussites. Vous minimisez aussi vos qualités en les niant : « Oh, non, je ne suis pas si tolérant que cela, pas si sympathique... » Vous êtes sourd aux compliments que l'on vous fait en n'entendant pas les messages positifs.

• *La généralisation* : lorsque vous faites une erreur, qu'un de vos défauts est visible ou bien que l'on vous critique, vous avez tendance à généraliser en utilisant des formules comme « toujours » ou « jamais » : « Je serai *toujours* nul, je n'arrive *jamais* à faire quelque chose, de toute façon c'est *toujours* pareil, je ne suis pas capable de... » Cette généralisation porte sur les différents domaines de compétences. Il suffit que vous fassiez une erreur dans votre travail pour que vous vous considériez comme nul en général. Cette généralisation est temporelle : si par exemple vous avez, à un moment donné, déçu un de vos amis, vous aurez tendance à considérer que vous avez toujours été nul en amitié, que cela a toujours été le cas et que cela le sera toujours dans l'avenir.

Ces trois mécanismes, lorsqu'ils sont réunis, vont vous amener à avoir une *vision de vous-même complètement déformée*, qu'il s'agisse d'un défaut psychologique ou physique. Vous avez une *vision globale négative* de vous-même.

➤ *Des émotions négatives*

Cette vision de vous-même va entraîner des *émotions négatives* : vous avez honte de vous-même, vous doutez avant d'agir, vous êtes anxieux et, du coup, vous n'êtes pas très bien lorsque vous avez à affronter les situations de vie.

➤ *Des comportements d'échec*

À cause des mécanismes de pensée négatifs et des émotions négatives que vous vivez, vos performances sont moins bonnes. Vous arrivez mal préparé dans les situations et vous pouvez même parfois éviter de les affronter. Ces comportements d'échec vont fermer définitivement le cercle vicieux en vous confirmant dans votre préjugé de départ « je suis nul » (voir le schéma ci-dessous).

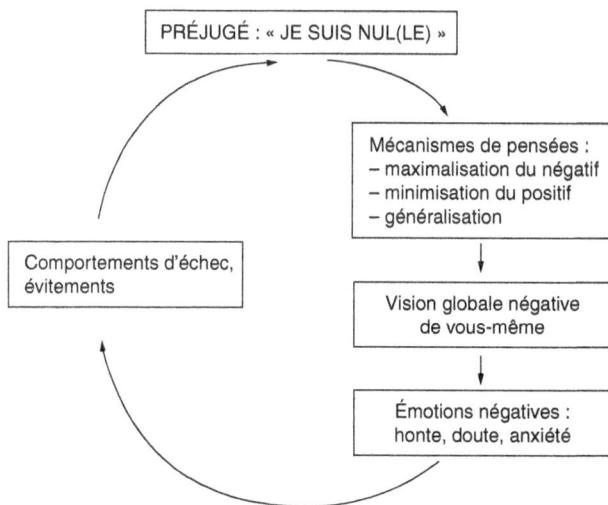

➤ *Les origines du préjugé de nullité*

En fait, les origines de ce préjugé sont anciennes, le plus souvent liées à l'éducation. On peut citer par exemple les familles qui critiquent, punissent à l'excès. Ou bien les parents qui vous ont donné l'impression que vous les déceviez perpétuellement. Parfois vous avez pu être abusé sexuellement ou rejeté. Certains enfants sont porteurs de tous les malheurs de la famille et désignés comme les responsables de tout ce qui arrive. Mais nous l'avons déjà dit, pour qu'un préjugé persiste à l'âge adulte, il ne suffit pas qu'il soit généré dans l'enfance. Faut-il encore que vous le confirmiez dans votre vie d'adulte.

➤ *Comment ce préjugé se maintient-il ?*

Il existe à l'intérieur de vous des facteurs de maintien : ce sont les mécanismes de pensée que nous avons vus tout à l'heure, qui, en filtrant ce que vous vivez au quotidien dans le sens de la nullité, confirment celle-ci.

Il y a également des facteurs de maintien dans votre environnement. En effet, vous avez tendance à choisir des conjoints, des amis qui vous maintiennent dans votre nullité. Soit parce que vous les jugez plus admirables que vous, soit parce qu'il s'agit de personnes qui ont besoin de dominer pour se donner de la valeur et qui donc vous laisseront un statut peu valorisant. Notez que votre discours très négatif sur vous-même aura, même avec les personnes bienveillantes à votre égard, tendance à les amener à penser que vous êtes vraiment nul !

Dans votre environnement professionnel vous aurez tendance à choisir des postes en dessous de vos compétences, à nier tout ce que vous faites de bien, à ne jamais vous mettre en avant… Tout ceci confortera votre sentiment de nullité.

Certaines complications pourront aussi vous maintenir dans ce préjugé : il s'agit avant tout de dépressions parfois graves (voir l'exemple de Sébastien p. 89). La dépression s'accompagne d'une perte de vos capacités physiques et psychologiques ne faisant que renforcer le doute et la honte de vous-même. Cette dépression peut retentir sur votre vie professionnelle, vous amenant à arrêter de travailler, parfois de manière prolongée, et sur votre vie relationnelle en vous isolant. Vos mécanismes de pensée négatifs seront considérablement accentués si vous devenez dépressif. Dans ces cas-là vous serez peut-être en danger. Il vous sera alors utile de consulter un spécialiste.

Les solutions : quelques pistes

Elles seront largement détaillées dans la troisième partie ; je ne ferai que citer brièvement les différentes solutions :

– Abandonnez les visions globales et négatives de vous-même pour juger des comportements, des actes, des points forts et des points faibles. Prenez conscience de votre critique intérieure. Sortez de la dichotomie : nulle/parfait, bien/mal… Pour ce premier temps, vous pouvez vous aider des techniques de trois colonnes comme l'a fait, par exemple, Sébastien et de plusieurs autres techniques dévoilées dans la clé 1, p. 140.

– Luttez contre votre voix critique intérieure. C'est indispensable parce qu'elle vous détruit à petit feu en portant des coups à votre estime de soi. Vous trouverez détaillées les méthodes permettant de limiter les dégâts de votre voix intérieure dans la clé 1.

– Opposez-lui une voix intérieure bienveillante pour faire contrepoids (voir la clé 1).

– Comprenez qu'il ne s'agit que d'un jugement sur vous-même, que de mots. Rien ne démontre dans les faits que vous soyez nul. Ce préjugé est devenu totalitaire et les techniques de la clé 1 pour nuancer vos préjugés vous seront d'une grande aide.
– Sortez de vos comportements d'échec. En effet, le travail de prise de conscience précédent est nécessaire mais pas suffisant. Il faut que dans les faits vous agissiez différemment pour avoir plus d'expériences positives, une perception positive de vous-même et des retours positifs plus fréquents par les autres. Tout ceci est développé dans la clé 3 (p. 218).

Ce préjugé « je suis nul(le) » est en fait l'un des plus profondément enracinés. Voyons maintenant un autre préjugé, très fréquent, qui se manifeste par un excès de perfectionnisme.

Préjugé 4 :
« Je dois faire toujours mieux »

Le manque de confiance en soi peut prendre des visages très différents. Ainsi, le perfectionnisme outrancier qui se manifeste par un stress excessif, une anxiété, dès que l'on déroge à la perfection, une peur des autres ou une boulimie.

Histoire vécue

Élodie, 25 ans, pharmacienne vient me consulter pour une boulimie qui a débuté il y a un an, à la suite d'une rupture sentimentale. Les entretiens avec Élodie vont m'apprendre qu'avant cette rupture elle présentait déjà, depuis longtemps, une véritable obsession de son poids, qui l'avait amenée à contrôler son alimentation. Ses crises de boulimie sont suivies de vomissements afin d'éviter de grossir.

Lorsque je demande à Élodie pourquoi le poids est si important pour elle, elle me répond qu'elle se trouve « moche et grosse » et en particulier qu'elle a « trop de hanches ». Elle a toujours été « mal dans sa peau » et son poids fluctue entre 44 et 75 kilos. Le jour où je la vois, Élodie pèse 51 kilos pour 1,61 m ce qui est raisonnable. Elle présente un index de masse corporelle normal. Il y a une discordance entre ce que l'on peut voir de son corps et la perception qu'elle en a elle-même.

Élodie revient sur la rupture sentimentale, me dit que c'est à la suite de cette rupture qu'elle a subi la plus forte prise de poids, montant jusqu'à 75 kilos : « J'étais devenue une grosse vache ! » Cette prise de poids a été vécue comme un véritable traumatisme.

Ces premières entrevues nous permettent déjà de comprendre les mécanismes psychologiques et les difficultés d'Élodie que l'on peut schématiser la façon suivante :

La mécanique psychologique d'Élodie

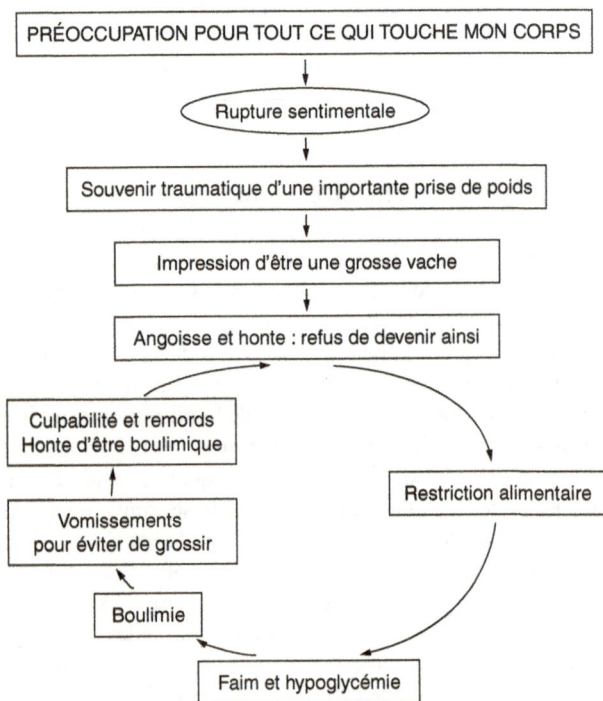

PRÉOCCUPATION POUR TOUT CE QUI TOUCHE MON CORPS

Rupture sentimentale

Souvenir traumatique d'une importante prise de poids

Impression d'être une grosse vache

Angoisse et honte : refus de devenir ainsi

Culpabilité et remords
Honte d'être boulimique

Restriction alimentaire

Vomissements
pour éviter de grossir

Boulimie

Faim et hypoglycémie

Élodie, en faisant elle-même ce schéma, comprend les liens entre ses difficultés alimentaires et son malaise psychologique. Il est à noter au passage que la boulimie est la conséquence d'une restriction alimentaire, elle-même responsable d'une hypoglycémie dont la principale manifestation est la sensation de faim. Souvent, la boulimie vient à la suite de régimes intempestifs qui entraînent des hypoglycémies, une sensation de faim... Élodie commence à comprendre qu'elle n'accepte pas son corps. En effet, si on observe bien le schéma, on se rend compte que c'est bien une difficulté de vie (une rupture sentimentale) qui vient réactiver deux phénomènes, d'une part une prise alimentaire, d'autre part un malaise avec angoisse et honte de son corps.

Il faut préciser ici qu'avant la rupture sentimentale préexistait une préoccupation importante sur la forme de son corps. Je m'intéresse alors au problème suivant : pourquoi Élodie (d'apparence normale) tient-elle tant à ne pas prendre de poids, ne serait-ce que quelques kilos ?

➤ *Et si le poids n'était pas le principal problème d'Élodie ?*

« Élodie, que signifierait pour vous être grosse ? »

Voici la réponse d'Élodie : « Si je suis grosse :

1. Je serai mal dans la peau.

2. Cela sera la preuve de mon échec à contrôler mon poids.

3. Je manquerai de confiance en moi.

4. J'aurai un mauvais contact avec les autres (Élodie pense qu'elle doit avoir un corps parfait pour être accepté(e) par les autres).

5. Je me sentirai dévalorisée.

6. Je ne serai pas parfaite car j'aurai un défaut physique. »

Élodie me précise : « Si je pesais 44 kilos en permanence, tout irait bien pour moi et j'accepterais alors les autres
problèmes. » La réponse d'Élodie ne peut me laisser indiffé-
rent. Regardez bien les six arguments d'Élodie. De quoi
parle-t-on ? De problèmes alimentaires, de poids, d'aspect
physique, de bien-être… Examinez les réponses d'Élodie :
elle parle de contrôle (reponse 2), de mal-être (réponse 1), de
confiance en elle (réponse 3), de mauvais contact avec les
autres (réponse 4), de dévalorisation (réponse 5), de perfection (réponse 6).

Ces propos ne se présentent pas seulement chez des personnes boulimiques : les notions psychologiques de confiance
en soi, bien-être, perfectionnisme débordent largement la
question de l'alimentation et du poids. D'ailleurs, Élodie
commence à comprendre : « Effectivement, j'ai toujours été
perfectionniste, extrêmement exigeante, j'ai toujours voulu un
corps parfait. Mais je suis exigeante pour tout. Je dois aussi
être intelligente, avoir de la répartie lors des discussions, être
drôle et pouvoir faire rire les autres, avoir un métier passionnant et respecté, vivre un couple sans problème… » Et on
pourrait continuer la liste longtemps. Élodie veut tout avoir,
toujours mieux, toujours plus.

« Sois parfaite et tais-toi ! » Toute la journée, dans mon
cabinet, j'entends ce genre de discours : « Je dois être une
femme parfaite, une mère parfaite, une conjointe parfaite, une
amante parfaite, une salariée parfaite, une ménagère parfaite,
une organisatrice de vacances pour ma famille parfaite, mais
aussi une manutentionnaire et livreuse à domicile des courses
parfaite… » À tel point que je réponds parfois en souriant
« Hou la la, mais vous êtes en train de me stresser. Moi-même
je ne pense pas être aussi parfait que vous et je me demande
bien comment je vais réussir, avec une psychothérapie, à vous
conduire à tant de perfection ! » La plupart des patients sou-
rient alors et arrivent à prendre de la distance par rapport à

leur demande de perfectionnisme excessif. D'autant qu'ils perçoivent que cela ne leur donne pas confiance en eux.

➤ *Envahisseur : le perfectionnisme va vous ronger...*

Élodie prend peu à peu conscience que son perfectionnisme est en train de l'envahir et devient une sorte d'intolérance envers elle-même. Elle se rend compte qu'il ne touche pas seulement son corps mais toute sa vie et que son échec sentimental a fait apparaître une boulimie parce qu'elle s'était déjà fixé des objectifs perfectionnistes avant. On peut supposer que la rupture n'a été qu'un déclencheur.

C'est l'attente irréaliste d'un couple parfait que cette rupture est venue remettre en cause. Elle a pensé : « Plus jamais cela, il ne faut plus que l'on m'abandonne de nouveau et donc je dois être de plus en plus parfaite pour que les garçons restent avec moi. » La rupture sentimentale n'a fait que confirmer Élodie dans ses préjugés, la poussant à encore plus de perfectionnisme. « Si je ne suis pas parfaite, on va m'abandonner et cela confirmera que je ne suis pas intéressante. » C'est donc un manque d'estime de soi qui pousse Élodie à la perfection.

Lors des consultations suivantes nous apprendrons qu'Élodie présente ce perfectionnisme excessif depuis son enfance ; son père, très exigeant avec elle, ne tolérait pas la moindre imperfection ni le moindre échec. Comme il le disait : « Nous sommes responsables de nos échecs et nous ne pouvons ne nous en prendre qu'à nous. » Mais Élodie ne prend aucune distance par rapport au discours de son père et elle ajoute : « Vous voyez bien, Docteur, mon père avait raison, mon ami est parti parce qu'il m'a trouvée trop grosse. Je n'aurais jamais dû me laisser aller. Tout est de ma faute. »

➤ *Le perfectionnisme : aimant ou repoussoir ?*

Entre nous — et je ne lui en dis rien pour l'instant —, Élodie n'a pas encore conscience que c'est le mécanisme inverse qui s'est produit. Elle découvrira plus tard qu'en fait ses exigences excessives et son perfectionnisme font extrêmement peur aux garçons. Ceux-ci se trouvent devant une femme parfaite et ont peur de ne pas arriver à la satisfaire. C'est donc le perfectionnisme d'Élodie qui a probablement fait fuir son ami et non pas, comme elle le pense, le fait qu'elle ne soit pas assez parfaite. Elle l'est *trop* au contraire !

En résumé, le cas d'Élodie montre qu'un perfectionnisme excessif, s'il devient trop rigide et trop intransigeant, peut vous amener à perdre confiance en vous. Mais tout perfectionnisme n'est pas à rejeter.

Il est important de préciser ici que le perfectionnisme n'est pas un problème *en soi*. Ce dont il est question, c'est d'un perfectionnisme rigide qui va s'appliquer à tout ce que nous faisons. Sur quelles manifestations pouvez-vous vous rendre compte que votre perfectionnisme est excessif et qu'il peut vous faire perdre confiance en vous ?

Les mécanismes
du perfectionnisme excessif

➤ *Les comportements des perfectionnistes :*
« trop, c'est trop »

• *L'hyperactivité : vous courez toujours.* Votre emploi du temps est débordé, vous faites mille choses. Julie est une jeune fille de 19 ans en deuxième année d'études supérieures. Elle fait de la gymnastique dans un club de haut niveau de notre ville, et supporte très mal de ne pas être toujours première aux concours. Elle fait aussi deux heures de patinage par semaine, deux heures de natation et s'occupe d'une association humanitaire. Elle garde ses petits frères et sœurs à la maison pour satisfaire sa mère et fait régulièrement le ménage à fond dans sa chambre.

• *La pression temporelle : vous n'avez pas le temps.* « Je suis toujours en retard. Il reste toujours quelque chose à faire. » Vous courez toujours après le temps : du fait de vos très nombreuses activités vous manquez toujours de temps. En somme, vous ne maîtrisez pas le temps, c'est lui qui vous maîtrise.

• *La procrastination : vous repoussez toujours à plus tard.* Dans certains cas extrêmes, le nombre de chose à faire étant très important, vous n'y arrivez pas (les journées n'ont que 24 heures) et du coup, vous procrastinez, c'est-à-dire que vous remettez au lendemain. Ceci peut conduire au paradoxe que voulant faire beaucoup vous n'arrivez plus à rien faire.

• *« Le plaisir : moi, connais pas ! »* Vous ne vivez pas ou peu de plaisir. Effectivement, vous avez beaucoup à faire et de plus, vous commencez par les tâches les plus rébarbatives pour vous en débarrasser. Mais il ne vous reste plus assez de temps pour vous amuser, vous détendre. Le déficit en plaisir est un des grands problèmes de ce syndrome de perfectionnisme. Les perfectionnistes sont en effet des stakhanovistes qui s'imposent à eux-mêmes une vie faite de performance.

• *L'impatience émotionnelle et relationnelle.* Il est impossible, pour vous, de « regarder la neige tomber » pendant deux heures sans rien faire. Vous êtes alors envahi par un sentiment d'angoisse et de vide. La maîtresse de maison sera déjà en train de débarrasser sa table alors que ses convives en sont encore à la salade.

• *L'anticipation permanente.* Vous vivez dans un futur permanent, dans l'anticipation permanente des problèmes que vous allez devoir résoudre.

• *La difficulté à déléguer.* Vous pensez que vous seul pouvez faire les choses correctement. « Je préfère les faire moi-même au moins je sais qu'elles seront bien faites. » Du coup, vous ne déléguez pas et vous faites tout, les tâches qui nécessitent votre niveau de formation et les tâches subalternes que vous pourriez très bien confier à vos collaborateurs.

• *Le manque de repos.* Vacances, week-ends, grasses matinées sont des concepts étrangers pour vous.

• *Vous ne prenez pas le temps de dépenser les euros que vous avez gagnés.* Votre perfectionnisme a un avantage, vous êtes quelqu'un de productif, vous réussissez beaucoup de choses. Mais, dès que vous avez fini un dossier ou obtenu une certaine victoire lors d'une négociation, vous ne prenez pas le temps de profiter du résultat ni de vous en féliciter et vous passez à l'enjeu suivant. C'est le *défi* permanent. Vous avez besoin d'un challenge pour avancer et vous ne prenez pas le temps de profiter de la vie.

➤ *Les émotions des perfectionnistes*

L'émotion, la perception, le vécu sont des notions qui vous sont étrangères. Vous les regardez peu, vous vous y attachez peu, seul pour vous le résultat compte. Les émotions, les états d'âme ce n'est pas pour vous.

• *L'insatisfaction* est le problème principal. En effet comme vous fixez la barre très haute, 20/20, la réussite parfaite. La vie étant ce qu'elle est, faite de réussites, d'échecs ou de réussites ou d'échecs partiels, vous n'êtes que très rarement satisfait. Seul le 20/20 vous satisfait. Le 17/20 amène une certaine modération dans votre plaisir. C'est le paradoxe. Tout est fait pour accéder à une certaine réussite et, en pratique, malgré toutes vos actions vous n'arrivez pas à vous satisfaire de ce que vous faites :

– insatisfaction de vous-même : finalement vous n'avez pas vraiment d'admiration pour vous-même,
– insatisfaction des autres : ce qu'ils font n'est jamais assez bien pour vous. Vos collaborateurs manquent de précision et se contentent d'un travail moyen selon vous.

• *Le déficit en plaisir, la compétition* (en dehors du plaisir lié à la performance). Vous ne connaissez guère de plaisir. Par exemple, vous aimez jouer du violon, mais, dès que vous jouez, vous voulez être parmi les meilleurs. Vous aimez le tennis, mais, lorsque vous jouez, au lieu de prendre du plaisir en jouant, vous n'avez qu'une seule idée en tête : ne pas perdre.

• *Le vide* doit être à tout prix comblé. L'absence d'activité vous angoisse, il faut toujours remplir le vide.

➤ *Les pensées des perfectionnistes*

Votre culture personnelle procède de cette devise : « Toujours plus, toujours mieux… » Vous devez tout réussir pour satisfaire vos parents, eux-mêmes atteints d'exigence élevée, ou bien pour vous sortir d'un milieu défavorisé.

• *« Ma valeur dépend de ma productivité. »* C'est l'estime de soi conditionnée à la productivité. C'est ce que l'on appelle l'*estime de soi professionnelle* : « Ce que je vaux, c'est ce que je suis comme travailleur. Si je produis un travail de qualité, alors je suis une bonne personne. » Vous mélangez la valeur de vos actes et de votre personne. Vous pensez que la valeur personnelle se réduit à celle de vos actes dans le domaine professionnel. Il est urgent pour vous d'apprendre à vous considérer comme une personne de valeur même lorsque vous subissez des échecs.

• *« Ce qui compte, c'est ce que les autres pensent de moi. »* L'estime de soi conditionnée à ce que les autres pensent de moi est une seconde pensée qui vient très fréquemment succéder à la précédente. En effet, si notre valeur personnelle dépend de nos actes — qui peuvent être jugés par les autres —, nous allons nous mettre en dépendance du jugement des autres pour savoir ce que nous valons. « Si les autres jugent mon travail très bon, alors je me dirai que je vaux quelque chose. » Là aussi, cette pensée peut avoir une certaine validité, s'il peut être utile de s'intéresser à l'opinion des autres, chez des individus souffrant d'un perfectionnisme excessif, cette pensée va être beaucoup trop rigide et caricaturale : elles ne supporteront pas la moindre désapprobation sur le moindre détail. Si un seul des douze membres de l'équipe ne les approuve pas cela suffira à les déstabiliser. Vous fonctionnez donc dans l'évaluation permanente d'une part de vos actes et d'autre part de l'opinion que les autres en ont.

C'est le syndrome de la *double performance*. Mais il y a une troisième pensée qui est peut-être plus profonde et qui est la suivante :
• « *Si je ne me comporte pas parfaitement alors les autres vont m'*abandonner. » « Je dois mériter l'amour des autres. Ma place parmi les autres n'est pas un acquis. Je dois chaque jour faire des efforts pour la mériter car, en tant que telle, ma valeur personnelle ne justifie pas qu'ils m'acceptent. C'est pourquoi je suis obligé d'être performant afin d'éviter que les autres ne m'abandonnent et me rejettent. »

➤ *Les relations des perfectionnistes avec les autres*

• *Vos relations intimes.* Vous choisissez un partenaire qui est lui aussi perfectionniste pour vous soutenir dans vos convictions. Le couple devient à son tour exigeant et choisit à son tour des couples d'amis exigeants. Ceci afin de faire partie d'un milieu où tout le monde répond aux mêmes critères d'exigence. Vous n'avez pas autour de vous de personnes ayant d'autres valeurs et qui pourront vous amener à repenser la vôtre.

• *Vos relations avec vos enfants.* Elles sont imprégnées de perfectionnisme. Vous les voulez sans faille, premier de la classe. Vous risquez de les mettre en difficulté avec une pression trop importante. Ils risquent de penser : « Je ne serai jamais à la hauteur de ce que veulent papa ou maman. » Ils auront alors beaucoup de difficultés à prendre confiance en eux.

• *Vos relations avec vos parents.* Elles étaient, comme nous le voyons dans beaucoup de cas, empreintes de perfectionnisme. Vous avez vécu vous-même cette crainte de ne jamais être à la hauteur des espoirs de vos parents. D'ailleurs, les objectifs qu'ils vous fixaient ou que vous pensiez qu'ils vous fixaient étaient inatteignables et vous avez fini par perdre confiance en vous. Comme le dit en consultation Élodie en me parlant de son père : « Oui, mais lui, il est très intelligent. Je n'arriverai jamais à être comme lui. D'ailleurs je suis nulle. » Et cela peut transmettre de génération en génération. À moins que vous preniez conscience de votre perfectionnisme excessif et qu'à l'aide d'un travail personnel vous arriviez à vous modifier.

• *Vos relations sociales.* Elles sont peu abondantes car vous n'avez pas le temps, étant trop pris par toutes vos activités. Parfois elles vous paraissent inutiles et vous écourtez vos soirées entre amis que vous propose votre conjoint en lui disant : « De toute façon, c'est une perte de temps, il n'y a rien de bien intéressant à dire. » C'est pourquoi vous arrivez en retard au dîner.

Lorsque vous avez des activités sociales, vous cherchez encore à les vivre de manière perfectionniste. Si vous partez quelques jours en vacances sur un voilier avec des amis, vous vous inscrivez auparavant à un stage aux Glénans, si possible par gros temps. Vous ne pouvez pas commencer le tennis si vous n'avez pas fait un stage intensif dans la meilleure école de tennis de la région. Vous ne vous permettez pas de jouer pour le plaisir, sans être performant.

Si vous vous mettez au jogging, c'est comme pour la plupart de mes patients pour battre le record du tour du parc de la Tête d'or (lieu couru des joggers lyonnais).

➤ Les origines du perfectionnisme

La confiance en soi du perfectionniste est conditionnée à ses performances.

Le conditionnement précoce et les renforcements familiaux

C'est la confiance en soi conditionnelle : votre confiance en vous est conditionnée par vos réussites. Votre valeur dépend de ce que vous produisez. Pour vous sentir estimable, vous devez produire de la qualité. Ce conditionnement a été acquis lors de votre enfance.

Vos parents sont eux-mêmes perfectionnistes. C'est le cas le plus fréquent. Vos parents, pour des raisons qui d'ailleurs remontent à la génération précédente, ont eu pour objectif de réussir. À l'époque, c'était indispensable. Souvenons-nous, il y a deux générations : la protection sociale n'existait pas, les congés payés non plus. Le but essentiel était de s'alimenter et de se chauffer. Il n'était pas possible de perdre son emploi sans mettre la famille en péril. Ce sont souvent vos grands-parents qui ont vécu dans ce système. Ils l'ont donc transmis à vos parents dès leur plus jeune âge : ils l'ont intégré et vous le retransmettent à leur tour. Dans ce cas, vos échecs vont angoisser terriblement vos parents qui ont peur d'un retour de la précarité. C'est pourquoi ils sont obsédés par votre carnet scolaire, vous récompensent pour toute réussite ou tout bon résultat. Face à vos faiblesse, ils ont deux attitudes : soit les réprimer gravement, soit ne pas en parler. La maxime de la famille est : « Le Bien est normal. » Il est normal de réussir, on n'a d'ailleurs pas à s'en vanter. En revanche, l'échec n'est pas acceptable.

Les autodidactes. Il existe un second cas de figure, un peu moins fréquent. J'ai vu en consultation, à plusieurs reprises, des hommes d'âge mûr, à la tête d'entreprises importantes, et qui faisaient l'admiration de leurs employés parce qu'ils étaient issus de la classe ouvrière.

C'est le cas de Bertrand qui dirige une des plus grosses sociétés de la région, avec plus de 30 000 salariés, des filiales dans tous les pays du monde. Il me dit : « Enfant, je ne supportais pas que mon père et ma mère s'usent la santé à l'usine. » Bertrand se souvient n'avoir pratiquement pas vu son père. « J'ai eu honte de notre société. Qu'elle soit capable de laisser mes parents dans une telle misère… Je me suis dit alors *plus jamais cela.* Et j'ai décidé de réussir dans la vie et de ne plus avoir de problèmes financiers. » Effectivement, Bertrand s'est construit un véritable empire mais, à l'aube de sa retraite, il vient me consulter à la demande de cardiologues : il a présenté trois infarctus du myocarde et souffre d'un stress excessif. Bertrand ne se sentait jamais en sécurité : il craignait toujours de retomber dans la misère qu'il avait connue enfant. Il n'arrivait pas à tourner la page et se demandait comment il allait bien pouvoir vivre sa retraite. Il n'avait, malgré sa réussite sociale exceptionnelle, toujours pas confiance en lui.

La société renforce cette tendance au perfectionnisme

La culture d'excellence dans laquelle nous vivons ne va que renforcer votre perfectionnisme. Ouvrez votre poste de télévision, votre radio ou votre journal et vous verrez :

« Seuls les meilleurs survivront. Nous sommes dans une société de compétition, de performance. L'erreur n'est pas acceptable… » Être perfectionniste est donc aujourd'hui socialement valorisant.

Les solutions : quelques pistes

Elles seront très largement développées dans la troisième partie du livre. Aussi je ne ferai ici que vous citer les principales étapes en vous indiquant dans quelle clé de la troisième partie vous pourrez trouver la solution à chacune de ces étapes :

- premièrement, relativisez vos échecs (clé 1, p. 140),
- deuxièmement, apprenez la satisfaction, apprenez à être content de ce que vous faites (clé 2, p. 169),
- troisièmement, faites la différence entre la valeur de vos actes et de votre personne (clé 2),
- quatrièmement, classez vos objectifs (clé 2),
- cinquièmement, commencez par vos priorités et vos moments de plaisir. Laissez le rébarbatif et le non-urgent à plus tard (clé 2),
- sixièmement, changez votre mode de vie. Apprenez à vivre avec un autre rythme et en prenant conscience de vos émotions positives (clé 2).

Préjugé 5 :
« Je n'arrive jamais à me décider »

Histoire vécue

Sonia, 47 ans, travaille dans une banque : « Je n'ai aucune confiance en moi, même pour les petites choses de la vie quotidienne. Décider si je vais chercher mon fils au foot en voiture ou si je lui demande de rentrer en bus. Décider si je dois choisir le vase rouge ou le bleu que j'ai vu dans la vitrine. L'autre jour, mon ordinateur est tombé en panne et je n'ai toujours pas décidé si je vais le remplacer : j'hésite entre l'achat d'un ordinateur neuf et un ordinateur d'occasion. Résultat mon travail est au point mort. » Pour Sonia, la décision de se marier a été une source d'angoisse importante pendant des années.

Une indécision permanente dans tous les domaines de votre vie est parfois le révélateur de votre manque de confiance en vous. En revanche, il est tout à fait normal d'être indécis dans certaines circonstances de la vie, par exemple pour des décisions irréversibles ou dont les conséquences seraient graves.

Les mécanismes de l'indécision

Lorsque vous êtes face à une alternative : le tailleur gris strict ou le bleu un peu plus décontracté — et que vous faites un choix (car votre budget ne vous permet pas d'acheter les deux) —, vous devez en fait décider de ne pas acheter l'autre. C'est là qu'est le problème. Lorsque vous prenez une décision, il faut être capable de ne pas en prendre une autre. Cette lapalissade révèle en fait la vraie difficulté. Pourquoi et comment faire pour abandonner l'une des solutions qui s'offrent à vous ? Chaque choix possède ses avantages et ses inconvénients. Lorsque vous optez pour l'un d'eux, vous perdez les avantages de l'autre. Si par exemple vous laissez le tailleur bleu pour prendre le gris, vous perdrez l'avantage de vous sentir très à l'aise dans le bleu. À l'inverse, si vous boudez le gris, strict, pour le bleu, décontracté, vous aurez l'impression de faire moins bon effet à votre prochain entretien d'embauche.

Tout le problème est dans ce que l'on ne décide pas plutôt que dans ce que l'on décide. « Il suffit de ne pas décider et je serai tranquille ! », me direz-vous. Certes, si vous ne décidez pas, vous n'avez pas à laisser une possibilité de côté, mais la *procrastination* vous guette. Procrastiner, c'est remettre sans arrêt au lendemain ce que l'on pourrait décider aujourd'hui. Ne perdez pas de vue que ne pas décider est une décision, une décision de ne pas agir, qui elle-même peut avoir des conséquences négatives. Si vous n'achetez aucun des deux tailleurs, vous garderez l'ancien ; vous risquez de ne pas vous sentir à l'aise, il ne vous plaît plus. De plus, vous serez moins présentable pour votre entretien d'embauche. Les proscratinateurs, à force de ne pas décider, finissent par ne plus du tout progresser dans leur vie.

➤ *Parfois l'indécision est salutaire*

Il y a des circonstances dans la vie où il vaut mieux ne pas se décider trop vite. L'hésitation est alors utile et souvent nécessaire. Quelles sont les caractéristiques de l'indécision adaptée ?

• Les conséquences d'une éventuelle erreur sont graves. C'est un motif valable pour ne pas décider trop vite. Par exemple, Jean est venu me consulter avant de décider de se marier. Un mauvais choix pourra avoir des conséquences importantes (divorce).

• La décision est irréversible. C'est la seconde bonne raison pour prendre votre temps avant de décider. C'est le cas, par exemple, de la chirurgie esthétique. Jonathan que je suivais pour une phobie sociale (peur du jugement des autres) me signale que son nez lui a toujours déplu et qu'il a pris rendez-vous avec un chirurgien. Connaissant bien Jonathan, son manque de confiance en lui, ses doutes, j'ai jugé prudent de le faire patienter et de lui demander d'améliorer sa confiance en lui avant de prendre une telle décision. À la fin de sa thérapie, Jonathan, qui était beaucoup plus sûr de lui, m'a dit : « Effectivement, ce nez n'est pas très beau, mais après tout cela fait partie de mes petits défauts et il faut bien les accepter… », et il ne s'est jamais fait opérer.

• Votre décision nécessite que vous ayez plus d'informations, que vous compariez. Par exemple, pour acheter un appartement, il peut être utile de prendre votre temps, d'en visiter plusieurs, d'évaluer les prix du marché, de vous renseigner auprès d'amis qui seraient compétents dans ce domaine, de vérifier si l'appartement a les caractéristiques que vous recherchez : calme, proximité du travail, vue…

• Vous êtes responsable de tiers et votre décision les concerne. C'est le cas du directeur des ressources humaines qui doit décider qui sera licencié. C'est le cas du chirurgien et du réanimateur qui décident dans l'urgence d'une éventuelle intervention. C'est aussi le cas lorsque vous prenez la route pendant un week-end férié et que vous avez la responsabilité de vos enfants dans la voiture. Faut-il prendre le risque d'une route surchargée ou différer votre départ ? Votre fils âgé de 17 ans est en conduite accompagnée, faut-il lui donner le volant ce jour-là ?

• Vous vous êtes souvent trompé dans vos décisions. Pierre vient me consulter : il en est déjà à son quatrième divorce, et me dit : « Je me demande, tout de même, pourquoi ces séparations à répétition, Docteur ? » Si vous avez tendance à vous tromper de manière répétitive dans un même domaine, peut-être avez-vous décidé trop rapidement ? Ne serait-il pas utile que vous preniez votre temps pour la prochaine décision ?

• L'évaluation des risques est quasiment impossible. Pour la décision du mariage est-il possible d'envisager à l'avance quelles seront vos réactions et celles de votre conjoint ? Pour l'achat de votre appartement êtes-vous certain de ne pas être muté dans un ou deux ans ? Plus les décisions sont sur le long terme plus il est difficile d'évaluer leurs conséquences en cas d'erreur.

• La décision à prendre concerne un domaine que vous ne maîtrisez pas très bien. Par exemple, vous êtes plutôt un intellectuel. Dans votre appartement, vous discutez avec le maçon qui vous vante les qualités du béton de l'immeuble. Êtes-vous bien capable de juger ? Ne vaut-il pas mieux en parler à votre ami électricien qui travaille dans le bâtiment ?

➤ *Quels sont les signes de l'indécision « excessive » ?*

• Vous doutez, même pour les décisions sans conséquence. Vous mettez des heures avant de choisir un vase. Vous finissez par choisir le vase rouge puis, en rentrant chez vous, vous vous dites que vous vous êtes trompé et vous le rapportez. Finalement, vous prenez le bleu. De nouveau, rentré chez vous, vous constatez que le bleu ne va pas très bien avec la couleur de la moquette. Vous vous dites que vous vous êtes sûrement trompé et retournez au magasin en demandant un bon d'achat en ne prenant ni le bleu ni le rouge... Pour savoir si vous devez accepter une invitation le samedi, vous demandez à votre ami quatre jours de réflexion. Votre doute ne fait que s'accroître et, la veille de la soirée, vous ne l'avez toujours pas rappelé pour lui confirmer votre présence, vous hésitez.

• Vous doutez même lorsque la décision est réversible. Beaucoup de produits peuvent s'échanger plusieurs jours après l'achat si vous gardez vos tickets de caisse ; les commerçants ont bien compris l'influence du doute sur la baisse de la consommation.

• Vous comparez toujours et encore et encore. Plus qu'une simple prise d'informations vous n'arrêtez pas de poser des centaines de questions aux vendeurs de chez Renault, puis chez Peugeot. Vous rappelez celui de chez Renault, puis celui de chez Peugeot : « Ah, j'ai oublié de vous demander aussi... » On vous propose de choisir un des ponts du mois de mai. Vous en parlez des heures avec votre conjoint : « Oui, mais si nous prenons le 1er mai cela nous permettra de faire ceci ou cela. Mais si nous prenons le suivant on pourrait faire ceci ou cela. En revanche... »

• Vous surestimez votre responsabilité envers les autres. Nous l'avons vu, il est des décisions qui engagent vraiment la responsabilité. Mais certaines personnes se croient toujours responsables du « mal » qu'elles peuvent faire aux autres : elles surestiment leur responsabilité. C'est par exemple le cas des patients souffrant de troubles obsessionnels et compulsifs et qui vérifient quinze fois la fermeture du gaz avant de sortir de chez eux car ils ont peur de déclencher une explosion entraînant plusieurs morts s'ils ne font pas toutes ces vérifications.

• Vous avez déjà fait une erreur dans le passé et vous pensez que vous en ferez toujours. C'est souvent le cas de patients

ayant vécu les conséquences d'erreurs graves. Par exemple, cette jeune femme dont le père, après de mauvaises affaires, avait mis toute sa famille dans la difficulté. Elle était terrorisée par l'idée du manque d'argent et n'osait jamais dépenser.
• Les choix dont les risques sont difficiles voire impossibles à évaluer. Jean, après deux ans d'hésitation devant les propositions de mariage de son amie, a vu celle-ci s'éloigner pour un autre.
• La décision concerne un domaine que vous ne connaissez pas. Mais, au lieu de prendre l'avis de deux ou trois experts avertis, vous faites la liste des spécialistes des pages jaunes et téléphonez à tous les maçons, les plombiers, les électriciens pour vérifier s'ils connaissent les entreprises qui vont s'occuper de votre appartement.

Pourquoi l'indécision diminue-t-elle la confiance en soi ?

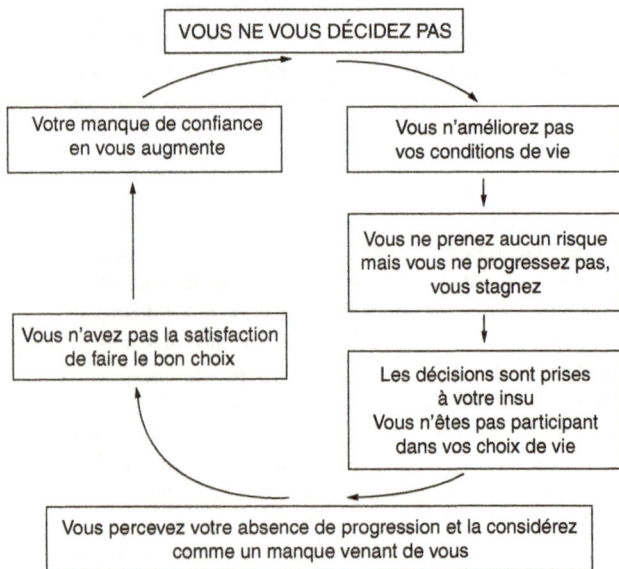

➤ *L'origine de l'indécision*

• À la suite d'une erreur de décision, vous avez souffert dans votre enfance. Votre père s'est associé à un escroc et vous avez vécu dans la misère.

• Dans votre passé, vous avez fait une erreur qui vous a marquée. Vous vous êtes mariée avec un homme pervers qui a profité de vous pendant des années, vous en avez souffert et vous hésitez avant de vous remettre en couple à nouveau.

• Vous êtes quelqu'un qui a toujours été hyperresponsable de tout. Vous étiez la fille aînée de votre famille et vos parents vous demandaient de garder vos petits frères et sœurs lors de votre adolescence. Vous étiez angoissée et paniquée car vous étiez trop jeune pour assumer cette charge. Vous aviez alors peur de faire des erreurs et que vos petits frères et sœurs en souffrent.

• Vous aviez un père ou une mère qui hésitait tout le temps et vous n'avez pas de modèle de personne décidant facilement sans l'angoisse de se tromper.

Les solutions : quelques pistes

Les solutions à cette indécision seront largement développées dans la troisième partie (voir par exemple dans la clé 2, p. 183 « Prenez vos décisions » ainsi que « Ne reportez pas toujours au lendemain » p. 194). On peut simplement résumer ces grandes étapes de la façon suivante :

– luttez contre les pensées qui vous empêchent d'agir et de décider,

– pesez bien les avantages et les inconvénients de chaque solution,

– appliquez les décisions les plus faciles et dans votre domaine de prédilection,
– procédez par étapes et aidez-vous d'un plan d'action progressif.

Préjugé 6 :
« Je me fais toujours du souci »

Histoire vécue

Pierre, 54 ans, arrive dans mon bureau extrêmement agité, tendu, nerveux, et me dit d'une voix saccadée : « C'est terrible Docteur, je crois toujours qu'il va m'arriver un malheur ! Tout est un problème pour moi ! J'ai consulté des dizaines de médecins, ils m'ont dit que je souffrais d'anxiété et m'ont envoyé vers vous… » En soupirant, il ajoute : « J'en ai assez. Je n'arrête pas de m'inquiéter pour tout. Tenez, par exemple, ma petite-fille âgée de 12 ans est allée consulter le médecin parce qu'elle avait de la fièvre. Tant que ma fille ne m'a pas appelé pour me donner de ses nouvelles, j'étais convaincu qu'elle était atteinte d'une méningite… Cela fait trente-cinq ans que je travaille dans la même entreprise et je vais bientôt être à la retraite mais je pense encore tous les jours qu'on peut me mettre dehors… Dès que mes enfants sont sur la route, je les appelle toutes les heures pour savoir s'ils sont bien arrivés. À tel point que je finis par les exaspérer. Je doute toujours de tout. Immédiatement après avoir raccroché le téléphone, le doute revient. Et puis, j'ai toujours mal quelque part et j'imagine le pire. Je me vois atteint d'un cancer ou d'une maladie grave… Heureusement, mon médecin est très patient et accepte de me recevoir à chaque fois. Vous savez, il doit en avoir marre le pauvre… D'ailleurs à chaque fois qu'il m'examine, il ne me trouve rien. Je ne peux jamais être tranquille ! J'ai toujours un souci. Lorsque l'un se termine, l'autre me prend.

Pourtant, je n'ai pas de gros problèmes dans ma vie. Ma famille est en bonne santé, j'ai un emploi stable, j'ai des ressources financières correctes et ma femme a une bonne retraite. Mais j'ai toujours la crainte qu'il m'arrive quelque chose de grave ou pire à l'un de mes proches… »

Pierre a toujours vécu en retrait : il a toujours refusé les promotions par crainte de ne pas être à la hauteur et de décevoir ses supérieurs. Il a refusé des voyages à l'étranger parce qu'il avait peur d'un accident ou d'une maladie sur place.

Mais il y a plus : au cours des séances suivantes, je me rends compte qu'en fait Pierre doute complètement de sa capacité à gérer des situations imprévues et nouvelles : « Si un de mes enfants était malade, si j'avais un problème au travail, si j'avais un problème financier, dans mon couple, je ne serais pas capable de faire face, *je ne me fais pas confiance* pour résoudre les difficultés… »

Les mécanismes de l'anxiété

Pierre s'inquiète de tout tout le temps parce qu'il est l'objet d'un processus anxieux qui obéit à deux mécanismes.

➤ *Premier mécanisme :*
les dangers potentiels sont surestimés

Tout est menaçant pour Pierre et les dangers peuvent survenir à tout moment. C'est pourquoi il doit, selon cette pensée, se préparer à l'avance. Il *anticipe* avec des conduites de réassurance, en téléphonant toutes les heures à ses enfants qui sont sur la route, toutes les dix minutes à ses petits-enfants pour savoir s'ils sont bien rentrés de l'école…

Si vous souffrez d'anxiété généralisée comme Pierre, vous pouvez aussi *éviter* tout ce qui est source de danger comme par exemple l'avion, les voyages ou les transports en commun. De manière générale, vous aurez tendance à anticiper toutes les situations que vous ne pouvez pas maîtriser à l'avance ou que vous ne connaissez pas bien. Du coup, vous ne progressez plus, n'apprenez plus de nouvelles choses et surtout ne savez plus à faire face à l'imprévu[1].

➤ Second mécanisme : la difficulté à faire face à l'imprévu

Comme l'inconnu vous fait peur, vous avez tendance à l'éviter ou à le préparer à l'avance. C'est ainsi que vous n'apprenez plus à faire face aux situations nouvelles et que vous ne comptez plus sur votre capacité à les résoudre. Du coup, vous ne développez pas vos compétences au moment où l'imprévu survient et vous êtes désemparé.

« Et si, et si, et si… » est votre maxime favorite. Comme un joueur d'échecs professionnel, vous cherchez à prévoir la partie plusieurs coups à l'avance : « Si je déplace ma dame comme ceci, il va déplacer son fou pour protéger son roi. Je pourrai alors placer ma tour au deuxième coup à cet endroit-là. Il va probablement enlever son cavalier pour protéger son fou. C'est alors qu'au troisième coup je pourrai réavancer ma dame d'une case. Sa réaction sera de ramener sa tour en avant, ce qui aura pour conséquence de découvrir son roi et au quatrième coup, je pourrai le mettre en échec en redéplaçant à nouveau ma dame, etc. » Êtes-vous bien sûr que la partie va se

---

1. Voir É. Mollard, *La Peur de tout*, Odile Jacob, 2003.

dérouler de cette manière ? Et si jamais votre adversaire ne déplaçait pas les pions comme vous l'aviez prévu ? Alors toutes vos anticipations auront été fausses et inutiles.

« Et si les enfants ne me répondent pas au téléphone, cela signifie qu'ils ne sont pas rentrés de l'école ? Et s'ils avaient eu un accident, ils n'auraient pas pu m'appeler ? Et s'ils ont eu cet accident, ils sont peut-être blessés grièvement ? Et si le portable de leur mère est en panne à cause de l'accident et si leur père est en déplacement, injoignable ? Et si je ne suis pas à côté de mon téléphone, moi leur grand-père, il risque d'y avoir une absence de secours ! »

Mais plus on anticipe et plus on risque de faire des erreurs car, de même que l'adversaire aux échecs ne jouera peut-être pas comme nous l'avons prévu, la vie réserve des surprises. Le tableau suivant résume les mécanismes de l'anxiété généralisée et ses liens avec la perte de confiance en soi.

**Les mécanismes de l'anxiété généralisée
et la perte de confiance en soi**

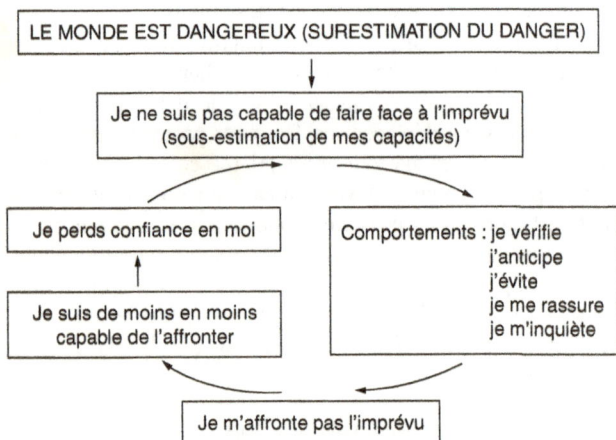

LE MONDE EST DANGEREUX (SURESTIMATION DU DANGER)

Je ne suis pas capable de faire face à l'imprévu
(sous-estimation de mes capacités)

Je perds confiance en moi

Comportements : je vérifie
j'anticipe
j'évite
je me rassure
je m'inquiète

Je suis de moins en moins capable de l'affronter

Je m'affronte pas l'imprévu

➤ *Les manifestations physiques de l'anxiété*

Le trouble anxieux ne se manifeste pas uniquement dans votre psychisme mais aussi dans votre corps par des tensions musculaires, des tremblements, des contractions et des douleurs diverses.

Vous pouvez présenter ce que les médecins appellent une hyperréactivité neurovégétative, c'est-à-dire des palpitations, une tachycardie, de la transpiration, les mains moites, une sécheresse de la bouche, des étourdissements, une sensation de boule dans la gorge, une difficulté à vous détendre.

Vous pouvez aussi vous sentir survolté, présenter des réactions de sursaut exagérés, des difficultés de concentration, des trous de mémoire, ainsi que des difficultés d'endormissement ou un sommeil interrompu.

➤ *D'où vient ce préjugé ?*

Actuellement, on ne connaît pas avec certitude l'origine de ce préjugé. Trois causes sont supposées pouvoir déclencher l'anxiété :

- La première cause serait *biologique* : une sensibilité, une émotivité particulières qui sembleraient exister chez certains enfants depuis leur plus jeune âge. En effet, des auteurs[1] ont montré que certains enfants sont beaucoup plus inhibés et sensibles à leur environnement que d'autres.
- La seconde cause serait d'ordre *psychologique*. Certains enfants perçoivent le monde comme plus dangereux que d'autres. Ils surestiment les risques et évaluent globalement l'environnement comme plus dangereux que les autres.

---

1. J. Kagan, *La Part de l'inné*, Paris, Bayard, 1999.

– La troisième cause serait un *facteur éducationnel*. Lors de ses premières expériences, dès son plus jeune âge, l'enfant ne se sentirait pas capable de contrôler un des éléments de son environnement. Il ne se sentirait pas capable de résoudre tel ou tel problème et ceci sous l'influence de deux types d'éducation. Soit une éducation par des parents « inconsistants », laissant l'enfant face à tous les dangers, ce qui pourrait le conduire à se trouver dans des positions d'angoisse et de frayeur. Soit un second type d'éducation avec des parents surprotecteurs, tenant des discours à l'enfant sur des dangers permanents, du type : « Attention, c'est dangereux ! Ne sors pas ! Tu ne vas pas y arriver… » qui conduiraient l'enfant à douter de ses capacités à affronter le problème, à rester sur sa réserve et à devenir craintif et anxieux.

En fait, chacun de ces trois arguments trouve ses défenseurs dans le monde scientifique, et la plupart des spécialistes de l'anxiété s'accordent actuellement pour dire qu'un seul de ces trois facteurs est insuffisant pour déclencher l'anxiété. Cette dernière serait apparemment due à la conjonction de ces trois facteurs, biologique, psychologique et éducationnel.

Mais cela ne suffit pas. En effet, une fois les bases des troubles constituées pendant l'enfance, une seconde question se pose à nous : pourquoi l'anxiété peut-elle apparaître chez des adultes de 20 à 40 ans ou pourquoi va-t-elle persister de l'enfance à l'âge adulte ?

➤ *Les facteurs de maintien de l'anxiété*

Trois grands mécanismes maintiennent le sujet dans son anxiété.

• Tout d'abord, l'anxieux perçoit le monde comme plus dangereux qu'il ne l'est vraiment. C'est la *surestimation du danger* que nous venons de décrire.

• Ensuite, l'anxieux doute de ses capacités à résoudre les problèmes et en particulier ceux qui ne sont pas prévisibles : on l'a vu, il *manque de confiance en soi* face aux événements de la vie.

• Le troisième problème est une « croyance » qui va faire penser à l'anxieux que le souci *empêche la survenue des événements négatifs*. En termes clairs, si je m'inquiète pour beaucoup de choses, peut être que j'aurai moins d'« ennuis » dans ma vie. Cette croyance, malheureusement, va mettre le sujet dans un état de dépendance à l'inquiétude et il ne pourra donc plus arrêter de se faire du souci.

Deux paramètres sont à l'origine d'une anxiété excessive chez un adulte :

• *Paramètre 1 : le doute s'est constitué pendant votre enfance* (voir tableau ci-dessous).

L'enfant intègre que :
- le monde est dangereux,
- je ne saurai pas faire face au danger,
- je suis vulnérable.

Constitution du doute chez l'enfant

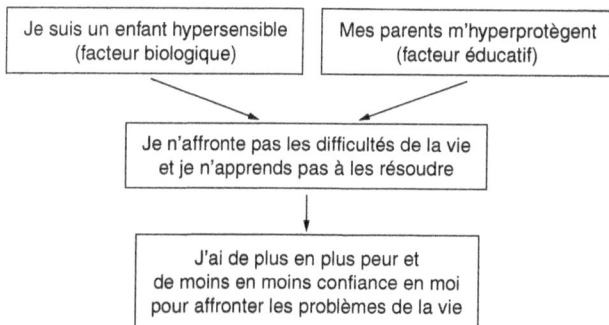

• *Paramètre 2 : Le doute se maintient lorsque vous devenez adulte* (voir tableau ci-dessous).

Se trouve confirmée l'idée que :
– le monde est effectivement dangereux,
– je dois m'en protéger en m'inquiétant,
– je ne fais pas face aux imprévus car je ne les affronte pas,
– cela me confirme que je ne suis pas capable de faire face,
– je perds confiance en moi.

Maintien du doute chez l'adulte

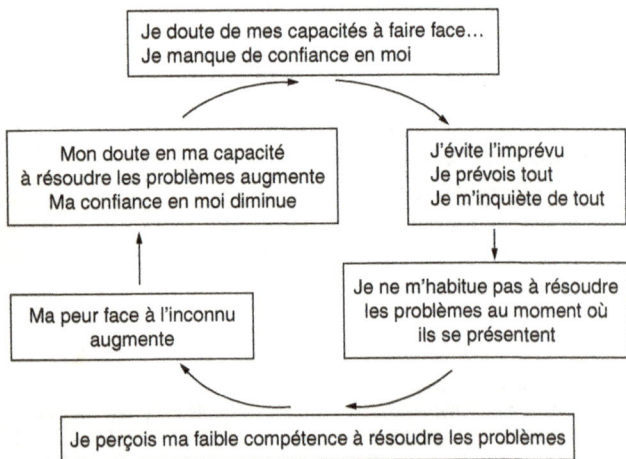

Je doute de mes capacités à faire face...
Je manque de confiance en moi

Mon doute en ma capacité à résoudre les problèmes augmente
Ma confiance en moi diminue

J'évite l'imprévu
Je prévois tout
Je m'inquiète de tout

Je ne m'habitue pas à résoudre les problèmes au moment où ils se présentent

Ma peur face à l'inconnu augmente

Je perçois ma faible compétence à résoudre les problèmes

Les solutions : quelques pistes

➤ *Ne multipliez pas les assurances*

L'objectif du traitement est de montrer que le seul fait de s'inquiéter n'empêche pas les ennuis d'arriver : on peut avoir des ennuis même si l'on se fait du souci et on peut se faire du souci sans avoir d'ennuis ! C'est le principe de l'assurance. Vous assurez votre maison contre un risque d'incendie : cela vous coûte assez cher et vous paierez peut-être toute votre vie sans que votre maison ne prenne feu. Vous aurez alors payé votre assurance pour rien.

L'anxieux « s'assure » en permanence contre tout. Il prend donc le risque de payer toute sa vie pour des risques qui ne se concrétiseront jamais. Mais faut-il pour autant s'assurer contre rien ?

Pour soigner des personnes souffrant d'anxiété, l'un des principes consiste à comprendre qu'elles n'ont pas tout à fait tort. En effet, il existe des événements de vie dramatiques qu'il vaut mieux prévoir. C'est pour cela par exemple que nous allons consulter régulièrement notre médecin généraliste, même si nous ne présentons pas de maladie évolutive, ne serait-ce que pour vérifier que tout fonctionne bien. Ce n'est pas un comportement anxieux, mais une attitude prudente. Pour la même raison, on roule à vitesse limitée sur la route et on s'arrête à un feu rouge. Ce n'est pas un phénomène anxieux, mais un réflexe de préservation de nous-mêmes et des autres. Il y a donc une anxiété normale et il faut accepter cette anxiété-là.

➤ *Comment diminuer l'anxiété excessive ?*

Le traitement consiste à diminuer l'aspect excessif de l'anxiété et non pas à enlever toute anxiété. Beaucoup des patients anxieux que j'ai suivis se trompent sur ce point et voudraient, lorsqu'ils viennent me consulter, que je leur enlève toute angoisse. Il faut bien comprendre que cela n'est pas possible et que l'anxiété fait partie de la vie : c'est l'aspect excessif et envahissant que l'on va essayer de diminuer.

Comment faire ?

Trier vos sources d'anxiété en trois catégories

• D'abord les situations qui existent et qui sont modifiables :
Exemple : « Vais-je rater mon avion ? » Vous pouvez agir sur
cette situation, par exemple en décidant de partir en avance,
éventuellement en vérifiant s'il n'y a pas de bouchons sur la
route qui mène à l'aéroport.

• La deuxième catégorie concerne des situations qui existent
mais qui ne sont pas modifiables. C'est par exemple un état
de précarité ou de chômage, le fait de vivre avec une maladie
incurable... Ici la situation qui vous inquiète existe réellement mais, à la différence de la précédente, il n'est pas possible ou difficile de la changer.

• Le troisième type d'anxiété met en jeu des situations pour
lesquelles vous vous inquiétez, mais qui n'existent pas. Ce
sont par exemple des situations dans un avenir lointain. En
général vos pensées commencent par des « et si... » : « Et si
j'avais un cancer », alors qu'aucun signe médical ne le laisse
présumer actuellement. « Et si mon enfant naissait mal
formé ? » se dit la femme enceinte alors que rien ne laisse
présager une telle issue. « Et si mon patron me mettait
dehors ? » alors que vous êtes apprécié et que l'on ne vous a
jamais parlé de cette éventualité. « Et si ma maison brûlait ? »,
et si, et si... Ici nous sommes face à des situations virtuelle-
ment possibles. Elles font partie de la vie, sont nombreuses,
mais ne vous concernent pas à ce moment-là.

Dédramatiser et relativiser
les dangers de la vie et du monde

Il s'agit de conduire le sujet à voir les choses moins
négativement. Pour ce faire, nous disposons de techniques
cognitives qui seront développées dans la troisième partie
voir p. 248.

Apprendre à se relaxer

Cette étape est fondamentale dans l'anxiété généralisée. Les méthodes de relaxation corporelle vous donnent la capacité de vous détendre et de décontracter vos muscles. La relaxation est efficace pour diminuer les symptômes physiques de l'anxiété comme les différentes douleurs, maux de tête, insomnies et problèmes d'endormissement, contre le stress en général.

Changer ses comportements et en particulier ses comportements de réassurance

En effet, tant qu'il téléphone à ses enfants pour savoir s'ils sont bien arrivés ou sur la route, Pierre va « s'angoisser », d'autant qu'il n'aura pas tout de suite la réponse. Il doit arriver à vivre *avec* le doute et nous proposons que ce soient plutôt ses enfants qui l'appellent à l'arrivée.

Apprendre à résoudre les problèmes de la vie quotidienne

Nous allons prendre des exemples de situations à résoudre pour juger de la capacité du sujet à répondre à l'imprévu. Que ferez-vous demain pour aller au travail s'il y a une grève des transports en commun ? Que ferez-vous demain matin si votre enfant à 38° de fièvre ? Que ferez-vous si votre banquier vous téléphone à la fin du mois pour vous dire que vous avez un découvert ?

Imaginer le pire pour s'y habituer et vivre avec

C'est l'étape que nous utilisons pour les cas les plus sévères. (Voir le chapitre « Pour ceux qui veulent en savoir plus » p. 248.)

En conclusion, vivre dans l'inquiétude permanente vous conduit peu à peu à perdre confiance en vous. Vous doutez de ce qui peut vous arriver, de vos capacités à y faire face, vous vous sentez mal dans votre corps à cause des tensions, vous avez l'impression que vous êtes entouré de problèmes et que vous ne pouvez pas faire grand-chose contre eux.

Dans ce cas, la résolution de votre anxiété sera indispensable pour que vous augmentiez votre confiance en vous.

Préjugé 7 : « Je ne peux pas compter sur les autres et je dois m'en méfier »

Histoires vécues

➤ *Monica, traumatisée par un viol*

Monica a été violée à 16 ans. Âgée de 39 ans, elle n'a jamais accepté une relation de couple et encore moins des relations sexuelles. Elle a honte : « Je ne suis pas normale de n'avoir pas eu de rapports sexuels à mon âge. Et puis, de quoi j'aurai l'air lorsqu'un homme va se rendre compte que je n'ai jamais fait l'amour à 39 ans… Je suis convaincue qu'il éclatera de rire et ira le dire à tous ses copains. Il ne verra aucun intérêt à rester avec une fille comme moi. » La vie de Monica est très perturbée sur le plan relationnel. Elle ne fait plus confiance à personne. Pas d'amis, ni filles ni garçons. Avec ses collègues de travail à l'hôpital, ses relations sont tendues, et elle va même jusqu'à imaginer qu'ils lui veulent du mal. Non, Monica n'est pas paranoïaque. Elle vit dans un climat de méfiance permanente lié au traumatisme du viol qu'elle a subi.

Mais Monica se sent aussi coupable : « C'est de ma faute, je l'ai bien cherché ! À l'époque j'étais adolescente. Je commençais à m'habiller court et à me maquiller… Lorsque le viol est arrivé, je me suis dit que j'avais dû le provoquer.

C'est d'ailleurs ce qu'il a dit au tribunal… » Discours courant
chez les enfants victimes de traumatisme qui ont souvent tendance à se sentir responsables des violences que les adultes
leur font subir. Pour eux l'adulte a toujours raison. Dans sa
vie actuelle, Monica reste très perturbée. Plusieurs hommes,
dont certains très amoureux ont essayé de l'approcher. À chaque fois, cela la met dans un état de panique insupportable.
À l'aube de la quarantaine, se disant qu'elle ne pourrait bientôt plus être mère, Monica se décide à consulter un thérapeute. Elle a envie de fonder un foyer et d'avoir des enfants.
Ce n'est qu'après une thérapie patiente, longue, difficile, et
l'heureuse rencontre avec un homme qui la comprendra et
acceptera de la laisser évoluer à son propre rythme, en particulier dans la *réhabilitation* que Monica devra faire de son
corps, que celle-ci pourra vivre heureuse, en couple.

➤ *Charlotte ou le traumatisme par manque d'affection*

Charlotte a manqué d'affection pendant toute son
enfance : son père était froid, distant, jamais satisfait des
résultats de sa fille (pourtant brillante). Sa mère prenait toujours le parti de son père : lorsque Charlotte était en difficulté,
au lieu de l'aider, elle la renvoyait à ses responsabilités :
« Sois responsable, ma fille, assume-toi ! » Charlotte se sentait alors très seule, peu soutenue, inquiète de faire face seule
aux difficultés dans sa vie d'enfant. Elle a appris à ne compter
que sur elle-même et jamais sur les autres. Aussi, maintenant,
à 46 ans, elle me dit : « Je suis seule, célibataire. Au boulot,
je fais tout toute seule, je ne me fais jamais aider. Dans la
rue, je préférerais me perdre plutôt que de demander mon chemin, j'aurais trop honte de n'être pas capable de me
débrouiller seule. »

Le préjugé de Charlotte est que, dans la vie, on doit se
débrouiller seul, on ne doit pas demander l'aide des autres :

c'est un signe de faiblesse : « Je ne dois pas compter sur les autres car ils ne me seront d'aucune aide… Un homme, Docteur, vous n'y pensez pas. Si je m'abandonne, si je lui fais confiance, il m'exploitera, m'utilisera et m'abandonnera. D'ailleurs, c'est ce qui s'est passé à chaque fois que j'ai essayé d'avoir une relation de couple. Vous voyez bien : mieux vaut compter sur soi que sur les autres… »

Pour Charlotte, les autres ne sont pas dangereux, mais ils ne peuvent rien lui apporter. Pour Monica, les autres apportent la violence.

Les mécanismes de la défiance

Ce préjugé est un petit peu différent des autres dans la mesure où il s'agit d'une perte de confiance en soi et non d'un manque de confiance en soi. Par ailleurs, ce préjugé touche à la confiance en l'autre plutôt qu'à la confiance en soi. En effet, comme le montre le schéma p. 135, le point de départ de ce préjugé est un traumatisme. Ce traumatisme peut lui-même avoir deux types de mécanismes.

➤ *Deux types de traumatismes*

Soit il s'agit de ce que l'on appelle un *traumatisme en positif*, non que l'événement soit heureux, bien au contraire, mais c'est un événement qui va marquer la vie du sujet en laissant une trace *en relief*, comme le montre l'exemple de Monica. Ces événements peuvent avoir lieu dans l'enfance ou dans la vie adulte. Dans l'enfance, il s'agit de traumatismes psychologiques à la suite d'une agression avec manipulation, culpabilisation abusive… qu'on désigne aujourd'hui par le terme de *harcèlement moral*. Il peut aussi s'agir d'agressions physiques, inceste, viol, attouchement, agression sexuelle, enfant battu... Christophe André et François Lelord parlent de « parents toxiques[1] » avec ce qu'ils nomment les *contrôleurs intrusifs*. Il s'agit des parents qui s'estiment être les seuls à savoir ce qui est bon pour leur enfant ou des parents alcooliques, et des abuseurs verbaux, physiques et sexuels. Longtemps masqués dans les secrets familiaux, ces traumatismes de l'enfance sont de plus en plus avoués grâce à l'influence positive, en ce domaine, des médias qui permettent aux personnes abusées de sortir de l'anonymat dans lequel elles étaient enfermées. Les traumatismes peuvent aussi toucher les adultes. C'est le cas des femmes violées, des personnes trahies amicalement ou professionnellement...

L'autre forme de traumatisme psychologique est le *traumatisme en négatif*. Là encore positif ou négatif ne veut pas dire bien ou mal, mais cela signifie un traumatisme par le manque. En particulier le manque d'affection comme celui dont a souffert Charlotte. Ici l'enfant n'a pas subi de traumatisme apparent, mais il a manqué d'affection, il s'est retrouvé seul, en tout cas sur le plan affectif, avec des parents qui ne lui ont guère transmis leur amour.

➤ Deux types d'émotions

Comme le montre le schéma p. 135, le traumatisme positif par abus va entraîner une méfiance. En effet, vous sentant trahi, vous risquez de devenir méfiant, *a priori* et dans toute relation.

Cette méfiance est essentiellement dirigée contre les autres et s'accompagne de deux types d'*émotions* :
• d'abord une *angoisse paniquante* qui surviendra dès que quelqu'un cherche à s'approcher de vous ;

---

1. *L'Estime de soi. S'aimer pour mieux vivre avec les autres*, Paris, Odile Jacob, 1999.

**« Je dois me méfier des autres » :
le cercle vicieux de l'anxiété**

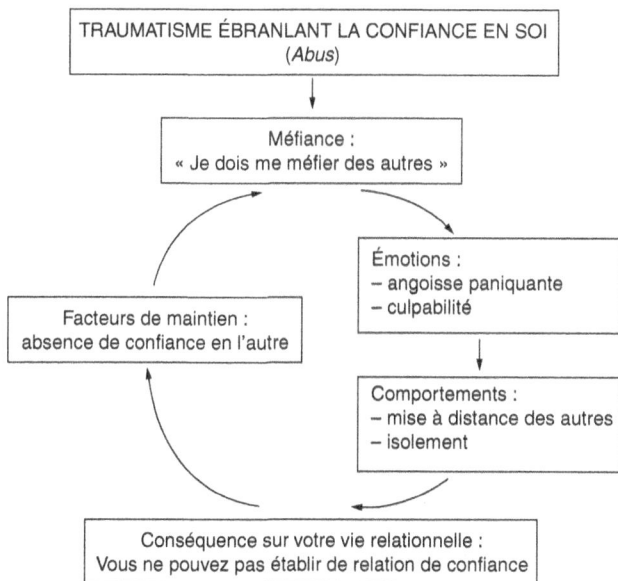

TRAUMATISME ÉBRANLANT LA CONFIANCE EN SOI
(*Abus*)

Méfiance :
« Je dois me méfier des autres »

Émotions :
– angoisse paniquante
– culpabilité

Facteurs de maintien :
absence de confiance en l'autre

Comportements :
– mise à distance des autres
– isolement

Conséquence sur votre vie relationnelle :
Vous ne pouvez pas établir de relation de confiance

• une *culpabilité*, particulièrement marquée dans l'enfance : les enfants ont tendance à se remettre en cause, à se sentir coupables lorsqu'ils sont agressés par des adultes, qui pour eux ont toujours raison.

➤ *Deux types de comportements*

Les comportements seront de deux types :
• une *mise à distance des autres*, voire un rejet de ceux qui chercheront à vous approcher ;

• un *isolement* par crainte et méfiance : vous préférez rester seul. Ces comportements vont avoir une conséquence grave : votre vie relationnelle sera très pauvre, vous ne vous créerez pas de nouveaux amis et aurez des difficultés à faire confiance en votre couple… Ceci jouera le rôle d'un facteur de maintien en venant confirmer votre préjugé de départ, comme le montre le schéma.

La boucle est bouclée et vous vous retrouvez dans un cercle vicieux dont il faudra sortir si vous voulez reprendre confiance en vous.

➤ *Confiance en soi-confiance en l'autre*

Ce préjugé permet d'aborder les liens entre confiance en soi et confiance en l'autre. En effet, ce préjugé est un peu différent des autres dans la mesure où ce qui a été détruit (dans le cas de Monica) ou ce qui n'a pas été constitué (dans le cas de Charlotte), c'est la confiance en l'*autre*. C'est ce *manque de confiance en l'autre* qui pose à ces deux jeunes femmes des problèmes.

Nous l'avons vu, lors des préjugés précédents, que s'il est important d'avoir confiance en soi pour avoir confiance en l'autre, l'inverse est aussi nécessaire : il faut avoir confiance en l'autre pour pouvoir prendre confiance en soi. La confiance en l'autre est totalement absente de la vie de Charlotte. À aucun moment, *les autres* ne peuvent lui permettre de prendre confiance en elle. Pour Monica, l'autre a détruit la confiance en soi qu'elle construisait pendant son adolescence.

Une autre caractéristique est, comme l'a montré le schéma, que le point de départ n'est pas ici le préjugé mais un traumatisme, qui va entraîner une perte de confiance en soi. Dans les cas de personnes agressées, certaines avaient confiance en elles avant l'agression. Ceci montre que la confiance en soi, même constituée, peut, à tout moment, basculer et être perdue. C'est le cas de cette femme de 57 ans que je rencontre à la suite de son licenciement : « J'étais secrétaire de direction dans une petite entreprise, pendant trente-cinq ans. J'ai été le bras droit du patron, gérant son emploi du temps, son activité. Il me faisait une confiance absolue jusqu'au jour où il m'a licenciée. Je me suis sentie trahie. Je n'ai jamais repris le travail et depuis je ne fais plus confiance à aucun employeur… »

La confiance en soi, cela s'entretient. Il faut savoir la protéger, l'alimenter tout au long de notre vie. Dans le cas de Monica, la thérapie va, en outre, lui apprendre à se protéger face aux agressions, pour maintenir sa confiance en elle. Dans le cas de Charlotte, la thérapie va mettre l'accent sur l'apport des relations avec les autres, sur les demandes d'aide et d'affection des autres.

Dans tous les cas, l'isolement relationnel est un facteur de maintien qui ne vous permettra pas de sortir de ce problème. Les solutions vont essentiellement être axées sur un retour de la confiance relationnelle.

Les solutions : quelques pistes

L'axe à privilégier est la reprise (pour Monica) ou la création (pour Charlotte) de relations de confiance.

Ces méthodes seront présentées dans la troisième partie du livre. Je peux les résumer ainsi :

– cette reprise de relation de confiance avec les autres doit être très progressive. Avec Charlotte, nous avons commencé par des relations avec des copines, autour d'une activité sportive pour, ensuite, établir des relations amicales puis des relations de couple (voir la clé 3 p. 218) ;

- en même temps que vous reprendrez confiance en l'autre vous aurez un travail à faire sur vos émotions pour diminuer vos craintes, vos angoisses et vos paniques (voir ici aussi la clé 2 p. 169) ;
- vous aurez intérêt à lutter contre vos pensées négatives, en particulier envers les intentions des autres à votre égard (voir la clé 1 p. 140) ;
- si vous avez été victime, il vous sera utile de sortir de ce statut en apprenant à vous défendre, à défendre vos droits. Pour cela les méthodes d'affirmation de soi présentées dans la clé 3 vous seront très utiles.

À l'issue de cette galerie de portraits, vous voyez probablement plus clair dans les causes de votre manque de confiance en vous. Vous comprenez mieux vos difficultés. Une part indispensable du chemin est faite. Sans compréhension, on ne peut pas aller mieux.

Mais, si indispensable soit-elle, votre démarche de compréhension doit être complétée par une démarche d'action. On n'augmente pas sa confiance en soi sans agir. Voici donc les trois clés qui vont vous permettre d'améliorer votre confiance en vous.

Une thérapie de la confiance en soi

Comment avoir confiance en soi ? La démarche est assez logique. Souvenez-vous de la pyramide à trois étages :

• *À la base, l'*estime de soi, *la première chose à modifier. La* clé 1 *vous aidera à avoir une vision plus positive de vous-même, à mieux vous aimer.*

• *Au milieu, les* compétences personnelles *(suis-je capable de ?). La* clé 2 *va vous pousser à l'action en vous débarrassant de vos doutes et de vos blocages. Cette clé est la plus fondamentale : si vous restez dans l'inhibition, sans passer à l'action, vous risquez de garder votre manque de confiance en vous.*

• *Le sommet de la pyramide concerne vos* capacités relationnelles. *C'est la cerise sur le gâteau qui viendra consolider votre confiance en vous et que la* clé 3 *vous aidera à développer.*

Clé 1 : Mieux s'aimer

Tant que vous vous jugerez négativement, il ne vous sera pas possible de reprendre confiance en vous. Il est indispensable que vous contrôliez la petite voix qui vous critique, à l'intérieur et vous empêche d'agir. Voici une gymnastique mentale destinée à vous y aider.

Apprenez
à vous connaître vraiment

Au lieu de vous juger, observez-vous… sans parti pris. Les personnes qui manquent de confiance en elles ont des *a priori* sur elles-mêmes : « De toute façon, je n'y arriverai pas, je ne serai pas capable… » Oseriez-vous parler de cette façon, avec un jugement aussi global et intransigeant, à votre meilleur ami ? Il est très difficile de contredire un tel jugement négatif, à moins de faire des miracles.

Inversez la vapeur, observez *objectivement* vos actes, vos émotions et vos pensées… Vous vous jugerez plus tard. Une bonne méthode consiste à tenir une sorte de journal personnel, sous forme de fiches, dans lequel vous allez noter tous les moments où vous perdez confiance en vous. Cette technique que nous avons déjà vue p. 90 avec Sébastien, s'appelle les « trois colonnes ». Elle vous permet d'observer :

– ce que vous faites, dans la colonne de gauche (vos comportements),
– ce que vous ressentez, dans la colonne du milieu (vos émotions) en évaluant leur intensité de 0 à 10,
– ce que vous vous dites à vous-même, vos monologues intérieurs, dans la colonne de droite (vos pensées automatiques).

Voici quelques exemples.

Thibault, 25 ans, est organisateur dans un club de vacances bien connu. Il manque de confiance en lui et a tendance à imaginer des catastrophes. Voici ses trois colonnes.

Les trois colonnes de Thibault

Situation *Décrivez ce qui se passe : où, quand, comment, avec qui*	Émotions *Précisez vos émotions et leur intensité*	Pensées **automatiques** *Précisez ce qui vous passe par la tête sur le moment*
Samedi 11 h, le groupe de vacanciers pour qui j'ai organisé un voyage au Népal part dans deux heures.	Anxiété, Inquiétude, ventre serré. 5/10	Ai-je bien vérifié tous les billets d'avion ? N'ai-je pas fait une erreur entre un nom marital et un nom de jeune fille ? Si c'est le cas, elle ne pourra pas partir !
Dimanche 15 h, ma sœur Sophie qui vient d'accoucher me met son bébé dans les bras.	Anxiété, tension extrême. 8 /10	Je ne suis pas capable de tenir ce bébé. Je vais le faire tomber.

Situation *Décrivez ce qui se passe : où, quand, comment, avec qui*	Émotions *Précisez vos émotions et leur intensité*	Pensées automatiques *Précisez ce qui vous passe par la tête sur le moment*
Mardi 20 h 30, je vérifie l'état de mon costume pour aller au mariage de mon meilleur ami.	Inquiétude, fébrilité intérieure. 3/10	Comment faut-il m'habiller ? Je vais encore avoir l'air d'un clown. Aucune fille ne va me regarder !
Je dois partir au ski dans 15 jours avec des amis.	Honte. 4/10	Ils skient mieux que moi. Ils vont se moquer de moi. J'aurai l'air ridicule !

Clémence, 22 ans est étudiante.

Les 3 colonnes de Clémence

Situation *Décrivez ce qui se passe : où, quand, comment, avec qui*	Émotions *Précisez vos émotions et leur intensité*	Pensées automatiques *Précisez ce qui vous passe par la tête sur le moment*
Je suis assise dans un bar avec mon amie Chloé lorsqu'une dizaine de garçons entrent en rigolant, sifflant et interpellant les serveurs.	Panique, ridicule. 7/10	Ils vont venir vers moi. Ils vont m'aborder et me parler. Je ne saurai pas comment répondre. Ils vont se moquer de moi. Je suis ridicule.

Situation *Décrivez* *ce qui se passe :* *où, quand, comment,* *avec qui*	Émotions *Précisez vos émotions* *et leur intensité*	Pensées automatiques *Précisez ce qui* *vous passe par la tête* *sur le moment*
Mardi 15 h à la faculté, je discute pendant l'intercours avec deux amis. L'un d'eux, Frédéric, que j'aime bien, me dit au cours de la conversation : « Je suis tout à fait d'accord avec toi, je trouve que tu as souvent des opinions très pertinentes. »	Rougeur, chaleur intense, gêne, honte, panique. 7/10	Tu piques encore ton fard, tu es toute rouge ! Il va s'en rendre compte. Il va te trouver bête. Une fois de plus tu n'es pas à la hauteur lorsqu'un garçon te plaît !
Samedi après-midi à la foire avec cinq amis. Un stand d'esthétique me propose un maquillage gratuit.	Gêne, honte, mal à l'aise. 6/10	Ils me regardent tous. Je suis mal fagotée ! Toutes les autres filles sont plus belles que moi. Ils vont bien voir que même maquillée je suis moche !

Observez attentivement ces exemples. À votre avis, les malaises qu'éprouvent ces personnes sont-ils uniquement liés aux situations qu'elles vivent ? Une partie de leur malaise n'est-elle pas liée aux pensées automatiques négatives ? N'y a-t-il pas une façon moins négative d'interpréter ce qui arrive et d'être moins mal à l'aise ?

Beaucoup pensent que c'est ce qui leur arrive dans la vie qui est responsable du malaise. Si les événements jouent incontestablement un rôle important dans votre bien-être, nous voyons tous les jours, dans nos consultations, des personnes qui se sentent très mal dans leur peau et à qui il n'est pourtant rien arrivé de dramatique. À l'inverse, on rencontre des gens peu gâtés par la vie et qui ont néanmoins une grande confiance en eux. Pourquoi ?

L'observation de ces trois colonnes vous permet de comprendre ce phénomène. Une grande partie du malaise est liée à la façon dont on interprète ce qui nous arrive. Il est souvent difficile de changer les événements qui surviennent : empêcher votre conjoint de vous quitter, faire en sorte que votre employeur ne vous mette pas à la porte, empêcher votre père de vous critiquer… En revanche, il est plus facile de modifier la façon dont vous *vivez* ces événements. Grâce à des techniques de « gymnastique mentale », vous pouvez, au cas par cas, diminuer votre malaise au moment même où vous vivez une situation, en modifiant votre façon de percevoir cette situation.

Votre autocritique est excessive

➤ *Soyez précis dans vos jugements sur vous-même*
(la technique de la définition des mots)

Thérapeute : Chloé, qu'est-ce qui vous a fait penser que vous étiez *ridicule* en entrant dans le restaurant l'autre jour ?

Chloé : Eh bien, j'étais seule et tout le monde me regardait !

Thérapeute : Est-ce que ces deux faits, être seule et être regardée par les clients, suffisent à dire qu'une personne est *ridicule* ? Lorsque vous étiez vous-même installée à une table et que vous avez vu une personne seule entrer, avez-vous pensé qu'elle était *ridicule* ?

Chloé : Non, bien sûr lorsque l'on est seule on a le droit d'aller au restaurant et sans pour autant être ridicule !

Thérapeute : Diriez-vous que vous *étiez ridicule* ou que vous vous êtes *sentie ridicule* ?

Chloé : Je me suis *sentie ridicule*.

En fait, Chloé se maltraite : elle mélange une perception qu'elle a eue d'elle-même (se sentir ridicule) et la réalité (être ridicule).

Au détour d'une de nos conversations Chloé me dit : « Je ne suis pas dans la norme. » Elle ne se trouve pas comme les autres et pense qu'elle est *anormale*. J'ai demandé à Chloé de définir les caractéristiques d'une femme « *normale* » selon elle. Voici ses réponses :

« Une femme *normale* :

– trouve l'équilibre dans sa vie personnelle,
– trouve l'équilibre dans sa vie professionnelle,
– est séduisante, coquette, légère, elle sait se laisser aller pour privilégier les rapports avec les autres et son couple,
– est attentive, confiante et ose faire ce qu'elle veut. »

Je demande alors à Chloé : « Qui répond à ces critères autour de vous ? »

Chloé : J'en connais plusieurs. Sabine a toutes les qualités, elle est séduisante, attentive, confiante... Mais elle n'est pas coquette ! Sylvie répond à beaucoup de ces critères : elle est très séduisante, coquette en plus. Mais elle ne se laisse pas aller et manque de confiance en elle. Sophie ? Oui, elle répond aux critères mais elle n'est pas séduisante. Aurélie ? OK, elle répond à tous les critères.

Thérapeute : Finalement sur vos quatre amies considérées comme normales, une seule, Aurélie, répond à tous les critères. Et vous, Chloé, si nous reprenons ces critères, auxquels répondez-vous et auxquels ne répondez-vous pas ?

Chloé : Séduisante, oui, de temps en temps ; coquette et légère, oui, parfois mais pas assez ; se laisser aller, non, je ne sais pas faire ; attentive, oui, tout le monde le dit ; confiance en moi, c'est très cyclique.

En fait, Chloé se rend compte que son jugement d'anormalité sur elle-même et de normalité sur ses amies est peut-être exagéré.

Aurélie a elle aussi travaillé sur la définition des mots. Au cours d'une consultation, elle me dit : « De toute façon je suis une *égoïste* ! » Je lui demande de définir la notion d'égoïsme pour la séance suivante.

Aurélie, à la séance suivante, me dit : « Pour moi, une personne égoïste est une personne :

– qui n'agit qu'en fonction des éléments positifs pour elle,
– qui méprise le bien-être des autres. »

Lorsque je demande à Aurélie si elle répond à ces critères, elle me répond : « Non, ni au premier ni au second. Mais en fait, j'ai réfléchi. Je ne suis pas égoïste, je suis plutôt une personne *égocentrique.* » Je lui demande alors de me définir ce qu'est pour elle une personne égocentrique.

Voici sa réponse :

– elle s'occupe d'elle et de son bien-être en premier,
– elle a tendance à tout ramener à elle,
– elle a tendance à se comparer à autrui pour voir s'il ne lui est pas supérieur.

Je demande à Aurélie si elle correspond à ces caractéristiques. Elle me répond *non* pour la première, *non* pour la troisième et *oui et non* pour la seconde. Elle m'explique qu'elle a tendance à tout ramener à elle lorsqu'elle se sent en danger. Lorsqu'elle est avec des personnes de confiance, elle n'a pas cette tendance-là. Et Aurélie ajoute : « Cette notion d'égoïsme est un reproche qui m'a été fait toute mon enfance par mes parents. Mais, quand j'examine la situation avec vous, Docteur, je m'aperçois qu'actuellement c'est faux, je ne fais pas preuve d'égoïsme ni même d'égocentrisme. C'est plus un jugement que la réalité. »

Ces exercices de définition des mots sont très utiles : Aurélie pensait qu'elle était égoïste ce qui, comme nous venons de le voir, est plutôt faux : cette façon de se juger elle-même avait tendance à la culpabiliser et à lui faire perdre confiance en elle.

Attention aux mots que vous employez avec vous-même : ils peuvent vous faire du mal. Ne les laissez pas agir sans les définir avec précision.

➤ *Vérifiez la réalité de vos autojugements (la confrontation des pensées à la réalité)*

Le simple fait de croire, même avec conviction, qu'un jugement est juste ne suffit pas à le démontrer. Faut-il encore le vérifier.

Cathia, 19 ans, arrive dans mon bureau, très mal : « Je savais bien que je n'étais pas normale ! » Elle ne voulait pas m'en dire plus, tellement elle était émue et en larmes. Lorsqu'elle se remet de ses émotions, elle arrive à expliquer l'origine de son malaise : elle a surpris la conversation de deux de ses amies disant : « Celle-là, elle n'est pas normale ! »

En fait, Cathia est convaincue que ses amies parlaient d'elle. Lorsque je l'interroge, elle se rend compte qu'elle n'est pas allée vérifier de qui ses amies parlaient. Au fond d'elle-même, Cathia est convaincue qu'elle n'est pas normale. Elle me l'a déjà dit lors de séances précédentes. Ce mot qu'elle entend — « pas normale » — fait écho à ce qu'elle pense d'elle-même. Ce n'est pas de la paranoïa mais la crainte que les autres nous jugent comme nous redoutons qu'ils nous jugent. C'est comme si Cathia n'entendait que les messages qui lui confirment cette anormalité et n'entendait pas les messages qui lui montrent qu'elle est comme les autres.

Piaget, le premier avait parlé du processus d'*assimilation*[1] pour le développement de l'enfant. Plus tard, d'autres chercheurs ont même montré que, si l'on redoute quelque chose — comme par exemple « être anormal » —, on transforme les messages issus de notre environnement pour les adapter à ce que l'on veut entendre. Nous transformons la réalité en fonction de ce que nous craignons.

Voici un exemple qui m'a été rapporté en séance par Sabine : son chef de service lui dit : « Votre travail se relâche en ce moment ! » Sabine encaisse et ne dit rien. Elle arrive à la consultation suivante : « C'est bien ce que je pensais. Vous avez beau dire, Docteur, je suis nulle ! » Je demande alors à Sabine si son chef lui a dit qu'elle était nulle. Elle me répond que non, mais qu'il a dû le penser. Après lui avoir montré que c'est cette pensée qu'elle prête à son employeur qui la rend malade, je lui propose d'aller vérifier plus précisément ce que son employeur a voulu lui dire. Nous préparons, à l'aide d'un jeu de rôles, l'entrevue qu'elle aura avec celui-ci. En voici des extraits :

Sabine : Monsieur, vous m'avez dit l'autre jour que mon travail se relâchait en ce moment. Ça m'a tracassé parce que vous savez que j'attache de l'importance à mon travail. Que vouliez-vous dire exactement ?

Chef : Monsieur Martin m'a téléphoné pour me dire que vous ne l'aviez toujours pas contacté au sujet de son bilan.

Sabine : Oui, c'est vrai je n'ai pas eu le temps de téléphoner à monsieur Martin, j'en suis désolée. Y a-t-il d'autres choses qui vous font penser que je me relâche en ce moment ?

---

1. J. Piaget, *La Construction du réel chez l'enfant*, Neufchâtel-Paris, Delachaux et Niestlé, 1950.

Chef : Non, c'était surtout ça. Parce que, habituellement, quand je vous demande de contacter un client vous le faites.

Sabine s'aperçoit que son chef ne la trouve pas nulle et qu'il avait simplement une critique précise à lui formuler. On appelle cette technique d'affirmation de soi l'« enquête négative » ; elle sera développée dans la clé 3 p. 236.

➤ *Demandez des comptes à vos autojugements (la technique du pour et du contre)*

Vous avez tendance à croire votre autocritique sans toujours vérifier si elle est fondée. Souvent, elle l'est en partie sur certains faits qu'il faut savoir admettre afin de vous améliorer. Mais il est aussi nécessaire de tenir compte des faits réels qui vont contredire vos pensées négatives. La technique du pour et du contre va vous aider à faire le tri. Vous pouvez la pratiquer vous-même. Notez d'abord les arguments qui vont dans le sens de votre pensée puis ceux qui vont à l'encontre.

Dans le cas de Sabine l'exercice a été le suivant : « Sur quels faits réels penses-tu que tu es nulle ? »
• Les faits pour :
  – tu n'as pas téléphoné à ce client,
  – tu n'as pas répondu à la critique de ton supérieur sur le moment,
  – lorsque ton supérieur te donne un ordre, il compte sur toi, si tu ne le fais pas c'est que tu n'es pas fiable.

• Les faits contre :
  – c'est la première fois que mon chef me fait une remarque de ce style,
  – lorsque je suis allée le voir il a été précis dans sa critique, cela ne concernait que monsieur Martin, il ne m'a pas fait d'autres reproches,

– tes collègues, Dominique et Martine, t'ont dit que parfois, il leur était arrivé d'oublier de retéléphoner à un
client sans qu'elles se considèrent comme nulles au
travail.

Sabine a pu, grâce à cet exercice, se rendre compte que
dans les faits elle n'avait pas été si nulle que cela à son travail.
Faites comme elle, entraînez-vous régulièrement à utiliser
cette technique lorsque vous doutez de vous.

➤ Quel est votre intérêt ?
(avantages et inconvénients de la pensée)

Comme le montre le tableau suivant, il est important de
vous rendre compte que, si votre pensée négative présente
beaucoup d'inconvénients, elle possède aussi des avantages.
C'est ce qui explique d'ailleurs qu'elle se maintienne. Mais
il est nécessaire de faire un examen attentif des avantages et
des inconvénients de vos pensées afin que vous vous rendiez
compte de quel côté penche la balance : y a-t-il plus d'avantages que d'inconvénients ?

Voici un exemple réalisé par Célia

Avantages de la pensée « je ne serai pas capable de »	Inconvénients de la pensée « je ne serai pas capable de »
Cela m'évite d'affronter la situation. Ne faisant rien je suis sûre de ne pas faire d'erreur. Je n'aurais pas l'air ridicule si je n'y arrive pas.	Je fais de moins en moins de choses. Je n'évolue absolument pas et au contraire je régresse. Les autres me trouvent insignifiante et pensent que je fais très peu de choses dans la vie. Je ressens des émotions négatives à cause de mon sentiment d'incapacité. Je me trouve nulle et je fais de la dépression.

Cet exemple montre pourquoi il est parfois difficile de changer psychologiquement. Célia souffre parce que se sentir incapable présente beaucoup d'inconvénients. Mais, d'un autre côté, l'évitement des situations qu'elle redoute la soulage. Surprenant, non ! Il y a aussi des avantages à cette façon négative de se juger. Toutefois Célia trouve plus d'inconvénients que d'avantages à se juger incapable.

Maintenant que vous avez pris *conscience du caractère excessif de vos critiques intérieures*, grâce aux techniques précédentes, il va falloir mettre fin à ces critiques permanentes afin de retrouver confiance en vous. Pour ce faire, je vous propose tout d'abord une série de techniques que vous pouvez mettre en œuvre par vous-même.

Votre autocritique est injuste

➤ *Éteignez radio critique*

Comme nous l'avons vu, un discours critique sur vous-même a pu créer et maintenir votre manque de confiance en vous. Si vous voulez trouver ou retrouver cette confiance, il est indispensable d'éteindre votre radio critique !

Louis, spectateur de lui-même

Regardez ce qui se passe dans la tête de Louis lorsqu'il doit présenter l'association dont il s'occupe. En même temps qu'il s'exprime, il est envahi par des pensées négatives précisées entre parenthèses qui le critiquent.

Louis : Bonjour à tous. Je suis donc Louis, chargé de l'organisation de…

(Ma voix tremble, je le sens, je panique… ça ne va pas, je n'y arriverai pas, je n'arrive pas à arrêter ce tremblement dans ma voix…)

Le président : Parlez plus fort, on ne vous entend pas, la salle est grande.

Louis (se forçant à sourire) : Il me faudrait un micro.

(C'est la catastrophe, ma voix tremble encore, ça s'entend, on voit que je ne suis pas à l'aise.)

Louis : Donc, comme vous l'a dit mon prédécesseur les activités seront modifiées cette année…

(Ma voix tremble, je n'y arriverai pas, je raconte n'importe quoi, je suis nul, ça se voit, je vais m'arrêter, je baisse les bras, je dis que je ne peux pas, je pars… qu'est-ce qu'ils doivent penser ! Je suis ridicule !)

Louis : Pour acquérir ces compétences, il vous faudra bien évidemment participer à la vie de l'association…

(Qu'est-ce que je raconte ? C'est n'importe quoi, c'est d'une banalité ! Je ne sais même plus ce que je dis, c'est confus, incohérent ! D'ailleurs, les gens me regardent comme s'ils faisaient des efforts pour décrypter… Je ne sais plus où j'en suis, qu'est-ce qui se passe ? Qu'est-ce que je vais dire ?)

Le résultat est sans appel. Louis sortira paniqué de cette réunion, convaincu qu'il n'a pas été à la hauteur. Il ajoute que, lorsqu'il est critiqué, il ne le supporte absolument plus. Il se sent paralysé, liquéfié, est incapable de répondre.

L'allergie à la critique

C'est comme si Louis était devenu allergique à la critique. À force de se critiquer lui-même, il devient totalement intolérant et fait un rejet brutal lorsque, dans sa vie, il est confronté à tout ce qui pourrait ressembler, de près ou de loin, à une critique. C'est ennuyeux, Louis n'entend plus rien de son environnement et n'écoute plus les critiques qui pourraient le faire progresser. Heureusement, des techniques d'affirmation de soi (qui seront présentées dans la clé 3, p. 236) aideront Louis à mieux faire face aux critiques.

Pourquoi l'autocritique est-elle destructrice ?

L'autocritique vous paralyse. Vous n'agissez plus.

L'autocritique installe en vous un malaise.

L'autocritique est souvent injuste.

L'autocritique vous empêche de progresser.

L'autocritique ignore la réalité (même si on dit à Louis que sa présentation a été intéressante il ne le croira pas).

L'autocritique s'acharne sur vous lorsque vous êtes à terre (au fur et à mesure que Louis pense négativement, effectivement son stress augmente et sa critique ne fait que l'aggraver).

Entraînez-vous sur votre propre critique. Écoutez-la moins, contestez-la, opposez-vous à elle, éteignez radio critique, changez de longueur d'onde et passez sur... radio encouragements.

➤ *Passez sur radio encouragements (les techniques de décentration)*

Si vous écoutez plus souvent radio encouragements, vous deviendrez votre meilleur ami. Pour ce faire posez-vous deux questions :

Aideriez-vous votre meilleur ami s'il était en difficulté ?

Ce petit exercice s'avère très utile pour vous montrer que vous avez toutes les capacités pour être bienveillant avec vos amis... mais pas toujours avec vous-même...

Lorsque vous doutez de vous, à la suite d'un reproche par exemple, imaginez que vous êtes avec un de vos bons amis et parlez-lui en le réconfortant. Souvenez-vous de Sabine qui vient d'entendre une critique de son patron :

Sabine a fait cet exercice. Je lui ai demandé : « Avez-vous une collègue au travail que vous estimez ? »

Sabine : Oui, Emmanuelle est une collègue qui fait bien son travail et avec qui j'ai des relations amicales.

Thérapeute : Si Emmanuelle vous racontait ce que vous êtes en train de me raconter, et vous disait : Je suis nulle, ne trouves-tu pas ? Que lui répondriez-vous ?

Sabine : Je lui répondrais : mais Emmanuelle, tu es tellement fiable d'habitude, tu fais peu d'erreurs. Tu as oublié de rappeler ce client, mais ça peut arriver à tout le monde. Avoir un raté au boulot, ça ne veut pas dire que tu es nulle en général. Tu es super avec tes enfants et ton mari. Et regarde le nombre de copines que tu as !

J'eus presque de la peine à arrêter Sabine dans son discours positif sur Emmanuelle ! Elle ne se rendait pas compte à quel point elle pouvait être une très bonne amie avec Emmanuelle et une redoutable ennemie avec elle-même. Et pourtant les situations étaient exactement les mêmes.

Thérapeute : Vous accorderiez certainement des circonstances atténuantes à votre amie que vous ne vous donnez pas à vous-même. Pourriez-vous, à l'avenir, vous tenir les mêmes propos, aussi constructifs que ceux que vous utilisez pour Emmanuelle ? »

Une autre façon de passer sur radio encouragements consiste à vous poser à vous-même cette seconde question.

Que penserait votre meilleur ami s'il était à votre place ?

Choisissez une personne de vos relations que vous jugez proche de vous (un membre de votre famille ou un de vos amis) et qui a confiance en elle. Essayez d'imaginer ce qu'elle penserait si elle était dans votre situation. Sabine a choisi sa belle-sœur Myriana, qui jouit d'une assez bonne confiance en elle : « Si elle était à ma place, en entendant la critique de son supérieur, Myriana penserait sûrement : Je vais aller lui demander ce qu'il me reproche exactement et selon ce qu'il me dit, j'en tiendrais compte ou non. »

Les spécialistes nomment ces deux méthodes les *techniques de décentration*. Elles vous permettent de prendre de la distance par rapport à votre malaise et ainsi, de le diminuer. L'utilisation d'une fiche à cinq colonnes peut vous faciliter la tâche. Regardez celle de Sabine.

Situation *Décrivez ce qui se passe : où, quand, comment, avec qui*	Émotions *Précisez vos émotions et leur intensité*	Pensées automatiques *Précisez ce qui vous passe par la tête sur le moment*	Pensées alternatives *Notez ici vos pensées alternatives plus constructives*	Émotions *Réévaluez vos émotions en tenant compte des pensées alternatives*
Mardi 6 mars, 14 h, Mon chef me dit : « Votre travail, il y a du relâchement en ce moment ! »	Triste. Désappointée. Inquiète. 6/10	J'ai dû faire plein d'erreurs. Il voit bien que je ne suis pas compétente. Je suis nulle.	Tu es tellement fiable d'habitude. Tout le monde peut faire des erreurs. Cela ne signifie pas qu'on est nul. Tu vas lui demander ce qu'il te reproche exactement (comme le ferait Myriana).	Triste. Désappointée. Inquiète. 3/10

Comme vous le constatez, l'intensité des émotions négatives de Sabine est passée de 6/10 à 3/10 après cet élargissement de son point de vue. La situation n'a pas changé, son supérieur lui a bien fait une critique, mais c'est la façon dont

Sabine interprète cette remarque qui lui permet de se sentir moins mal et de diminuer son malaise de moitié. Connaissez-vous beaucoup de médicaments capables de diminuer votre malaise de moitié en quelques minutes ? Et, qui plus est, ne présentant aucun effet indésirable ni toxique.

Vous verrez, cette méthode psychologique sera de plus en plus efficace au fur et à mesure que vous l'utiliserez.

Souvent, lorsqu'on manque de confiance en soi, on a tendance à se culpabiliser excessivement, à s'attribuer toutes les fautes, les erreurs… On voit les autres, l'environnement, le monde plus négatifs que ce qu'ils sont vraiment. Tout ceci aggrave notre manque de confiance en nous.

Il est important pour vous de retrouver un certain équilibre entre le positif et le négatif ; ce qui vient de vous et ce qui vient des autres. La *technique des attributions* vous y aidera.

Arrêtez de vous sentir coupable

➤ *La théorie des attributions*

Les chercheurs en psychologie[1] ont fourni, avec la *théorie des attributions*, un outil remarquable pour diminuer vos malaises et augmenter votre confiance en vous. Ils ont remarqué, en étudiant les pensées de sujets qui souffraient de dépression ou d'anxiété, que l'on pouvait classer les pensées en quatre catégories résumées dans le tableau suivant.

---

1. Suite aux travaux de Rotter (1966), la théorie des attributions a été développée par Abramson, Seligman et Teasdale en 1978 et utilisée pour modifier les pensées des personnes souffrant de dépression par Beck (1979). Voici ces références :
– J. Rotter, « Generalized expectancies for internal *versus* external control of reinforcement », *Psychological Monographs*, 1966, 80, 1-28.
– L. Abramson, R. Seligman, J. Teasdale, « Learned helplessness in humans : critique and reformulation », *Journal of Abnormal psychology*, 1978, 87, 49-74.
– A.-T. Beck, *Cognitive therapy of depression*, New York, Guilford Press, 1979.

	Interne	Externe
Négative	C'est de ma faute.	C'est de la faute des autres.
Positive	C'est grâce à moi.	C'est grâce aux autres.

Une pensée peut être interne ou externe, négative ou positive.

Elle est interne négative si l'on *s'attribue* la responsabilité de ses échecs. Par exemple : « J'ai échoué, c'est de ma faute. » Elle est externe négative si l'on *attribue* aux autres ou à l'environnement la responsabilité de ses échecs. Par exemple : « Si j'ai échoué, c'est la faute de l'examinateur qui a fait des préférences ! »

Pour les pensées positives, c'est la même chose. Si vous réussissez quelque chose et que vous vous dites : « C'est normal, j'ai bien travaillé. Je le mérite », votre pensée est interne positive car vous vous attribuez votre succès. Si vous pensez : « Le jury était sympathique. Ils me l'ont donné. Le sujet était hyperfacile ! », vous attribuez au jury et au sujet la responsabilité de votre succès. C'est une pensée externe positive.

Les chercheurs ont également montré que les patients qui manquent de confiance en eux ont tendance à s'attribuer la responsabilité de leur échec (avec des pensées internes négatives). En revanche, ils ne s'attribuent pas leurs réussites qu'ils rattachent aux autres, à l'environnement ou à un coup de chance (pensées externes positives), ce qui diminue encore plus leur confiance en eux.

Pour appliquer cette technique, je vous conseille d'utiliser une fiche à cinq colonnes. Reprenez une fiche à trois colonnes et, comme François, précisez si chaque pensée automatique de la troisième colonne est interne ou externe, positive ou négative. Faites ensuite le total des pensées négatives (quatre dans le cas de François et Nadine) et pla-

cez dans la quatrième colonne un nombre au moins équivalent de pensées positives (quatre pour François et Nadine).
Dans la cinquième colonne, réévaluez l'intensité de vos
émotions (celles de la deuxième colonne) de 0 à 10. Votre
malaise diminuera probablement.

Il est important dans cet exercice de trouver autant de
pensées positives que de pensées négatives car les chercheurs
ont montré que cet équilibre est indispensable au bien-être.
La prédominance des pensées négatives, voire leur exclusivité, s'accompagne d'une aggravation du malaise. Comme
vous pouvez le constater chez François et Nadine, cet exercice de « gymnastique mentale » leur a permis de diminuer
leur malaise de moitié. Il n'y a pas d'annulation du malaise
car les situations présentées sont angoissantes, mais il y a une
diminution suffisante de l'angoisse pour qu'elle ne soit plus
bloquante, paralysante… Avec l'habitude, vous deviendrez
aussi capable de diminuer sur le moment même votre malaise
de moitié. Mais, là encore, cette « gymnastique mentale »
nécessite de l'entraînement pour être efficace.

Voici l'exemple apporté par François.

Situation *Décrivez ce qui se passe : où, quand, comment, avec qui*	Émotions *Précisez vos émotions et leur intensité*	Pensées automatiques *Précisez ce qui vous passe par la tête sur le moment*	Pensées alternatives *Notez ici vos pensées alternatives plus constructives*	Émotions *Réévaluez vos émotions en tenant compte des pensées alternatives*
Lundi 2 mars, entrevue avec mon chef de service et discussion générale.	Peur panique, Angoisse, Tension musculaire, Boule dans le ventre, Augmentation du rythme cardiaque, Chaleur. 7/10	Je manque de fluidité dans mon discours (pensée interne négative). Je dois surmonter mon anxiété (pensée interne négative). Je manque d'assurance (pensée interne négative). Les autres doivent le ressentir (pensée externe négative).	J'arrive à aller à cette entrevue grâce à ma volonté (pensée interne positive). Je me suis bien comporté auparavant dans les réunions de ce type. (pensée interne positive). Je vais régler les problèmes de travail (pensée interne positive). Les collègues vont m'aider à régler les problèmes de travail (pensée externe positive).	Peur panique, Angoisse, Tension musculaire, Boule dans le ventre, Augmentation du rythme cardiaque, Chaleur. 4/10

Voici maintenant un exemple que Nadine m'a apporté et qui concerne la vie de couple.

Situation *Décrivez ce qui se passe : où, quand, comment, avec qui*	Émotions *Précisez vos émotions et leur intensité*	Pensées automatiques *Précisez ce qui vous passe par la tête sur le moment*	Pensées alternatives *Notez ici vos pensées alternatives plus constructives*	Émotions *Réévaluez vos émotions en tenant compte des pensées alternatives*
Mon ami est fatigué. Il parle moins dans la voiture lorsque nous rentrons d'une réunion de famille.	Angoisse, Boule dans le ventre. 8/10	J'ai dû faire quelque chose de pas bien. (pensée interne négative) Il m'a trouvée inintéressante avec sa famille (pensée externe négative) Il ne m'aime plus (pensée externe négative) Il va me quitter (pensée externe négative).	Il est peut-être des raisons d'être fatigué. On a fait beaucoup de route (pensée externe positive). Je ne peux pas être le centre d'intérêt. Son silence n'a peut-être rien à voir avec moi (pensée externe positive). Il est peut-être déçu que ce bon week-end soit terminé. Comme moi aussi je le suis (pensée externe positive). Même si cela a à voir avec moi cela ne justifie pas qu'il rompe (pensée externe positive).	Angoisse, Boule dans le ventre. 3/10

➤ Comment diminuer vos convictions négatives

Dans la plupart des cas, les exercices précédents seront suffisants pour vous faire voir les choses différemment. Toutefois, certains, je le sais, rétorqueront : « Oui, mais ces pensées positives, je n'y crois pas, je n'y adhère pas… Je pense que la situation est avant tout négative. » Bien sûr, vous avez l'habitude d'interpréter négativement les événements depuis longtemps et, au début, ces pensées alternatives ne vous paraîtront pas toujours très crédibles. L'expérience de l'« évaluation de votre croyance dans chaque pensée » proposée par le Pr Beck — que Paul a utilisée ci-dessous — peut vous intéresser.

Situation Décrivez ce qui se passe : où, quand, comment, avec qui	Émotions Précisez vos émotions et leur intensité	Pensées automatiques Précisez ce qui vous passe par la tête sur le moment	Pensées alternatives Notez ici vos pensées alternatives plus constructives	Émotions Réévaluez vos émotions en tenant compte des pensées alternatives
Suite à une commande de faïence pour notre salle de bains que le fournisseur ne peut pas nous livrer, ma femme me reproche de n'avoir pas su m'affirmer.	Frustration. Agressivité. 8 / 10	Ma femme est injuste (pensée externe négative, *croyance 80 %*).	Je vais essayer de me faire rembourser mes arrhes (pensée interne positive, *croyance 50 %*). Le plus important est de constater que ma femme a les mêmes goûts que moi pour notre salle de bains (pensée externe positive, *croyance 30 %*).	Frustration, Agressivité 4 / 10

Paul a évalué, pour chacune de ses pensées, sa croyance en pourcentage :

- – 80 % : il y croit beaucoup, il est pratiquement certain que sa femme est injuste ;
- – 50 % : il y croit moyennement. Il pense qu'il a autant de chances d'obtenir le remboursement de ses arrhes que de ne pas l'obtenir ;
- – 30 % il croit assez peu au fait que les goûts communs entre sa femme et lui soient le plus important dans cette situation, pour l'instant. Plus tard, il se rendra compte que ce sont les points communs avec sa femme qui lui permettent de rendre sa vie de couple plus agréable.

Au début, comme Paul, lorsque vous ferez cet exercice, vous adhérerez probablement beaucoup plus aux pensées négatives (80 % pour Paul) qu'aux pensées positives (50 et 30 % pour Paul). Mais vous verrez, avec l'entraînement, et en vous fiant plus à la réalité, votre croyance en ces pensées négatives va diminuer et vous croirez plus en vos pensées positives.

Toutefois, j'attire votre attention sur le fait que les pensées alternatives doivent être réalistes. Il ne s'agit pas de se convaincre que tout est positif. Il s'agit plutôt d'avoir une interprétation plus objective des situations de votre vie.

Comme vous allez le voir, les psychologues ont beaucoup travaillé sur les interprétations ces dernières années. Ils ont mis au point bien d'autres méthodes pour vous aider à vous sentir mieux en interprétant vos actions avec plus de bienveillance. Il est important de comprendre qu'avec le temps vous avez appris à traiter l'information de manière orientée et parfois tendancieuse.

➤ *Vous vous maltraitez en traitant mal l'information : le GRIMPA*

Les chercheurs en psychologie nous apportent des informations très intéressantes sur la façon dont nous traitons les informations. Ils décrivent ce qu'ils appellent des *processus cognitifs* que vous pouvez mémoriser avec la méthode du GRIMPA (comme une montagne) et dont la signification est la suivante :

• *G signifie généralisation*, à partir d'un point précis vous généralisez. Par exemple, si vous avez fait une erreur dans votre travail, vous vous considérez comme ne faisant que des erreurs dans votre travail. Puis vous continuez à généraliser en disant : « De toute façon je ne fais que des erreurs ! », en étendant ce constat à toute votre vie, privée, amicale, professionnelle. Il existe également une généralisation temporelle. Par exemple, vous pensez : « De toute façon, j'ai toujours fait des erreurs au travail et je ne ferai que des erreurs dans l'avenir. »

• *R, raisonnement dichotomique*, c'est un raisonnement en « tout ou rien », en « blanc ou noir ». La nuance n'existe pas. Il n'y a pas de gris et encore moins de gris clair ou de gris foncé. Par exemple : « Soit je réussis, soit j'échoue. J'ai 0 sur 20 ou 20 sur 20. Un 12 n'est pas satisfaisant. »

• *I, inférence arbitraire*, cela signifie que vous tirez une conclusion d'un fait sans en avoir la preuve (voir les exemples dans les quatre colonnes de Louis et Aurélie page suivante).

• *M, maximalisation du négatif et minimalisation du positif*, vous amplifiez tout ce que vous faites de négatif et vous minimisez tout ce que vous faites de positif.

• *P, la personnalisation,* c'est-à-dire que vous ramenez les choses à vous. Au cours d'une discussion de groupe vous pensez que les critiques, les sous-entendus, vous concernent.

• *A, abstractions sélectives,* c'est-à-dire que vous tirez une conclusion générale à partir d'un détail.

Louis et Aurélie ont fait un travail sur leurs processus cognitifs dont voici le résultat. Ils ont utilisé une fiche à quatre colonnes que voici.

Les quatre colonnes de Louis

Situation	Pensées automatiques	Processus cognitifs	Pensées alternatives
Ce matin en me préparant, je vois mon ventre dans la glace.	Je suis moche !	Généralisation et maximalisation du négatif.	Même si j'ai effectivement un peu de ventre, cela ne signifie pas que tout mon physique soit moche. (Il y a d'autres choses que le ventre.) J'ai d'ailleurs une certaine allure globale et les gens aiment mon sourire et mon regard. Plusieurs amis m'ont dit qu'ils me trouvaient pas mal pour mon âge.
Rencontre avec des professeurs de biologie pour un sujet que je maîtrise moins bien qu'eux.	J'ai moins de connaissance qu'eux et je vais dire une bêtise devant tout le monde.	Maximalisation du négatif et inférence arbitraire.	Tous les profs de biologie ont des connaissances limitées. D'ailleurs mon collègue Arthur a dit une bêtise lors du dernier débat que nous avons eu.
	Ils vont me juger négativement et parleront de moi dans mon dos.	Personnalisation.	Qu'est-ce qui me prouve cela ? Je ne suis pas le centre du monde. Ils ont d'autres préoccupations que de parler de moi.
	J'aurai l'air ridicule en discutant de ce sujet que je ne connais pas.	Inférence arbitraire.	J'aurai le même air que celui qu'ils ont lorsqu'ils maîtrisent mal le sujet. Je vais être naturel avec mes manques. Cela m'évitera de stresser.

Aurélie a aussi travaillé avec cette méthode.

Les quatre colonnes d'Aurélie

Situation	Pensées automatiques	Processus cognitifs	Pensées alternatives
Une collègue de mon service a organisé un pot pour son départ à la retraite. Elle ne m'a pas invitée.	J'ai dû lui faire quelque chose qu'elle n'a pas apprécié. Elle veut faire un pot sans moi.	Inférence arbitraire. Inférence arbitraire.	Je vais aller lui demander si elle a des reproches à me faire. Je vais vérifier auprès d'autres collègues s'ils sont tous invités ou s'il s'agit d'une réunion très restreinte.

Pour révéler vos principaux processus cognitifs, je vous conseille de reprendre vos trois colonnes, d'examiner chacune de vos pensées et de voir à quel processus elles correspondent. Vous noterez que, souvent, vous avez tendance à avoir les mêmes processus cognitifs. Certaines personnes fonctionnent en généralisation, d'autres en personnalisation (elles prennent tout pour elles). Lorsque vous aurez mis en lumière vos processus cognitifs, je vous conseille, comme Louis et Aurélie, de chercher les pensées alternatives, objectives, adaptées à la réalité qui vous permettent une analyse plus objective et moins culpabilisante de la situation.

➤ *Vous vous fixez trop d'impératifs*

Les psychologues anglo-saxons ont appelé cela les *should* et les *must*. Il s'agit de ce que vous *devez* faire, des impératifs que vous vous fixez à vous-même. Ces pensées sont formulées par des phrases commençant par « il faut »,

« je dois » ou « il ne faut pas », « je ne dois pas » et énoncent des règles de vie que vous vous imposez à vous-même.

Par exemple :
- je ne dois pas refuser quelque chose lorsqu'on me le demande,
- je ne dois pas me vanter lorsque je réussis quelque chose,
- je dois toujours être aussi parfait que possible pour ne pas décevoir,
- je dois toujours éviter de déplaire aux autres,
- je ne dois pas faire des choses si je ne suis pas sûr de les réussir,
- je ne dois pas prendre la parole lors d'une discussion si je ne connais pas très bien le sujet…

Un exercice amusant consiste à noter sur une journée par exemple toutes les phrases et les pensées commençant par « il faut », « je dois », « je ne dois pas », « il ne faut pas ». À la fin de la journée, comptez-les. Vous verrez que ces impératifs que l'on se fixe à soi-même sont en fait extrêmement fréquents, souvent intransigeants, et guident la plupart de nos actions.

Voilà, vous savez l'essentiel de ce qui vous sera utile sur les modifications des pensées. L'objectif est de vous préparer au changement en vous faisant agir différemment dans votre vie, cela afin que vous preniez confiance en vous. Encore faut-il vous en donner le droit…

➤ Autorisez-vous à agir

Caroline a ajouté une sixième colonne qui est, en quelque sorte, un comportement alternatif. Au départ, tant que Caroline pensait du mal d'elle, elle était énervée et en colère. Ce sont ses pensées alternatives qui lui ont permis, lorsqu'elle a pu se rendre compte que son conjoint généralisait à partir d'un petit événement de leur vie de couple, de trouver l'énergie pour aller le voir et lui demander de régler les choses comme elle le souhaitait.

Description de la situation	Niveau d'émotion	Pensées automatiques	Pensées alternatives	Niveau d'émotion	Comportements alternatifs
Je m'aperçois que mon conjoint a encore baissé le thermostat d'eau chaude. Je le lui dis agressivement et en colère. Il me répond : « Avec toi c'est toujours pareil. Dès que l'on n'est pas d'accord tu t'énerves, tu montes sur tes grands chevaux. Tu veux toujours avoir raison. »	Colère 5/10	Il a raison, je m'énerve trop vite et je veux toujours avoir raison (pensée interne négative, croyance 70 %). Je ne dois pas être faite pour vivre en couple (pensée interne négative, croyance 80 %).	Il généralise en parlant de mes réactions en général (pensée externe négative, croyance 80 %). Je vais laisser la discussion centrée sur l'eau chaude (pensée interne positive, croyance 60 %). Mon objectif est d'obtenir de l'eau chaude et pas de me disputer (pensée interne positive, croyance 70 %).	Colère 2/10	Je vais voir mon conjoint et je lui demande de laisser le thermostat d'eau chaude.

Caroline a pu demander calmement à son conjoint de laisser le thermostat d'eau chaude et même obtenir gain de cause. L'exemple de Caroline montre que certaines pensées bloquent nos actions alors qu'au contraire d'autres pensées nous aident à agir selon nos souhaits :

- les pensées qui bloquent nos actions s'appellent les PIC (pensées qui inhibent notre comportement),
- les pensées qui nous aident à agir se nomment les POC (pensées qui nous orientent vers un comportement constructif).

Voilà, vous êtes prêt à agir. Vous commencez à croire en vous. Il va maintenant falloir passer à l'action : la confiance en soi ne sera établie que lorsque vous aurez changé des choses dans votre vie et que vous en serez fier.

Les techniques cognitives (sur les pensées), utilisées par les psychothérapeutes, sont encore plus élaborées. Pour ceux d'entre vous qui deviendraient des inconditionnels de cette méthode, je propose de découvrir comment travaillent les psychothérapeutes dans le chapitre « Pour ceux qui veulent en savoir plus », p. 248.

J'attire simplement votre attention sur deux points :

- les techniques présentées p. 248 doivent être utilisées avec l'aide d'un professionnel, dans la majorité des cas,
- pour bon nombre d'entre vous, ces techniques ne sont pas indispensables et la clé 1 que vous venez d'apprendre à utiliser est suffisante. Vous pouvez donc maintenant aborder le second volet : la clé 2.

Clé 2 : Oser agir

Agir certes, mais pas n'importe comment, avec méthode. Car l'anxiété peut vous empêcher de passer à l'action et il va falloir l'apprivoiser.

L'action est indispensable dans l'acquisition de la confiance en soi. On pourrait même dire, pour pasticher une formule célèbre, que le manque de confiance en soi est soluble dans l'action.

Il y a six mois, Barbara venait juste de réussir son diplôme de fin d'études. Elle était arrivée alors dans mon bureau, totalement paniquée et me disant : « Je suis incapable, je suis paniquée, je manque de confiance en moi, je ne connais rien au travail que je dois commencer la semaine prochaine. » Six mois plus tard, Barbara est une jeune femme épanouie, beaucoup plus sûre d'elle, qui m'explique que son travail se passe bien et qu'elle a pris de l'assurance : « Maintenant, je maîtrise bien les choses, je connais les dossiers sur lesquels je travaille et les gens avec qui je travaille. Je n'en ai plus peur. Ils m'ont dit ce que je devais faire et j'ai bien cerné les points sur lesquels je dois progresser. »

C'est son expérience quotidienne qui, petit à petit, a mis Barbara en confiance.

Il y a trois mois, Sophie se sentait totalement incapable de prendre sa voiture : « Je n'ai pas confiance en moi. J'ai peur d'avoir des accidents, de blesser mes enfants qui sont à l'arrière. Je ne suis pas du tout sûre de moi, j'ai peur de conduire. » À ce jour, Sophie a repris confiance et peut conduire seule.

Hugues a consulté il y a quatre mois un sexologue pour une impuissance. Il se doutait bien qu'il y avait quelques causes psychologiques à cette impuissance. Mais le sexologue lui a proposé un médicament, bien connu maintenant, qui lui permettrait d'obtenir des érections. À la suite de six à sept érections satisfaisantes pour lui et sa partenaire, Hugues a repris confiance en lui, ne doute plus de ses capacités masculines : même s'il sait que ses problèmes sont psychologiques, il a repris confiance dans sa virilité.

La natation n'a plus de secret pour vous. À 6 ans, vous avez appris à nager. Vous ne perdez jamais l'occasion d'aller à la piscine ou au bord de la mer l'été. Vous avez maintenant 45 ans et vous êtes capable de nager la brasse, le papillon et le crawl. Doutez-vous de vos compétences de nageur ? Avez-vous, pour acquérir cette confiance dans vos capacités en natation, eu besoin de travailler sur vos conflits psychologiques, sur votre enfance, sur vos rapports à vos parents ? Non, bien sûr !

Nous venons de le voir, un travail sur vos pensées et sur vos problèmes personnels est souvent indispensable pour reprendre confiance en vous. Mais il n'est pas suffisant. Si vous voulez vraiment prendre confiance en vous, il va falloir passer à l'action : ce sont des actions répétées qui vont donneront un sentiment d'efficacité et de confiance. Comment agir ?

Dopez votre confiance en vous

➤ Transformez vos plaintes en objectifs

Sabine me dit : « Ma chef me demande de faire le travail de Geneviève, une jeune collègue qui vient d'arriver. Je n'ose pas refuser mais, pourtant, il faudrait. Ça fait trois mois que je fais une partie de son travail. Je suis fatiguée, au bout du rouleau… » Sabine se plaint beaucoup de cette surcharge. Elle répond à sa supérieure : « Tu ne te rends pas compte, avec le travail que j'ai déjà. C'est toujours la même chose, toutes les semaines tu me dis que c'est urgent, exceptionnel, et tous les lundis ça recommence. Bon, allez, donne-moi le boulot de Geneviève, je vais le faire. »

« Vous voyez bien, Docteur : je suis bonne poire, je râle mais je finis par accepter ! » Par son attitude, Sabine s'est enfermée dans un statut de « geignarde ». Dans l'entreprise, on disait d'elle : « Sabine, c'est celle à qui tu peux refiler tout le travail quand tu en as trop. Elle râle mais, en fait, elle est très sympa et elle te le fera ! » Si Sabine veut sortir de cette logique de la plainte, il faut qu'elle apprenne à refuser, qu'elle se donne une autre image, plus valorisante. Mais comment refuser ?

Voilà ce que nous avons pratiqué : au cours de plusieurs jeux de rôles, Sabine et moi avons mis au point la réponse qu'elle allait faire à sa supérieure. Voici brièvement résumé ce que Sabine pense lui répondre : « Bon, OK pour cette semaine. Je comprends que tu sois prise de court et que tu n'aies personne d'autre pour ce travail. Mais ça fait trois mois que ça dure et pour moi, maintenant, c'est trop. Aussi, j'ai décidé de ne plus prendre le travail de Geneviève en plus du mien. Je te dépanne pour cette semaine, mais ce sera la dernière fois. J'aimerais beaucoup que tu comprennes ma position et que tu trouves une autre solution. Bien sûr, de manière exceptionnelle, lors des gros coups de bourre, je reste ouverte pour faire quelques heures supplémentaires, mais je ne veux pas que ça devienne systématique. » Précisons ici que Sabine trouve que ce dialogue correspond parfaitement à sa position et ajoute avec un sourire : « Vous savez, Docteur, lorsque je faisais ce supplément de travail, je n'étais pas rémunérée en heures supplémentaires, je n'étais même pas rémunérée du tout ! »

Ce dialogue, s'il pose fermement les limites de la quantité de travail est également respectueux et non agressif envers sa supérieure. On note en effet que Sabine utilise l'empathie : elle comprend les besoins de sa supérieure et ceux de l'entreprise. Il n'y a pas d'incompatibilité entre ses propres intérêts et ceux de l'entreprise dans laquelle elle travaille. La supérieure de Sabine a admis que, depuis trois mois, Sabine avait pris du travail en plus et qu'effectivement cela méritait une compensation financière. Par la suite, elle a d'ailleurs trouvé une autre solution et embauché une personne supplémentaire parce que l'entreprise continuait à se développer. Vous trouverez dans la clé 3 p. 229 des détails sur les méthodes que Sabine a utilisées pour apprendre à dire non.

➤ Faites votre inventaire

Pourquoi il est important de vérifier ce que vous avez
en stock avant de passer une nouvelle commande

Giovanni me consulte pour un manque de confiance en soi. Face à son discours négatif, il est difficile de savoir quelles actions positives il s'accorde. Lorsque je lui demande : « Qu'avez-vous fait de positif dans votre passé ? » Il me répond : « Il n'y a pas grand-chose et je pourrais même dire, rien ! »

Je reprends alors, à l'aide de questions, toute la biographie de Giovanni. Je peux résumer en quelques lignes les éléments positifs que nous avons pu retrouver dans sa vie : il est l'aîné d'une famille de onze enfants dont le père est décédé de manière précoce. Il a donc dû assumer une partie de l'éducation de ses frères et sœurs. Ses parents étaient d'origines différentes. Il a donc appris deux langues qu'il parle encore couramment. Ces événements l'ont doté d'une grande capacité d'adaptation puisqu'il a fait sa scolarité dans différents pays. Parfaitement bilingue, il a développé de multiples intérêts dans le théâtre et la littérature. Il connaît bien le milieu théâtral et peut citer, de mémoire, de nombreux vers. On l'a toujours doté un certain sens de l'humour et une grande disponibilité... Et Giovani de terminer cette discussion en disant : « Finalement, j'ai fait mon petit bonhomme de chemin malgré tout ! »

Lorsque vous manquez de confiance en vous, à force de ne regarder que le négatif, vous ne voyez pas le positif. Peut-être pensez-vous qu'il faut apprendre de nouveaux comportements alors que vous les possédez déjà. Vous risquez l'excès de stock. Méfiez-vous : un magasin qui a trop de stock finit par déposer le bilan. Peu d'entre vous osent penser qu'ils ont déjà des qualités et qu'avant de poursuivre un travail sur eux-mêmes pour les augmenter, il faut en prendre conscience. Beaucoup de psychothérapeutes sont d'accord sur ce point : notre travail ne consiste pas uniquement à vous aider à résoudre vos difficultés, il s'agit aussi et surtout de vous faire prendre conscience de votre potentiel et de vous aider à l'utiliser. Voici quelques outils qui vous éclaireront sur ce que vous avez déjà.

Faites votre inventaire vous-même
Examinez des faits et non plus des opinions

Il s'agit d'acquérir une opinion objective de vous-même. Rayez les opinions négatives, penchez-vous sur des faits réels ou partagés par d'autres. Les quatre questions à vous poser sont les suivantes :

– question 1 : quels sont mes défauts et mes qualités ?
– question 2 : qu'ai-je échoué et réussi ?

– question 3 : quels sont mes domaines d'incompétences et de compétences ?
– question 4 : qu'est-ce que le bien pour moi ?

QUESTION 1 : « QUELS SONT MES DÉFAUTS ET MES QUALITÉS ? »

Les personnes qui manquent de confiance en elles ne savent pas répondre à cette question. Elles majorent leurs défauts et ne voient pas leurs qualités. Pour vous aider, je vous propose d'utiliser une liste comprenant des mots décrivant des défauts à gauche du tableau et ceux décrivant des qualités à droite. Veuillez entourer selon vous chaque mot correspondant à vos défauts et faites de même dans la colonne de droite avec les qualités. Faites le total des défauts et des qualités. Les chiffres sont-ils équivalents ? Si c'est le cas, c'est parfait. Si vous avez entouré plus de qualités que de défauts, apprenez la modestie ! Ceci m'étonnerait : si vous manquez de confiance en vous, il est probable que vous aurez entouré plus de défauts que de qualités.

L'exercice suivant consiste à rééquilibrer vos scores et à trouver d'autres qualités pour vous conduire à un équilibre et à un score équivalent, entre défauts et qualités, comme vous pouvez le voir sur la liste ci-jointe. Et s'il n'est pas facile de vous trouver autant de qualités que de défauts, faites-vous aider ?

En fait, cet exercice est un peu dichotomique : c'est tout ou rien. En effet, pour chacune de ces caractéristiques, vous pouvez vous trouver « entre les deux », avoir un peu de la qualité et un peu du défaut.

Un exemple de liste défauts-qualités

Mes défauts	Mes qualités
Inactif	Actif
Maladroit	Adroit
Égocentrique	Attentif aux autres
Malhonnête	Honnête
Déloyal	Loyal
Imprécis	Précis
Retardataire	Ponctuel
Versatile	Persévérant
Impoli	Poli
Tendu	Détendu
Anxieux	Calme
Pessimiste	Optimiste
Indécis	Décidé

C'est pourquoi l'exercice des continuums me paraît plus adapté. Reprenez la liste précédente des qualités. Tracez un axe de 10 cm au milieu de votre page. À gauche, inscrivez le défaut, par exemple inactif et, à droite de l'axe, la qualité correspondante, par exemple, actif. Vous faites de même sur un second axe. À gauche : maladroit, à droite, adroit, et ainsi de suite. Placez alors une croix sur la ligne à l'endroit qui vous paraît le plus approprié. Si vous vous pensez moyennement actif mettez la croix au milieu. Si vous vous pensez légèrement plus adroit que maladroit, mettez la croix légèrement à droite. Si vous vous pensez très attentif aux autres, mettez la croix carrément vers la droite et ainsi de suite.

Question 1 : Continuum défauts-qualités

Inactif	——————✗——————	Actif
Maladroit	————————✗————	Adroit
Égocentrique	——————————✗——	Attentif
Malhonnête	————————————✗—	Honnête
Déloyal	—————————✗———	Loyal
Imprécis	————————————✗—	Précis
Retardataire	——✗———————————	Ponctuel
Versatile	————✗—————————	Persévérant
Impoli	——————✗—————	Poli
Tendu	—✗———————————	Détendu
Anxieux	—✗———————————	Calme
Pessimiste	——✗——————————	Optimiste
Indécis	—✗———————————	Décidé

Après avoir inscrit une croix par ligne, veuillez tracer un trait vertical exactement au milieu des lignes, c'est-à-dire à 5 cm des deux bords. Cette ligne symbolise la moyenne, l'état intermédiaire. Maintenant reprenez votre tableau et entourez à droite toutes les qualités. Comptez alors le nombre de qualités. A-t-il augmenté depuis l'exercice précédent ? C'est souvent le cas pour les personnes qui manquent de confiance en elles. Elles ont tendance à ne considérer que ce qui est une légère qualité n'est pas une qualité. Elles ne retiennent que les qualités dont la croix est totalement à droite : elles minimisent donc le nombre de leurs qualités.

QUESTION 2 :
« QU'AI-JE ÉCHOUÉ ET RÉUSSI JUSQU'À MAINTENANT ? »

Vous pouvez faire exactement les mêmes exercices en décrivant les caractéristiques de vos « échecs-réussites » et en les plaçant sur un axe. Comme le montre le continuum des

« échecs-réussites » de Julie, les choses ne sont pas toutes noires ou toutes blanches. Il vous est certainement arrivé de vivre des réussites ou des échecs partiels.

Question 2 : Continuum des échecs-réussites de Julie

	ÉCHECS	RÉUSSITES
Mes études		X
Mon couple	X	
L'amitié	X	
M'occuper des autres	X	
Avoir des centres d'intérêt	X	
M'occuper de mon physique	X	
Activité sportive	X	
Les sorties		X
L'engagement associatif	X	

QUESTION 3 : « QUELS SONT MES DOMAINES DE COMPÉTENCES ET D'INCOMPÉTENCES ? »

Vous pouvez faire comme Rémi le même type d'exercice avec vos domaines de compétences et d'incompétences.

Question 3 : Continuum des compétences et incompétences de Rémi

	INCOMPÉTENCES	COMPÉTENCES
Vélo	X	
Bricolage		X
Organiser une soirée		X
Organiser un voyage	X	
Ranger	X	
Affirmer une opinion		X
Écouter l'autre	X	
Faire mon travail		X
Relations avec mes collègues	X	

QUESTION 4 : « QU'EST-CE QUE LE BIEN POUR VOUS ? »

Ces exercices soulèvent la question essentielle de la norme. Souvent, les personnes qui manquent de confiance en elles considèrent que tout ce qu'elles font de bien est normal et que seul le mal doit être noté. Il peut être utile de les amener à tracer un axe pour chacune de leurs actions, sur lequel elles peuvent déplacer un curseur qui irait du pire résultat, complètement nul à gauche, au résultat excellent, à droite. Regardez le curseur de Nathalie et, comme elle, apprenez le sens de la nuance dans vos autojugements.

Question 4 : Le curseur de Nathalie

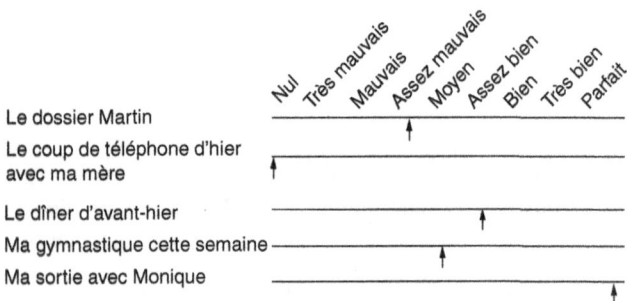

► *Ne soyez pas sourd : écoutez les autres !*

Le manque de confiance en soi peut rendre sourd !

Lorsque vous écoutez radio critique toute la journée, vous ne pouvez pas entendre radio encouragements. Avez-vous essayé d'écouter deux stations de radio en même temps ? C'est impossible ! Vous êtes tellement branché sur la critique que vous n'entendez plus les discours et gestes positifs envers vous. Julie apporte un exemple de ce phénomène. Voir sa fiche à cinq colonnes p. 180.

Au départ, Julie n'avait rempli que les trois premières colonnes. Elle était convaincue de ne pas mériter cette invitation compte tenu de l'image négative qu'elle avait d'elle-même. Il a fallu un effort mental et un exercice sur sa critique intérieure (comme nous l'avons vu dans la clé 1) pour qu'elle puisse se rendre compte qu'après tout, si son amie l'invitait c'est qu'elle avait peut-être envie de la revoir. Ce qui sous-entendait que Julie devait bien avoir quelques côtés positifs. Pour aider Julie, je lui ai demandé : « Pourquoi votre amie vous invite-t-elle, d'après vous ? » Cette question apparemment toute simple a permis à Julie de trouver des raisons positives à cette invitation. Apprenez à vous poser ce genre de questions : « Pourquoi telle personne m'invite ? Pourquoi mon conjoint continue à vivre avec moi depuis quinze ans ? Pourquoi unetelle est toujours mon amie depuis dix ans ? Pourquoi m'a-t-on demandé de m'occuper de telle association ? Pourquoi mon frère me téléphone-t-il souvent pour me demander mon avis ? »

La technique du sondage

Certaines personnes que j'ai suivies sont même allées plus loin et ont demandé aux autres leur point de vue sur elles. Cette technique n'est possible qu'avec des personnes bienveillantes, en qui vous avez confiance et qui sont d'accord pour faire l'exercice. Si celui ou celle à qui vous le demandez se sent mal à l'aise pour vous parler de vos qualités et de vos défauts, mieux vaut ne pas insister. Difficile pour votre interlocuteur, cet exercice est aussi une source d'enrichissement mutuel. La méthode la plus simple est de reprendre les continuums que vous avez réalisés sur vos défauts et qualités, incompétences, compétences, etc., d'en donner une version vierge, sans les croix, et de demander à votre interlocuteur de mettre les croix selon ce qu'il perçoit de vous.

Les cinq colonnes de Julie

Situation *Décrivez ce qui se passe : où, quand, comment, avec qui*	Émotions *Précisez vos émotions et leur intensité*	Pensées automatiques *Précisez ce qui vous passe par la tête sur le moment*	Pensées alternatives *Notez ici vos pensées alternatives plus constructives*	Émotions *Réévaluez vos émotions en tenant compte des pensées alternatives*
Une amie m'invite à la rejoindre avec son groupe d'amis.	Angoisse, Cœur qui tape, Ventre serré. 6/10	Je n'ai rien d'intéressant à dire. Je ne suis pas de bonne compagnie.	Si mon amie m'appelle c'est qu'elle apprécie ma compagnie. Je vais lui demander ce qu'elle apprécie car cela me permettra de mieux me connaître et de savoir ce que les autres apprécient en moi.	Angoisse, Cœur qui tape, Ventre serré. 3 /10

Cet exercice est intéressant. Il vous permet de :

– confirmer vos points faibles,

– confirmer vos points forts,

– connaître certains de vos défauts que les autres ont remarqués et pas vous,

– connaître certaines de vos qualités dont vous n'aviez pas conscience et que les autres apprécient,

– parler de choses importantes avec votre entourage,

– vous rendre compte qu'en tout état de cause les autres ne sont pas tous du même avis sur vos qualités ou vos défauts. Il est donc illusoire de vouloir toujours se définir à travers l'opinion d'autrui. De toute façon, il en existera toujours qui apprécieront votre comportement et d'autres qui vous critiqueront.

➤ *Devenez rédacteur en chef du quotidien* Le Positif

Votre manque de confiance en vous vous conduit à privilégier des jugements négatifs sur vous-même comme le montre le schéma de la balance.

La balance

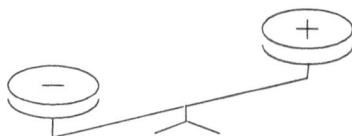

Manque de confiance en soi

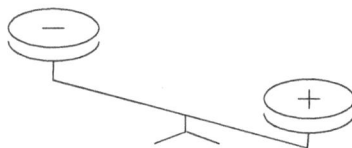

Excès de confiance en soi

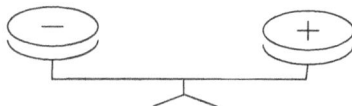

Confiance en soi équilibrée

Sans tomber dans l'excès, désagréable pour les autres, il est important que vous rééquilibriez les deux plateaux de la balance, afin d'obtenir une confiance en vous de qualité. Dans un premier temps, vous allez surtout insister sur le plateau du positif. Je vais vous demander de noter chaque jour pendant une semaine au moins un acte positif, une qualité, une compétence ou un retour positif des autres. Chaque soir, relisez votre carnet. Chaque semaine, relisez l'ensemble de la semaine.

En relisant, vous percevrez vos émotions : vous sentez-vous bien ? Êtes-vous fier de vous ?

Au début, vous serez peut-être un petit peu gêné : vous aurez l'impression d'être prétentieux, mais vous vous rendrez compte que vous ne faites que noter des faits réels. Il est normal que vous teniez compte de vos actes positifs. Ce n'est pas de la prétention : vous aurez noté aussi vos erreurs, échecs et émotions négatives. La balance sera équilibrée.

Vous avez fait l'inventaire de vos possibilités. Vous connaissez mieux votre potentiel et vous êtes dans la position idéale pour concrétiser votre changement personnel. Vous avez tout ce qu'il faut pour prendre confiance en vous. Mais je vous connais, je sais que certains parmi vous hésitent encore à se lancer ! Vous avez peur... Peur d'échouer. Pour vaincre ces dernières pensées, il peut vous être utile d'évaluer les *risques* que vous allez prendre en tentant de changer.

Osez et décidez

Ce temps, source de difficultés, nécessite une méthode rigoureuse en cinq étapes :

- prenez vos décisions,
- fixez-vous des objectifs accessibles,
- évaluez les risques,
- faites preuve d'imagination,
- ne reportez pas toujours au lendemain !

➤ Prenez vos décisions
(la technique de résolution des problèmes)

Le manque de confiance en vous vous fait douter face aux différentes décisions de votre vie : « Faut-il déménager ou non ? Dois-je habiter en ville ou à la campagne ? Dois-je acheter un ordinateur neuf ou d'occasion ? Dois-je répondre ou non aux avances de ce jeune homme ? » L'exercice suivant d'aide à la décision est très utile.

Rachel, 32 ans, me consulte pour un manque de confiance en elle. Toutes les décisions sont difficiles pour elle. En particulier, elle vient d'apprendre que son mari, qui travaille dans une grande entreprise, va être muté en décembre à plus de 100 km de Lyon, cela en plein milieu d'année scolaire. Rachel a deux enfants en bas âge. Elle se demande si elle doit suivre son mari dès le mois de décembre ou si elle doit attendre l'été pour déménager. Mais elle m'indique que l'éventualité de rester six mois seule à Lyon l'épouvante. Elle n'est pas sûre d'elle : elle a peur ne pas pouvoir s'occuper seule de ses enfants pendant six mois, de ne pas « assumer ». Plutôt que de la rassurer avec un discours positif convainquant mais peu efficace du style : « Mais si, mais si, Rachel, vous allez y arriver ! », j'engage Rachel à réfléchir par elle-même sur la décision qu'elle est amenée à prendre. Je lui demande d'examiner les différentes solutions possibles. Actuellement, il y en a deux :

- aller à Grenoble avec mon mari dès le mois de décembre, solution 1,
- ou rester à Lyon jusqu'en juillet de l'année suivante, solution 2.

Rachel dresse ensuite la liste de tous les avantages et inconvénients de ces solutions. Elle doit faire l'exercice seule, sans être influencée par son mari.

Voici la fiche qu'elle a établie.

Aide à la décision de Rachel

Solution 1 : aller à Grenoble avec mon mari dès le mois de décembre 2002.

Solution 2 : rester à Lyon jusqu'en juillet 2003 et déménager alors.

Solution 1		Solution 2	
Avantages	**Inconvénients**	**Avantages**	**Inconvénients**
– La famille sera ensemble (60). – Mon mari sera là pour m'aider (60). – Je pourrais m'occuper de mes enfants car je ne travaillerai plus (40).	– Changer les enfants d'école en cours d'année (90). – Vendre l'appartement et déménager de manière précipitée (60). – Trouver un nouveau logement sur place et rapidement (60). – Arrêter ma thérapie brutalement (80). – Si mon mari ne s'adapte pas nous aurons déménagé pour rien (90). – Faire beaucoup de démarches administratives dans un temps limité (20).	– Les enfants finissent leur année scolaire (90). – J'aurai plus de temps pour organiser mon déménagement (80). – Continuer ma psychothérapie (80). – Remettre notre appartement actuel en état (20). – Cela me permet de vérifier si mon mari s'adapte (90).	– Je ne suis pas sûre de pouvoir assumer seule à Lyon mon travail et les enfants (60). – Les journées risquent d'être longues car ils resteront à la cantine et à l'étude le soir (80). – Je n'aurai pas de voiture (20). – Les enfants devront être gardés le mercredi (20).
TOTAL : 160	TOTAL : 400	TOTAL : 360	TOTAL : 180

Rachel a doté chaque argument d'un coefficient de 0 à 100. Plus on approche de 100, plus l'argument est important.

Plus la note est proche de 0, moins il l'est. Elle a fait ensuite le total et en a déduit que rester à Lyon six mois de plus était plus adapté que de partir dans la précipitation.

On peut aussi, dans cet exemple, demander au mari de Rachel de remplir la même fiche et d'en discuter ensuite ensemble pour prendre la décision en commun. Cela a permis de montrer à Rachel que son mari était bien d'accord avec elle et cela depuis le départ.

Les six étapes pour décider plus facilement

Si vous êtes concerné par le préjugé 5 « je n'arrive jamais à me décider » que nous avons analysé page 111, cet exemple peut vous parler. Peut-être avez-vous, comme Sonia, de grandes difficultés à prendre une décision : « Que ce soit pour choisir une cafetière, faire un choix important pour mon travail ou ma vie personnelle… je n'arrive jamais à me décider… Je repousse, je repousse en évitant le plus possible de décider. »

Voici les six étapes que nous avons utilisées pour aider Sonia à prendre plus facilement une décision :

Première étape : faites par écrit une liste complète de toutes les décisions que vous avez à prendre, qu'elles soient importantes ou nécessaires, qu'elles concernent votre vie sociale, privée ou professionnelle, notez-les toutes.

Deuxième étape : évaluez avec une note de 0 à 100 la difficulté que vous avez à prendre cette décision et par une autre note de 0 à 100 la gravité des conséquences (réversibilité de la décision, conséquences pour vous et pour les autres) si vous vous trompez. Faites le total des deux notes et classez les solutions dans l'ordre comme Sonia (voir tableau ci-contre).

Troisième étape : choisissez une décision ayant le total le plus faible et cherchez toutes les solutions possibles : solu-

La liste des décisions de Sonia

	Difficulté à décider 0 à 100	Gravité des conséquences 0 à 100	TOTAL
Choisir entre la cafetière programmable et celle qui ne l'est pas.	60	5	65
Choisir entre deux lieux de vacances cet été.	70	15	85
Accepter ou non la modification de mon contrat de travail.	80	50	130
Acheter un appartement plus grand.	90	70	160
Rompre avec mon amie Martine.	100	90	190

tion 1, acheter une cafetière programmable, solution 2, acheter une cafetière non programmable, solution 3, ne pas acheter de cafetière...

Quatrième étape : cherchez tous les avantages et les inconvénients de chaque solution, faites le total des avantages et des inconvénients (comme le fait Rachel par rapport à son déménagement).

Cinquième étape : choisissez une solution qui présente le meilleur compromis : le plus d'avantages et le moins d'inconvénients.

Sixième étape : après avoir fait un choix, réévaluez (comme dans la seconde étape) le total des deux notes (difficultés à décider et gravité des conséquences), *a posteriori*, après avoir agi. Vous constaterez que, souvent, ce total a diminué une fois que vous êtes passé à l'action.

Ces six étapes sont efficaces si vous éprouvez de grosses difficultés à faire vos choix. L'étape 3 (choisir la solution la plus facile) ne s'applique pas seulement pour les décisions : elle est à respecter dans toutes vos actions, notamment lorsque vous entreprendrez des choses nouvelles.

➤ *Fixez-vous des objectifs accessibles*

Lorsque vous manquez de confiance en vous, vous avez tendance à vous fixer des objectifs trop élevés (c'est ce qu'on appelle le « syndrome d'exigence élevée »). Tant et si bien que vous ne les atteignez pas toujours, ce qui ne fait que vous confirmer dans votre sentiment d'incapacité. Vous devez vous fixer des objectifs accessibles afin d'avoir une chance de réussir.

Alexia, jeune étudiante de 20 ans, n'est jamais satisfaite de ses résultats. Elle stresse à un point tel qu'elle préfère quitter la salle d'examen en rendant une copie blanche plutôt que de devoir affronter une note moyenne : « Le moyen, c'est le pire pour moi ! Je dois avoir les résultats que je me suis fixés dans ma tête ! » Et, lorsque je discute avec elle, je me rends compte que ce qu'elle se fixe « dans sa tête » est absolument délirant.

Voici la liste des objectifs d'Alexia :
– obtenir un doctorat d'État,
– être la professeur de faculté la plus honorée,
– choisir le sujet de thèse que je désire,
– avoir quatre enfants,
– être parfaitement heureuse en couple,
– être reconnue professionnellement par mes collègues,
– être admirée par mes parents,
– voyager dans tous les pays du monde, y compris dans les plus reculés afin de découvrir d'autres civilisations…

Bien sûr, il faut avoir des projets pour avancer dans la vie, mais Alexia se désespère très vite si elle n'obtient pas satisfaction à toutes ses exigences. Je lui fais remarquer qu'elle exprime des objectifs à long terme et qu'elle ne pourra les vérifier que dans plusieurs années. Je lui propose de reprendre une liste des objectifs à court terme et à moyen terme, y compris des objectifs plus matériels.

Voici la seconde liste d'Alexia :
– faire de l'escalade l'été prochain,
– passer mon permis de conduire,
– commander un livre étranger dont j'ai envie sur Internet,
– faire un cadeau à mon petit ami la semaine prochaine,
– me fixer comme premier objectif scolaire de réussir mes examens cette année…

Cette fois-ci, Alexia a de bonnes chances de réaliser certains de ces objectifs !

Faites comme elle, *soyez réaliste*. Paris ne s'est pas construit en un jour !

➤ *Évaluez les risques*

Après avoir pris votre décision et vous être fixé un objectif accessible, il peut être utile, avant d'agir, d'évaluer les risques que vous prenez en cas d'échec. En effet, si vous manquez de confiance en vous, la crainte de l'échec est sans doute un problème, comme le montre le schéma suivant.

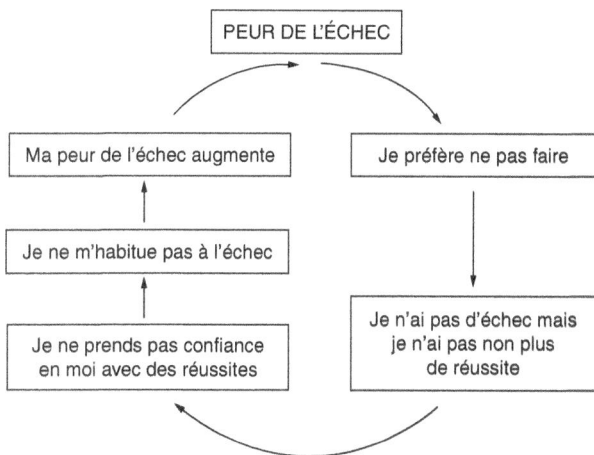

Vaccinez-vous contre l'échec !

Un vaccin est un produit injecté volontairement dans l'organisme à faible dose, qui va vous permettre de fabriquer des défenses immunitaires afin de lutter contre l'infection, si vous la contractez ultérieurement. Il en est de même en psychologie. En affrontant de petits échecs, vous vous habituez en quelque sorte à l'échec, afin de pouvoir faire face le jour où vous en subirez un plus important.

Je vous propose donc d'organiser vous-même de petits échecs. Au préalable, dressez la liste de tout ce que vous aurez à faire dans les semaines qui viennent et évaluez de 0 à 100 la gravité des conséquences en cas d'échec ou d'erreur.

Voici la liste des erreurs envisagées de Jean :

– Bégayer en prenant la parole devant mes étudiants	Conséquence en cas d'erreur : 80
– Me tromper en achetant mon appartement	Conséquence en cas d'erreur : 90
– Demander Lucette en mariage	Conséquence en cas d'erreur : 100
– Acheter un ordinateur qui ne me convient pas parfaitement	Conséquence en cas d'erreur : 50
– Me tromper de marque de café en faisant les courses	Conséquence en cas d'erreur : 10
– Me tromper de prénom pour mon nouveau collègue	Conséquence en cas d'erreur : 20

Pour Jean, il est peut-être préférable de commencer par acheter une autre marque de café plutôt que de faire sa demande en mariage !

Jean a eu beaucoup d'autres occasions de se mettre en situation d'erreur et de constater qu'il n'en mourait pas : il a téléphoné à une hot-line d'informatique pour demander un renseignement sur le fonctionnement de son ordinateur en faisant croire qu'il n'y connaissait rien afin de vérifier si l'opérateur le jugeait mal. Il a volontairement perdu un match de tennis en double afin de voir si son partenaire lui en voulait. Au cours d'une réunion de famille, il a volontairement affirmé une information fausse afin de savoir s'il se déconsidérait complètement comme il l'imaginait. En fait, ses frères lui ont fait remarquer en souriant qu'il disait une bêtise mais ils ne l'ont pas jugé nul pour autant…

L'échec est dans la pensée. *Ce n'est pas l'échec qui fait peur, mais l'idée de l'échec.* Aussi est-il important de faire face à vos préjugés pour opposer une vision plus constructive de l'échec comme le montre le tableau ci-après :

Les préjugés face aux échecs

Les préjugés négatifs face à mes échecs	Les pensées constructives face à mes échecs
Les autres ne me pardonneront pas mes échecs.	Les gens qui me respectent peuvent tolérer que je ne réussisse pas tout.
Un échec signifie que je suis nul.	Même les meilleurs ont parfois des échecs dans leur vie.
On ne peut pas revenir sur un échec. C'est foutu !	Il est parfois possible de rattraper certains échecs.
Une erreur dans mon travail signifie que je suis un mauvais employé.	L'important est de limiter les erreurs, mais aussi d'en tenir compte lorsqu'on en fait.
L'échec est toujours destructeur.	L'échec est parfois constructif.

L'échec instructif

Eh oui, on apprend en échouant ! À la limite, quelqu'un qui réussit tout le temps ne progresse pas vraiment. Les échecs vous apprennent une démarche constructive, ils vous conduisent à en analyser les causes et, éventuellement, à modifier votre comportement pour qu'à l'avenir ils ne se reproduisent pas. Dans ce cas, l'échec est source de progrès. Pour prendre confiance en soi, il faut agir et donc risquer l'échec.

Par ailleurs, prenez conscience que vos échecs peuvent être très rassurants pour les autres. N'avez-vous pas remarqué que, parfois, se trouver en difficulté peut soulager vos amis ? Les personnes qui réussissent tout ne vous font-elles pas peur ? Ne vous sentez-vous pas complexé à côté d'elles ?

L'échec relatif

Jusqu'à maintenant, nous avons parlé d'échec ou de réussite. Cette vision en tout ou rien ne correspond pas toujours à la réalité. En effet, la plupart de nos comportements peuvent être considérés comme des échecs ou des réussites relatifs. Je vous conseille là encore d'utiliser la méthode des continuums afin de juger et éventuellement de faire juger par les autres vos différents comportements. Situez chacune de vos actions sur un axe :

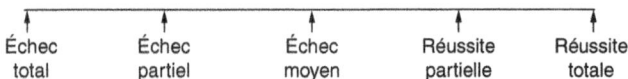

Échec total	Échec partiel	Échec moyen	Réussite partielle	Réussite totale

Devenez plus nuancé dans votre jugement et si cela ne suffit pas…

➤ Faites preuve d'imagination

Si malgré les méthodes précédentes vous n'osez pas agir, vous pouvez vous aider d'une technique en imagination qui consiste à visualiser la scène à l'avance et à la « répéter » avec un de vos amis. J'ai pratiqué cette technique avec Sabine qui, souvenez-vous, devait aller demander une augmentation à sa supérieure

« Racontez-moi comment la scène va se passer. À quel moment allez-vous en parler ? Dans quelle pièce et avec quels mots ? » Sabine a réfléchi et m'a dit : « Il vaudrait mieux que je la vois seule dans son bureau, peut-être à un moment où elle n'est pas trop débordée. Je pense par exemple au vendredi en début d'après-midi qui est souvent plus cool. En général, à ce moment-là, elle prend le café avec moi et est assez détendue. Je pourrais peut-être commencer par parler du bilan positif de la semaine. Lui rappeler la quantité de travail que j'ai effectué cette année et le fait que ma dernière augmentation est maintenant ancienne. Je pourrais ensuite lui demander assez directement mon augmentation de salaire. » Et Sabine ajoute en souriant : « Tiens, je m'y vois déjà ! »

Cette technique de préparation en imagination est très utilisée par les psychothérapeutes : elle vous permet d'expérimenter vos tentatives comportementales et éventuellement vos petites erreurs avant d'être dans la scène. Si par exemple Sabine s'exprime mal en répétant cette scène avec une amie, elle pourra se corriger et répéter jusqu'à ce qu'elle se sente plus à l'aise.

Jonathan a également utilisé cette technique : il doit rapporter une cassette défectueuse dans le magasin où il l'a achetée. Il est assez timide et n'a pas encore osé le faire. Au cours d'un exercice en imagination, il visualise la scène : « Je vais peut-être éviter d'y aller un samedi après-midi parce qu'il y aura du monde : j'aurai peur de mettre le vendeur mal à l'aise et d'être mal jugé par les autres clients. J'ai remarqué que, le lundi après-midi, il n'y avait pas beaucoup de monde. Et je regarderai à travers la vitrine s'il est seul. Je pourrais alors lui demander gentiment et directement de remplacer ma cassette. »

Ne vous contentez pas de vous préparer !

En fait, la présentation pédagogique des méthodes précédentes peut donner l'impression que la phase de préparation est très longue par rapport à la phase d'action. C'est le cas pour ceux qui souffrent d'un grand manque de confiance et qui doivent tout faire pour éviter de se retrouver paralysés face à un échec grave. Pour les autres, seules certaines de ces techniques seront à utiliser.

Dans tous les cas, comprenez que *toute* la préparation ne se fait pas avant la première action. Il va falloir maintenant que vous agissiez : ce n'est qu'après les premières actions que vous reprendrez les exercices précédents et que vous jugerez si vos objectifs sont raisonnables. Il s'agit d'une démarche réflexion-action qui est en permanence en mouvement.

En résumé

Faites une première préparation.
Agissez.
Préparez.
Réagissez.
Préparez de nouveau.
Agissez encore… et ainsi de suite.

Certains d'entre vous reportent toujours au lendemain ! Il existe pour cela une méthode antiprocrastination qui vous sera particulièrement utile si vous êtes victime du préjugé 5 (l'indécision), du préjugé 1 (« je ne suis pas capable de… ») ou du préjugé 3 (« je me trouve nulle »).

Comme vous l'avez vu dans le préjugé 5, l'indécision chronique est en fait une décision délibérée de ne pas agir. Pour ne pas remettre au lendemain, je vous propose sept règles antiprocrastination.

➤ Ne reportez pas toujours au lendemain

Voici sept règles pour ne pas reporter au lendemain :

Règle 1 : *N'attendez pas la motivation pour agir.* C'est après avoir goûté un bon plat que vous saurez si vous l'aimez. Si vous manquez de confiance ou que vous êtes un peu déprimé, la motivation n'est pas toujours là. Souvenez-vous que c'est après l'action et grâce à la réussite de certaines de vos actions que la motivation viendra.

Règle 2 : Prenez conscience des effets dévastateurs de votre procrastination.

D'abord mettez au jour les pensées négatives qui vous empêchent d'agir. Par exemple, si vous devez ranger votre garage, les pensées négatives peuvent être : « Il y a beaucoup trop de désordre. C'est un travail énorme » ; « Je dois être en forme pour le faire » ; « Je prévoirai trois jours de vacances pour ça » ; « Ça n'est pas très intéressant » ; « Ça va me fatiguer. »

Ensuite, utilisez la méthode avantages-inconvénients. Faites un tableau avec à gauche les avantages si vous reportez au lendemain et à droite les inconvénients. S'il y a plus d'avantages, alors il vaut mieux choisir un autre exemple. S'il y a plus d'inconvénients à reporter le rangement de votre garage, alors vous avez plutôt intérêt à le ranger. Respectez les règles qui suivent.

Règle 3 : Soyez l'avocat de l'action. Ces techniques consistent à faire jouer par un de vos amis l'avocat de la procrastination, afin que vous preniez la défense de l'action :

Ami (avocat de la procrastination) : Il y a vraiment beaucoup trop de travail dans ce garage. Tu ne devrais pas le ranger !

Vous (avocat de l'action) : Oui, c'est vrai, mais il y a beaucoup plus d'inconvénients à ne pas le ranger qu'à le ranger. Je peux commencer à ranger un petit peu ce soir !

Ami : Ça ne sert pas à grand-chose. De toute façon, tu n'as pas le temps d'en faire beaucoup.

Vous : Peut-être, mais je vais déjà ranger 15 minutes et ce sera toujours ça de fait. Tu sais, même les plus hauts sommets se gravissent pas à pas.

Ami : Oui, mais enfin on arrive exténué en haut !

Vous : Peut-être mais j'ai déjà mon plan. Je vais faire 15 minutes ce soir et je verrai : si je suis satisfait de moi, je recommencerai demain.

Règle 4 : Faites-vous un plan d'action. Faites la liste de toutes les actions à faire, classez-les par ordre de difficulté en commençant par la plus facile, prévoyez dans votre emploi du temps quand vous pouvez vous y mettre, à quel moment cela ne dérangera personne. Prévoyez-le si possible avant une activité agréable.

Règle 5 : Procédez par étapes. Les petits bénéfices font parfois les grandes fortunes. Il semblerait que les personnes les plus actives utilisent cette technique de découpage des activités en sections d'une quinzaine de minutes, en prenant soin de se satisfaire de ce qu'elles ont fait à chaque fois. Un conseil de montagnard averti dit que, lorsque vous avez un coup de pompe et qu'il vous reste encore deux heures de marche avant d'atteindre le refuge, mieux vaut regarder vos pieds et non la distance à parcourir. Ici, je vous conseille soit de décortiquer le temps, par exemple ranger 15 minutes votre garage, soit de décortiquer vos activités par petites quantités. Un étudiant qui doit préparer un concours et à qui il reste un mois de révisions doit voir ce qu'il va faire dans sa première matinée de travail et ensuite la découper en quatre tranches d'une heure puis envisager ce qu'il va faire dans cette première heure. À la fin de son heure de travail, il s'arrêtera pour voir ce qu'il aura fait pendant cette heure.

Règle 6 : Évaluez pour chaque action la difficulté d'une part et la satisfaction d'autre part avant et après l'action. Puis réévaluez la difficulté et la satisfaction réelles après avoir agi.

Règle 7 : Soyez tolérant avec vous-même. Soyez fier de ce que vous avez fait et acceptez de ne pas tout faire à la fois.

Activité	Difficulté envisagée (0 à 100)	Satisfaction envisagée (0 à 100)	Difficulté réelle (0 à 100)	Satisfaction réelle (0 à 100)
Ranger 15 minutes mon garage	70 %	5 %	40 %	50 %
Travailler une heure sur mes cours	60 %	30 %	40 %	60 %

Astuces pour agir en confiance

➤ *Petites ou grandes actions ?*

Les pyramides d'Égypte, les cathédrales d'Occident ont été construites au fil des siècles. Un film de deux heures demande parfois plusieurs mois de tournage. Pouvez-vous du jour au lendemain devenir sûr de vous ? Non, bien sûr, mais vous pouvez viser cet objectif à long terme. Pour l'atteindre, il va falloir des centaines de petites actions. C'est l'accumulation de ces petites actions réussies, surtout si à chaque fois vous en tirez satisfaction, qui va peu à peu vous donner confiance en vous.

Les critères de choix de vos premières actions

La difficulté doit être accessible (20 % maximum).
Elle doit être faisable dans les jours qui suivent.
Agissez plutôt dans vos domaines de prédilection, là où vous êtes bon : sport, bricolage, travail, soutien d'autrui.
Choisissez une personne bienveillante.
Choisissez une action facilement reproductible.

Utilisez vos domaines d'expertise. Nous avons tous, y compris ceux qui manquent le plus de confiance en eux, des domaines dans lesquels nous sommes compétents ou brillants : ce peuvent être le verbe (rarement pour ceux qui manquent de confiance en eux), mais aussi la chaleur humaine, l'accueil, le sourire, les qualités de cuisinier, de pêcheur, de cruciverbiste… Si vous écoutez bien, autour de vous, vous entendrez : « Ah, Pierre, en histoire de France, il est incollable ! », « Arthur, un bricoleur hors pair ! Le jour où tu as besoin de quelque chose, c'est à lui qu'il faut demander ! », « Si tu veux passer un bon moment, va pêcher à la mouche avec Louis dans un torrent de montagne ! », « Ta voiture a un problème ? N'hésite pas à demander à Jean-Pierre ! Il est capable de monter-démonter le moteur seul ! », « Si tu veux décorer ton séjour, n'hésite pas à demander à Martine, elle a un goût hors du commun ! »

Allez donc à la recherche de vos domaines de prédilection, quitte à interroger vos amis.

➤ *Ne mettez pas tous vos œufs dans le même panier*

Mais attention, n'agissez pas seulement dans vos domaines de prédilection et d'expertise, il faut aussi apprendre à augmenter votre confiance en vous là où vous n'êtes pas très performant.

Mathieu, 17 ans, est champion de tennis dans sa région. Il est le numéro 1 mais, au niveau national, il n'est que le numéro 12. Les entraîneurs de l'équipe de France lui ont indiqué qu'il ne pourrait jamais jouer dans les grands tournois internationaux. Il arrive catastrophé dans mon bureau : « J'ai tout sacrifié pour le tennis : mes copains, ma famille… Je suis parti très jeune en sport-études. Je n'avais d'amis que dans le milieu du tennis. L'an dernier, j'ai été blessé à l'épaule, hospitalisé pendant un mois. Mon entraîneur que je considérais comme mon père n'est même pas venu me voir. Il s'est mis à entraîner Benjamin qui, lui, n'était pas blessé et a décidé de le lancer sur le circuit international. C'est un salaud ! Docteur, il m'a trahi ! »

Cette affaire est grave. Mathieu a fait une dépression sévère ; il a même tenté de mettre fin à ses jours.

Bien sûr, la majorité d'entre vous n'en est pas là ! Mais l'exemple de Mathieu permet de souligner le risque qu'il y a à fonder la confiance en soi sur un seul domaine. En effet, vous soumettez votre solidité à la réussite dans ce domaine. En cas de problème, vous risquez de vous écrouler, d'autant plus qu'il s'agit de domaines très compétitifs comme le sport, la musique (j'ai rencontré des concertistes ayant le même genre de difficultés que Mathieu), la politique, le show-business. Vous ne maîtrisez pas complètement votre sort. Vous allez donc soumettre votre confiance en vous au bon vouloir des autres. Pour les sportifs, n'oubliez pas que l'on ne vous montre à la télévision que ceux qui ont réussi. Combien de gymnastes handicapés pour la vie à la suite de fractures de la colonne vertébrale ? Loin de moi l'idée de vous dissuader de faire du sport ou une carrière artistique. Si vous décidez de le faire, alors assurez vos arrières, trouvez des pôles de stabilité en dehors de cette activité. Les grands sportifs équilibrés sont ceux qui savent retourner dans leur famille régulièrement, garder leurs amis d'enfance, garder un certain niveau scolaire puis professionnel…

La notion de *performance* doit être liée à la notion de plaisir. Boris Becker ou Bjorn Borg, génies du tennis s'il en est, ont tous deux avoué à un moment de leur carrière en avoir eu assez de jouer au tennis : ce qui était au départ un plaisir et une réussite exceptionnelle était devenu une activité rébarbative. C'est pourquoi, si vous prenez le soin de baser vos actions autant sur le plaisir que sur la performance, vous ne serez pas déçu.

J'aimerais maintenant vous présenter une série d'« astuces » utilisées par tout un chacun pour essayer de paraître sûr de soi. En ce domaine, l'apparence que vous montrez aux autres est importante pour votre image, même si cela ne fait pas tout.

➤ Soigner les apparences

Attention, les apparences ne sont qu'un épiphénomène de la confiance en soi : on peut tout à fait avoir confiance en soi malgré un look désastreux. Cela dit, voici quelques astuces pour soigner votre confiance en vous en même temps que votre apparence.

Amélie entre dans mon bureau et s'assoit, tête baissée, regardant le sol. Elle me parle avec une voix à peine audible et par monosyllabes. Elle est recroquevillée sur sa chaise.

Un peu plus tard, en sortant de mon cabinet, je tombe sur trois policiers qui effectuent un contrôle d'identité. Parfaitement habillés et à l'aise dans leur tenue bleu marine, stature droite, tête haute, ils font un signe franc du bras pour arrêter les automobilistes qu'ils souhaitent contrôler.

D'après vous, Amélie et les policiers présentent-ils extérieurement les mêmes signes de confiance en soi ?

Certes, l'habit ne fait pas le moine ! Mais votre apparence joue un rôle important sur le regard que les autres portent sur vous et donc sur votre confiance en vous. Si vous déclenchez des réactions négatives ou neutres au premier abord, personne ne vous verra.

Quels sont les éléments extérieurs de la confiance en soi ?

- le *non-verbal* qui comprend le contact visuel, l'expression faciale, la position et les mouvements du corps,
- le *paraverbal* ou la voix et ses différentes caractéristiques.

Les signes extérieurs de la confiance en soi

	Manque de confiance en soi	Bonne confiance en soi	Excès de confiance en soi
Contact visuel	Fuyant	Direct	Fixe
Expression faciale	Peu expressive	Expressive	Contractée
Position du corps	Repliée	Souple	Tendu, dressé, menton en avant et haut
Mouvements du corps	Rares	Soupes et amples	Saccadés
Intensité de la voix	Faible	Adaptée à la situation	Forte voire criarde
Intonation de la voix	Monotone	Expressive	Explosive
Quantité de paroles	Peu	Autant que l'interlocuteur	Beaucoup plus que lui

Si vous avez des problèmes dans votre tenue corporelle ou vos mouvements, je vous conseille d'utiliser une glace ou un caméscope afin de vous corriger et d'adopter une posture confiante.

L'habit fait-il la confiance en soi ?

Beaucoup de corps de métier veulent donner confiance voire impressionner avec leurs tenues vestimentaires. C'est le cas des policiers mais aussi des militaires par exemple.

Si vous manquez de confiance en vous, il est possible que vous ne sachiez pas vous mettre en valeur avec vos vêtements. Prenez alors conseil auprès d'un ou d'une ami(e) dont

Exercice pour développer
votre assurance vocale

Si votre voix est défaillante, je vous conseille des exercices sur un enregistreur. Votre voix manque de volume ? Prenez un texte de dix lignes, lisez-le une première fois à voix normale, arrêtez votre magnétophone. Lisez-le une seconde fois en doublant le volume de votre voix. Arrêtez votre magnétophone. Lisez une troisième fois en doublant encore le volume, en criant. Ramenez la bande au début et écoutez les trois versions. Faites-la écouter à d'autres personnes. Vous vous rendrez compte que lorsque vous pensez crier, le volume de votre voix est normal. Et lorsque vous pensez avoir un volume sonore normal, votre voix est en fait à peine audible.

vous appréciez le style et demandez-lui de vous accompagner pour vous aider dans vos achats. Cette technique est appelée l'« imitation de modèle » par les spécialistes. En rentrant chez vous, n'oubliez pas de demander l'avis de votre conjoint et des gens qui vous entourent. Pour les adolescents, la tenue vestimentaire peut devenir un véritable signe de reconnaissance : le fameux *look*. Il y a le *look* skatteur, le *look* branché, le look racaille, mais aussi le look « pouf » ou « pétasse », entend-on dire chez certaines jeunes filles peut-être un peu jalouses. À cet âge on ne se fait pas toujours de cadeaux ! Les adolescents peuvent aller jusqu'à juger la valeur de l'autre sur son *look*, au moins au premier abord : « Tu as vu il est complètement nul, ses baskets, ce ne sont même pas des Nike ! » Bien sûr, plus tard lorsqu'ils feront connaissance ils pourront dépasser ces premières impressions…

Les adolescents et leur look

Si vous avez des adolescents, évitez de les mettre en situation de *honte vestimentaire* en leur faisant porter des vêtements du grand frère ou de la grande sœur. Plusieurs de mes patients devenus adultes gardent un souvenir cuisant de leur passage au collège : « J'étais la risée des petits copains et copines ! Ils me demandaient si mes parents manquaient d'argent. Quant à moi, je pensais que ma mère m'aimait moins que ma sœur puisqu'elle lui avait acheté des vêtements et pas à moi. » Valentine est d'ailleurs toujours gênée. À 28 ans, elle s'habille parfois « comme une pauvre, parfois comme une bourgeoise ». Elle manque de confiance dans sa présentation.

Poids et confiance en soi

Élodie passait des heures devant sa glace, le samedi, avant de sortir. Rien ne lui allait ! Soit elle se trouvait trop grosse, soit insignifiante. Ces préparatifs étaient source d'angoisse et lui donnaient une mauvaise image d'elle-même. Nombre de mes patients souffrent de manque de confiance en soi dans leur corps : ils ne l'aiment pas et parfois même le haïssent. Certains d'entre eux ont un excès réel de poids qui leur fait perdre toute confiance. Si c'est votre cas, je vous conseille les mesures suivantes :

— Maigrissez si vous pouvez *et si votre excès de poids est réel* : mesurez votre index de masse corporelle (mesure : poids/taille^2) S'il est supérieur à 25, vous êtes en surpoids, s'il est supérieur à 30 vous êtes obèse. Dans ce dernier cas, vous devez vous faire suivre par un médecin pour perdre du poids. Il ne faut pas suivre n'importe quel régime. Cette perte de poids doit être progressive et le plus souvent s'accompagner d'un soutien psychologique. La plupart des personnes que je rencontre ne sont pas réellement grosses mais se *sentent* grosses, alors que leur index de masse corporel est normal. Cette impression est largement renforcée par la culture moderne de la femme svelte.

— *Défocaliser* en regardant en vous autre chose que le poids. Avez-vous dans votre physique d'autres atouts ? De beaux yeux, un joli sourire, du charme… Regardez aussi vos autres caractéristiques plus globales : êtes-vous une personne accueillante, tolérante, à qui on vient se confier ? Êtes-vous quelqu'un qui fait bien son travail, sur qui on peut compter ?

— *La séduction n'est pas la beauté.* J'ai connu dans ma vie des personnes fortes et qui, je dois le dire, étaient très attrayantes, toujours souriantes, parfaitement maquillées et coiffées. L'une d'elles était styliste de mode pour femmes fortes. C'était un plaisir pour moi de la croiser dans la vie quotidienne car elle avait un excellent sens relationnel. Je n'ai jamais considéré que cette femme présentait le moindre manque de confiance en elle, bien au contraire. Ce qui compte, c'est que vous soyez bien dans votre peau ! Changez ce qui peut être changé, mais sans excès. N'oubliez pas que le problème, c'est la vision de vous-même. En particulier, évitez les régimes intempestifs qui vous font perdre du poids un peu trop vite. Évitez aussi toute chirurgie esthétique avant d'avoir réglé vos problèmes de confiance en vous.

L'argent fait-il la confiance en soi ?

Dans notre vie quotidienne nous avons beaucoup d'occasions de travailler notre confiance en nous. La société de consommation nous y pousse. Le slogan utilisé par l'une des grandes firmes françaises : « Vous le valez bien ! » en est un bel exemple. Vous pouvez donc valoir quelque chose à travers le shampooing que vous achetez ou le vêtement ou la voiture. Vous pouvez également exhiber vos achats pour déclencher l'admiration des autres. Vous pouvez aussi considérer que la valeur d'un être humain est étroitement proportionnelle à la quantité d'argent qu'il a accumulé tout au long de sa vie.

Tous ces comportements peuvent nous donner une certaine confiance en nous dans l'instant, mais ils peuvent devenir également des pièges si nous devenons dépendants d'eux pour nous estimer. Utilisez-les de manière temporaire pour passer un cap, mais n'en devenez pas dépendant et ne vous reposez pas uniquement sur eux. Vous avez certainement autour de vous des gens que j'appelle les philosophes de la vie qui respirent le bonheur et qui pourtant n'ont que très peu de biens matériels.

Les physiques hors norme

Certaines personnes sont caractérisées par une anomalie physique, extérieurement visible. C'est par exemple le cas de personnes atteintes de calvitie à la suite d'une chimiothérapie, ou de femmes ayant subi une ablation du sein ou encore d'individus de petite taille.

Dans tous ces cas (la liste n'étant pas exhaustive), vous êtes atteint d'un trouble qu'il ne vous est pas possible de cacher. Ce trouble peut être en lui-même responsable d'une perte de confiance en vous, surtout si vous vous focalisez sur celui-ci : votre disgrâce devient obsessionnelle, retenant toute votre attention, au mépris du reste de votre personne. Comme Riquet à la Houpe, le héros du célèbre conte de Perrault affublé de disgrâces physiques, vous risquez de ne plus voir vos autres qualités. Cela peut prendre des proportions et entraîner chez certains, qui ne supportent plus leur apparence, une véritable dépression avec isolement social. Alors, deux actions sont possibles.

➤ L'action psychologique

Elle est indispensable et doit précéder l'acte chirurgical au minimum pour éliminer un trouble psychologique dont la manifestation essentielle se produit dans le corps.

L'action psychologique est aussi utile pour vous permettre de bien vivre avec votre handicap physique. Ceci est particulièrement important dans les cas où ce dernier serait inopérable. L'approche psychologique porte sur les points suivants :

• une défocalisation et diminution du temps de pensée et des investissements consacrés à votre défaut physique ;

• une recontextualisation physique qui vous conduit à remettre le handicap à sa place et à voir les autres aspects de votre physique, en particulier ceux que vous acceptez mieux ;

• une prise de conscience de vos autres atouts. Quelles sont vos qualités relationnelles, intellectuelles ? Là encore, vous tentez de consacrer l'essentiel de votre temps, de votre pensée et de vos investissements sur ces aspects-là ;

• favorisez votre contact avec les autres. Ne cherchez pas à masquer votre défaut physique. Présentez-vous naturellement. Vous n'êtes pas qu'un défaut physique, mais *une personne qui présente un défaut physique*. Si vous avez le sens de l'écoute, montrez-vous attentif à vos amis qui auraient besoin de vous parler ;

• ne vous faites pas d'idée préconçue sur l'opinion de l'autre avant la rencontre. Entrez d'abord en contact avec les autres, vérifiez une fois que la relation est établie si les autres vous voient à travers votre défaut physique ou à travers d'autres aspects de vous-même ;

• bref, vivez normalement, avec votre défaut physique et malgré lui. C'est comme cela que vous l'oublierez le mieux.

Si vous êtes très isolé, je vous conseille d'entrer en contact avec un psychiatre mais aussi avec des associations de patients. Il existe des malades qui se regroupent autour de pratiquement toutes les maladies : des associations de diabétiques, de phobiques, mais aussi de personnes souffrant de nanisme, d'albinisme... Rejoignez ces associations qui regroupent des personnes souffrant des mêmes difficultés que vous. Vous vous sentirez rassuré et vous y trouverez aussi des conseils et des informations. Elles organisent souvent des groupes de parole qui vous déculpabilisent et vous permettent de sortir de votre isolement. Dans ces associations, vous pourrez aussi rencontrer des personnes qui vivent bien leur handicap. J'ai eu l'occasion de rencontrer les membres d'une association de personnes souffrant de petite taille et d'assister à un débat. Certaines le vivaient très bien et n'avaient pas jugé utile de se faire opérer pour se rallonger les jambes. D'autres avaient subi une intervention lourde et douloureuse. Le débat entre les deux m'a passionné. Et je crois qu'il a permis aux deux groupes de progresser.

➤ *L'action chirurgicale*

Il est des cas où la chirurgie peut avoir des effets salvateurs. J'ai rencontré à plusieurs reprises des personnes dont la vie avait été transformée grâce à une intervention chirurgicale. Mais, attention, chaque cas est particulier et, à mon sens, une indication chirurgicale doit toujours être discutée avec patience et à trois : le patient (vous-même), le chirurgien et le psychiatre. En tant que psychiatre, je ne peux pas m'avancer sur les aspects techniques de la chirurgie qui, de plus, varient selon le trouble dont vous souffrez. Mais il est des handicaps physiques opérables pour lesquels la chirurgie vous sera d'une grande aide : par exemple une correction du nez, des prothèses dentaires...

Prêtez une attention particulière à la lourdeur de l'intervention, aux risques de complications et à l'efficacité attendue. Prenez le temps de discuter et de rediscuter avec le chirurgien des avantages et des inconvénients de l'intervention. Une opération réussie est une opération comprise et acceptée.

N'oubliez pas, avant de vous décider définitivement, de prendre l'avis d'un psychiatre, si ce n'est pas déjà fait. Dans la majorité des cas, les chirurgiens vous le demanderont. Ne perdez pas de vue que la chirurgie est un geste irréversible. Cela mérite bien qu'une intervention soit décidée avec sérieux et patience.

Le défaut imaginaire : dysmorphophobie et phobies sociales

La *dysmorphophobie* se caractérise par l'interprétation délirante d'une malformation physique chez une personne qui n'en est pas porteuse. Cette maladie nécessite un traitement psychiatrique.

Certaines personnes souffrant de *phobies sociales* ne délirent pas mais vont accentuer considérablement leur trouble physique, d'ailleurs parfois à peine visible. Elles ne voient que leur défaut et elles pensent que les autres ne regardent que cela.

Un de mes patients, qui avait arrêté ses études depuis trois ans, était convaincu que les étudiants et ses professeurs ne voyaient que son « grand et gros nez difforme ». Il restait chez lui, étudiait par correspondance et n'avait plus aucun contact social. Il était aussi convaincu qu'aucune fille ne voudrait de lui. Il était même allé jusqu'à prendre rendez-vous avec un chirurgien pour faire refaire la partie haute de son visage. Cette chirurgie était lourde, avec des complications risquées et, le confrère avait jugé utile de demander l'avis d'un psychiatre avant l'intervention. Le chirurgien a eu raison. Ce patient, à la suite d'un traitement psychothérapique, va très bien et n'envisage plus l'intervention chirurgicale.

➤ *Coiffure et maquillage*

Les psychiatres ont l'habitude de dire que lorsqu'une femme vient en consultation bien arrangée, sortant de chez le coiffeur, c'est un signe d'amélioration de sa dépression.

Un *maquillage* bien conçu va attirer un regard positif sur vous et vous redonner confiance en vous.

Toutes ces préoccupations concernant votre corps et votre apparence ne sont pas futiles. Assumez-les. D'ailleurs les professionnels dans ces domaines se développent : visagistes, relookeuses… N'hésitez pas à faire appel à leurs services à moins que vous ayez dans votre environnement des amies capables de vous aider. J'ai, à plusieurs reprises, demandé à mes patientes de revoir leur tenue vestimentaire, leur coiffure ou leur maquillage avec leurs amies. Ce fut très souvent positif pour elles, et leurs amies étaient très contentes de leur rendre ce service. Toutefois, comme souvent, aucune solution pour la confiance en soi n'est parfaite en elle-même et il faut éviter les excès. En effet, si vous ne vous occupez que de votre paraître vous risquez, certes, d'augmenter votre confiance en vous, mais surtout votre confiance en vous conditionnelle.

Les signes extérieurs de confiance en vous agissent essentiellement sur votre confiance en vous conditionnelle. C'est bien, mais cela n'est pas suffisant. N'oubliez pas que votre confiance en vous inconditionnelle doit être également améliorée. C'est pourquoi je vous propose de travailler aussi sur votre vécu de confiance en vous.

Intérêts des signes extérieurs de la confiance en soi

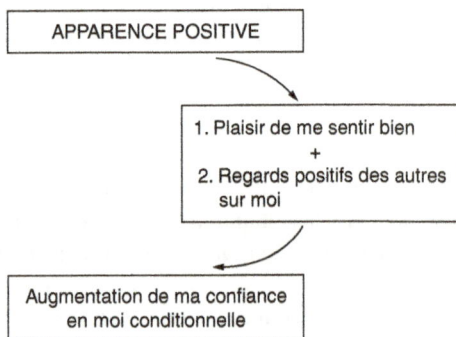

APPARENCE POSITIVE

1. Plaisir de me sentir bien
+
2. Regards positifs des autres sur moi

Augmentation de ma confiance en moi conditionnelle

➤ *La confiance en soi vécue de l'intérieur*

Bien dans votre corps

Pour augmenter votre confiance en vous, il est important que vous sentiez bien dans votre corps. Pour cela je vous propose une série d'exercices.

LA RESPIRATION ABDOMINALE LENTE

Il s'agit simplement de souffler en rentrant votre ventre comme un ballon qui se vide, puis de laisser votre ventre se regonfler tout seul en relâchant vos muscles abdominaux.

Cette respiration est abdominale : vous n'avez pas à faire d'efforts avec votre thorax. Prenez ne serait-ce qu'une minute trois à quatre fois par jour pour vous entraîner à souffler en rentrant votre ventre, cinq à six fois de suite, lentement et régulièrement. Ce peut être devant la télévision, dans votre voiture ou même aux toilettes. Cette méthode est très pratique et peut être utilisée pour vous mettre en confiance avant d'aller à une réunion ou une rencontre importante...

LA MINI-RELAXATION

Elle découle de la précédente. Reprenez la respiration abdominale lente assis. Choisissez un siège avec des accoudoirs si possible ou mettez vos deux avant-bras sur vos cuisses. Respirez lentement avec votre ventre, fermez les yeux. Relâchez les bras, les épaules et les mâchoires (en desserrant les dents).

LA RELAXATION ELLE-MÊME

Sans décrire en détail les méthodes de relaxation, je vous rappelle une méthode simple, la méthode dite de Jacobson. Il s'agit de contracter et de décontracter successivement différents groupes musculaires :

- allongez-vous au sol ou bien restez assis sur un fauteuil les yeux fermés, dans le calme, après avoir éteint votre téléphone portable et demandé qu'on ne vous dérange pas ;
- contractez alors le poing droit, comptez mentalement jusqu'à 4 et relâchez le poing en soufflant. Au moment où vous le relâchez, percevez la décontraction des muscles de votre main. Recommencez une seconde fois. Comptez jusqu'à 4 et décontractez les muscles ;
- contractez ensuite votre biceps droit et procédez de la même façon qu'avec le poing droit ;

- les muscles que vous contractez ensuite avec la même procédure sont dans l'ordre : le poing gauche, le biceps gauche, les muscles du front en levant vos sourcils très hauts, les paupières en les serrant très fort, la mâchoire en serrant les dents et en écartant les joues, la nuque en tendant votre menton sur le sternum, les épaules en montant le haut des épaules vers le bas des oreilles, le dos en faisant toucher vos deux coudes en arrière, la cuisse droite en enfonçant le pied droit dans le sol, le mollet en étirant la pointe du pied vers l'avant de la jambe puis en poussant la pointe du pied comme si vous accélériez à fond ;
- faites de même à gauche avec la cuisse, la jambe et le pied gauches ;
- ensuite vous pouvez rester quelques minutes détendu pour profiter de votre état de bien-être en prenant soin de sortir très progressivement de votre relaxation ;
- rouvrez les yeux, écoutez progressivement les bruits, étirez-vous muscle après muscle dans l'ordre que vous voudrez.

Ce temps de relaxation vous permet de chasser toutes les tensions musculaires. Cela ne vous prend que 20 minutes par jour mais il faut pratiquer tous les jours pendant dix à quinze jours pour être vraiment au point. Vous pouvez utiliser une cassette audio sur laquelle vous avez enregistré un bruit de fond agréable pour vous (bruits de mer, d'eau qui coule, chant des cigales…). Ce type de cassettes se trouve dans le commerce.

LES MASSAGES FACIAUX

Une méthode très simple consiste à vous masser le visage avec vos deux mains, doigts écartés en partant du haut du crâne et en descendant jusqu'au menton.

LES ÉTIREMENTS CORPORELS

Sans rentrer dans les détails car il existe de très bons livres[1], les étirements sont très utiles pour chasser la tension d'une journée de travail.

Bien dans votre cerveau

Des chercheurs de l'école cognitiviste qui ont utilisé les techniques mentales de la clé 1 proposent de compléter par une technique de « *mindfullness training* ».

Principe : plutôt que de chercher à chasser des pensées négatives et à les modifier, on va plutôt les accueillir et les laisser passer comme des nuages dans le ciel.

Exercice : asseyez-vous, fermez les yeux, respiration abdominale lente. Laissez venir les pensées parasites qui vont inévitablement se manifester. Ne cherchez pas à les chasser, continuez à vous concentrer sur votre respiration. Considérez la pensée négative comme un hôte qui viendrait dans votre maison, accueillez-la, laissez-la passer un moment et comme votre hôte partirait, laissez-la s'en aller toute seule au moment où elle le désire.

L'autre métaphore utilisable est celle des nuages qui arrivent dans le ciel. On prend le temps de les regarder passer et ils s'en vont seuls sans que l'on ait cherché à les chasser.

Bien dans vos sens

Sylvie est très stressée. Elle court toujours et dit qu'elle n'arrive pas à profiter de la vie.

Je lui propose cet exercice : « Arrêtez-vous chaque jour deux fois une minute et demandez-vous : "Qu'est-ce que je

---

1. B. Anderson, *Le Stretching*, Paris, Solar, 1983.

vois autour de moi ? Qu'est-ce que j'entends ? Quelles sont les odeurs ? Quelle est la pression du sol sous mes pieds lorsque je marche ?" Laissez alors les informations sensorielles vous pénétrer et profitez-en. Y a-t-il du calme ? Du bruit ? Du bruit au loin ? Que voyez-vous d'agréable ? Que ressentez-vous d'agréable dans votre corps ? »

Ce simple petit exercice deux fois par jour a permis à Sylvie de limiter les effets dévastateurs de son stress.

Bien dans vos émotions

J'ai pour habitude de dire que si l'on sait gérer ses émotions la partie du bien-être est gagnée.

La biologie moderne nous apporte des informations passionnantes sur les émotions[1]. On peut les résumer de la façon suivante : il existe six émotions primaires :

- la joie,
- la tristesse,
- la surprise,
- la peur,
- le dégoût,
- la colère.

Ces émotions dépendent avant tout du système limbique qui est une zone du cerveau située en dessous du cortex cérébral. Il s'agit d'une zone qui n'est pas sensible au contrôle de la volonté et donc de la pensée. Ces émotions primaires sont innées, spontanées et automatiques. On pourrait dire que c'est la partie animale de l'espèce humaine pour laquelle la pensée et l'intelligence ne pourront rien faire. La clé 1 ne vous sera

---

1. On lira notamment le livre de M. Jeannerod *Le Cerveau intime*, Paris, Odile Jacob, 2002 et d'A. Damasio, *L'Erreur de Descartes*, Odile Jacob, 1995, « Poches Odile Jacob », 2001.

dans ce cas-là d'aucune utilité. Aussi nous allons voir des techniques pour vous permettre de gérer ces émotions primaires.

Il existe une deuxième série d'émotions qui sont les émotions dites secondaires comme la culpabilité, la honte, la mélancolie… Elles sont gérées par le cortex cérébral et sont donc dépendantes de votre volonté et de votre pensée. Elles sont acquises progressivement au fur et à mesure de la vie, raisonnées, peuvent durer parfois longtemps, on peut les augmenter ou les diminuer à volonté. Ici, le travail sur les pensées que vous avez vu dans la clé 1 vous sera fort utile.

Les thérapeutes ont trouvé des méthodes pour aider les patients à faire face aux émotions primaires. C'est le cas pour la peur qui peut envahir les hommes au point de les paralyser et de les amener à éviter un nombre grandissant de situations : ainsi des malades phobiques.

Deux grandes méthodes sont très utiles pour apprendre à gérer ces émotions primaires.

LA MÉTHODE DE L'EXPOSITION PROLONGÉE

Comme le montre ce schéma, lorsque vous affrontez une situation qui vous fait peur (par exemple prendre la parole en public), l'intensité de votre peur va d'abord augmenter jusqu'à un maximum, puis diminuer. Si vous restez dans la situation qui vous fait peur, que vous l'affrontez, vous vivrez certains mauvais moments, mais ensuite, dans un deuxième temps, vous arriverez à rester dans la situation qui vous fait peur en restant détendu. Ce principe s'appelle l'*habituation à l'anxiété*. Il nécessite que vous arrêtiez d'éviter les situations qui vous font peur. Il est largement utilisé en thérapie comportementale pour les phobiques, où l'on apprend au patient à affronter et à rester dans les situations qui leur font peur.

DÉSENSIBILISEZ-VOUS !

C'est le deuxième principe, peut-être plus facile à appliquer d'ailleurs. Il s'agit ici d'affronter progressivement et non

L'habituation à l'anxiété

Intensité de la peur

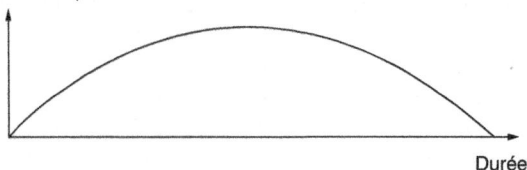

Durée

plus d'un coup les situations qui vous font peur après avoir appris à vous détendre par des techniques de relaxation par exemple.

Alexandre avait très peur de prendre la parole dès qu'il y avait plus de deux personnes. Son objectif de thérapie était de pouvoir répondre aux questions qu'on lui posait dans les réunions mensuelles qui réunissaient les trois services de son entreprise. Il était terrorisé par cette situation qu'il évaluait à 80 % d'anxiété. Nous avons établi avec lui une liste des différentes situations de prise de parole, de la moins angoissante à la plus effrayante :

- prendre la parole avec deux autres collègues sympathiques : 30 % d'angoisse,
- prendre la parole lors de la réunion du vendredi où nous sommes cinq avec mon chef direct : 50 % d'angoisse,
- prendre la parole et répondre à une question lors de la réunion mensuelle avec les trois chefs de service : 80 % d'angoisse.

J'ai conseillé à Alexandre de commencer par la première situation à 30 % avec les deux collègues. Nous avons d'abord imaginé cette situation, fait un jeu de rôles pour voir ce qu'il allait dire et ce que les collègues allaient répondre. Nous avons répété à plusieurs reprises cette situation après avoir relaxé Alexandre afin que son émotion diminue. Puis il l'a fait ensuite avec un collègue pour s'entraîner et toujours en respirant lentement avec son ventre pour diminuer son angoisse. Ce n'est que lorsque son anxiété a baissé qu'il est allé prendre la parole avec ses deux collègues.

Ensuite Alexandre a fait de même avec la deuxième situation : la réunion du vendredi avec cinq personnes. Il l'a d'abord répétée en imagination avec moi tout en se relaxant pour diminuer l'anxiété puis avec l'un de ses amis. Lorsqu'il s'est senti mieux, il a pris la parole lors de la réunion du vendredi. Enfin, il a effectué la même procédure avec la dernière situation (répondre à une question lors de la réunion mensuelle).

Ce qui compte ici, c'est que votre effort soit très progressif : affronter ce que vous redoutez mais de manière douce sans jamais vous mettre en difficulté. Vous apprendrez ainsi à contrôler votre anxiété. De plus, la répétition des actions va vous mettre en confiance pour les situations suivantes. Alexandre était beaucoup plus à l'aise pour la réunion du vendredi après avoir travaillé sur la réunion à trois.

Ça y est ! Le chemin que vous avez parcouru, grâce aux deux premières clés, est déjà grand. Il existe une troisième clé qui va vous permettre d'intensifier vos progrès et de prendre encore plus confiance en vous. Il s'agit d'améliorer, d'approfondir vos relations avec les autres en vous affirmant.

Clé 3 :
S'affirmer avec les autres

Votre manque de confiance en vous peut venir de votre manque d'affirmation avec les autres. Ne pas exprimer vos besoins, votre mécontentement, ne pas oser dire « non », ne pas savoir vous protéger face aux agressions, ne pas vous mettre en valeur… Tout cela diminue la confiance que vous avez en vos capacités.

Les techniques d'affirmation de soi qui vous sont proposées ont été l'objet de mon précédent livre : si vous voulez plus d'informations et de détails sur cette question, je vous invite à le consulter[1].

Osez exprimer vos besoins
et vos désirs

Vous n'osez pas exprimer vos besoins, vous avez peur de formuler une demande, qu'il s'agisse d'un service ou d'une revendication légitime. À terme, cela vous tracasse et perturbe considérablement votre confiance en vous.

---

1. F. Fanget, *Affirmez-vous ! Pour mieux vivre avec les autres*, Paris, Odile Jacob, « Guide pour s'aider soi-même », 2000, 2002.

Si vous ne demandez rien pour vous, cela signifie que vous n'êtes pas important. Vos besoins et vos désirs ne seront donc pas pris en considération.

Si vous vous exprimez, vous montrez que vous êtes là, que vous existez, que vous êtes une personne à part entière qui a des besoins et des désirs. En demandant, vous serez fier de faire cette démarche et fier d'obtenir ce que vous avez demandé. Votre confiance en vous sera alors augmentée.

Afin de vous permettre de mieux exprimer vos besoins, je vous propose de procéder par étapes :

- chassez les pensées négatives et remplacez-les par des pensées constructives,
- deuxième étape, cernez vos besoins et vos désirs non exprimés jusqu'alors,
- troisième étape, préparez-vous à agir,
- quatrième étape, osez exprimer vos besoins.

➤ *Première étape : chassez vos pensées négatives*

Comme le montre le tableau suivant, certaines pensées vous empêchent de vous exprimer. Chassez-les et opposez-leur des pensées plus constructives !

Pensées gênant l'expression de vos besoins	Pensées favorisant l'expression de vos besoins
C'est faire son intéressant !	J'ai des droits et il est normal que je les exprime.
Je vais déranger l'autre.	Je lui demanderai si ça le dérange.
L'autre doit deviner mes besoins.	C'est moi qui sais le mieux ce dont j'ai besoin. C'est à moi de l'exprimer.

Pensées gênant l'expression de vos besoins	Pensées favorisant l'expression de vos besoins
Inutile de demander, ce sera refusé !	Si je demande, je ne suis pas obligé d'obtenir. L'autre a effectivement le droit de me dire non. Je ne peux pas deviner l'attitude de l'autre. De toute façon, je serai content d'avoir demandé même si je n'obtiens pas.

➤ Deuxième étape : cernez vos principaux besoins

Il y a cinq grandes catégories de besoins et de désirs qu'il est important d'exprimer :

• *Des demandes d'aide.* Que ce soit à votre conjoint, pour vous soutenir dans un moment difficile au niveau professionnel, ou à un(e) ami(e) pour lui demander de sortir parce que vous n'avez pas le moral en ce moment. Il y a aussi les demandes sociales : participer à des activités en groupe, sports, loisirs, fêtes. Ces activités ont l'intérêt de vous faire rencontrer d'autres personnes et de ne pas vous laisser dans votre isolement.

• *Des demandes pour obtenir un service, un renseignement…* Par exemple, demander à une amie de garder votre bébé pendant une heure, à votre voisin de bien vouloir réceptionner un colis en votre absence, à la personne qui vous double dans la file de rester derrière vous…

• *La vérification de l'opinion de l'autre.* Lorsque vous avez un doute sur la position de votre interlocuteur, il est important de le vérifier. C'est le cas de Monique qui se demande si son amie est d'accord pour l'accompagner à son jogging chaque mercredi : « J'ai un doute. Je t'ai un peu entraînée à faire un footing avec moi le mercredi parce que j'aime beaucoup ça. Mais je me demande si tu n'as pas accepté pour me faire plaisir plus que par réel désir. Qu'en est-il ? »

• *Le dévoilement de soi.* Il s'agit de dévoiler une partie de votre intimité à l'autre, ce qui est extrêmement difficile chez les gens timides. C'est pourtant fondamental pour apprendre à devenir plus authentique et à laisser transparaître vos points faibles. Par exemple : « Je suis plutôt timide. Si tu veux bien réserver la table à ma place, ça m'arrangerait. »

• *Des demandes de changement.* Il s'agit de demander aux autres de changer certaines de leurs habitudes qui vous dérangent comme par exemple le retard, le bruit… Nous verrons cela plus loin dans « osez dire ce qui vous gêne ! », voir page 224.

➤ *Troisième étape : préparez-vous à agir*

Faites la liste de vos besoins et de vos désirs dans tous les domaines de votre vie. Classez-les par ordre de difficulté. Vous pouvez suivre l'exemple de Noémie qui m'a apporté la fiche suivante.

Liste des besoins et des désirs de Noémie

Difficulté	Les besoins et les désirs importants pour moi
20	Demander à mon amie Jacqueline de me rendre le livre que je lui ai prêté il y a trois mois (demande pour obtenir).
40	Demander à Monique si la musique la gêne lorsque nous travaillons dans la même pièce (vérification de l'opinion de l'autre).
60	Demander à Michèle de venir faire des courses avec moi si son mari est d'accord (demande de soutien).
95	Exprimer ma difficulté à prendre la parole dans un groupe en parlant de ma timidité et de mes difficultés d'élocution devant trois de mes amies (dévoilement de soi).

Dans le cas de Noémie, ce sont les demandes de soutien et de dévoilement de soi qui sont les plus difficiles. Obtenir et vérifier l'opinion de l'autre semble plus facile pour elle. Faites votre propre liste.

➤ Quatrième étape : les techniques d'affirmation de soi pour oser exprimer vos besoins

Choisissez l'exemple le plus facile en vous aidant du JEEPP (voir le tableau ci-dessous).

Dans son exemple à 20 (demander à Jacqueline de lui rendre son livre), le dialogue préparé par Noémie a été le suivant : « Jacqueline, j'apprécierais beaucoup que tu me rendes le livre que je t'ai prêté il y a trois mois » (*je, précis*). Lorsque Jacqueline répond à Noémie qu'elle n'avait pas eu le temps de le lire, Noémie poursuit : « Je comprends (*empathie*). Mais il y a trois mois que tu l'as et j'aimerais que tu me le rendes (*persistance*), je te remercie d'avance (*conclusion positive*). »

Ensuite, Noémie a répété cet exercice avec une amie. La difficulté est alors devenue inférieure à 20. Elle a pu l'appliquer dans sa vie réelle.

Comment formuler vos demandes

Formulez votre demande en appliquant la méthode JEEPP :

J comme je
Commencez votre première phrase par je.
(« J'aimerais, j'apprécierais, je souhaite… »)

E comme empathie
Tenez compte de l'autre.
(« Je comprends bien… mais j'aimerais. »)

E comme émotions, les vôtres (« Je suis gêné d'avoir à insister »)
et celles de l'autre (« Je comprends que vous soyez embarrassé par ma demande »).

P comme précis
Demandez directement ce que vous voulez.
(« Je viens vous voir pour vous demander de partir à 16 heures ce soir, s'il vous plaît. »)

P comme persistance
Répétez votre première phrase précise comme un disque rayé, en alternant avec l'empathie.
(« Je comprends que cela vous pose des problèmes, mais j'aimerais sortir du bureau à 16 heures. »)

Conclure positivement
Quelle que soit la réponse de l'autre, que vous obteniez ou que vous n'obteniez pas, ou que votre demande soit négociée, je vous conseille de terminer positivement la conversation.
(« Je suis déçu de ne pas obtenir ce que je vous demande. Je vous remercie de m'avoir écouté. »)

Pour son exemple à 40 (demander à Monique si la musique la dérange), voici ce que Noémie avait préparé : « Monique, ôte-moi d'un doute ! J'ai très peur que la musique te dérange quand nous travaillons ensemble (*empathie*). Est-ce le cas ? (*vérification de l'opinion de l'autre*) En tout cas si c'est le cas, j'aimerais que tu me le dises (*empathie*), car je serais très ennuyée de te gêner (*dévoilement de soi et expression de ses émotions*). » Dans ce dialogue elle utilise beaucoup l'empathie, car sa demande est un peu plus difficile.

Pour son troisième exemple, qu'elle avait noté 60 (demander à Michèle de venir faire des courses avec moi), voici ce que Noémie a préparé : « Michèle, je suis déprimée en ce moment (*dévoilement de soi*), j'aimerais beaucoup que tu puisses faire des courses avec moi (*demande directe avec je précis*) mais je ne voudrais surtout pas déranger ton programme (*empathie*) si ton mari a un plan avec toi (*empathie, respect de l'autre*). »

On le voit, plus la demande est difficile plus l'empathie est nécessaire. Et Noémie est même allée jusqu'à préparer par écrit sa demande à 95 de la manière suivante : « Mes amies, il y a longtemps que je veux vous avouer quelque chose de difficile et de pénible pour moi (*dévoilement de soi*). Je souffre d'une phobie sociale qui est une sorte de timidité (*dévoilement de soi*). C'est pour cela que je suis célibataire, que je n'arrive pas à prendre la parole dans un groupe (*dévoilement de soi*) et d'ailleurs je vois un psychiatre pour me soigner (*dévoilement de soi*). Je ne vous cacherai pas que je redoute votre réaction (*dévoilement de soi*). Qu'en pensez-vous ? (*recherche de l'opinion de l'autre*). Me trouvez-vous anormale (*mise à jour des préjugés, recherche de l'opinion de l'autre*) ? »

Quand Noémie fut capable de faire tout cela, son niveau de confiance en elle avait considérablement augmenté. Elle était devenue authentique, elle-même, sans plus avoir besoin de se cacher derrière sa timidité.

Osez dire ce qui vous gêne

Pourquoi est-il important de réagir quand quelqu'un ou quelque chose vous perturbe ? Si vous « encaissez » les événements désagréables ou contrariants sans y répondre, vous faites passer le message suivant : « Vous êtes plus important que moi ! Continuez, je ne vaux pas la peine que vous fassiez attention à moi ! » En revanche, si vous décidez d'exprimer ce qui vous gêne, vous montrez aux autres que vous avez des limites, que vous êtes une personne respectable. Votre confiance en vous augmentera.

Apprenez à exprimer vos désagréments en quatre étapes.

➤ *Première étape : prenez conscience*
des conséquences négatives de votre silence

Pour cela, je vous renvoie à la première partie, page 22.

➤ *Deuxième étape : luttez contre vos pensées négatives*

Les pensées qui vous empêchent de manifester votre gêne	Les pensées qui favorisent l'expression de votre gêne
Cela ne sert à rien il ne changera pas !	Si je m'exprime il y a peut-être une possibilité pour qu'il change.
Je vais déclencher un conflit.	Si je ne dis rien, le conflit sera peut être encore plus grave. J'ai intérêt à aborder le problème.
Je suis trop exigeant.	C'est possible. Je lui demanderai si mes exigences sont trop élevées.
Je ne saurai pas m'exprimer.	Mieux vaut s'exprimer même maladroitement que de ne rien dire.

Comme vous l'avez appris dans la clé 1, notez les processus de généralisation et de maximalisation du négatif dans la colonne de gauche (voir page 164). Ces pensées inhibent votre comportement. Souvenez-vous, il s'agit de PIC. Alors que, dans la colonne de droite, les pensées sont plus précises, formulées positivement et débouchent sur une action possible, il s'agit de POC ou de pensées orientant vers un comportement constructif (voir p. 167).

➤ *Troisième étape : faites la liste de ce qui vous dérange au quotidien*

Votre sœur monopolise la parole à chaque réunion de famille. Elle sait tout sur tout et vous ne pouvez jamais exprimer votre opinion. Dites-le-lui.

Vous ne supportez pas que votre ami Léon dise du mal de vos autres copains en leur absence… Exprimez-le.

Votre conjoint ne fait rien à la maison et, le soir, vous n'avez plus le temps de vous détendre. Exprimez-vous !

Vous avez l'impression que vos collègues de travail disent du mal de vous. Allez le vérifier.

Liste des critiques d'Albert

Difficulté	Les critiques à exprimer
20	Demander à mon ami Bernard d'être à l'heure à nos rendez-vous.
40	Dire à ma femme que je ne veux plus qu'elle me critique devant mes amis.
60	Dire à mon supérieur que je n'apprécie pas l'évaluation moyenne de mon travail de l'an dernier.
80	Dire à ma mère d'arrêter de dire du mal de la terre entière car cela m'irrite.

➤ *Quatrième étape : les techniques d'affirmation de soi pour oser dire ce qui vous gêne*

Comme tout à l'heure, commencez par écrire votre scénario, puis répétez-le avec des personnes qui vous aident jusqu'à ce que le niveau de difficulté soit inférieur ou égal à 40. Aidez-vous de la méthode du DESC.

Comment faire une critique à quelqu'un
(ou lui demander de changer son comportement pour moi)

Voici un résumé du DESC :

D : *décrire la situation* précisément, brièvement et objectivement.

E : exprimer ses *émotions négatives* directement en employant la première personne du singulier : *je* ou *cela me*.

S : suggérer une *solution positive*, précise, réalisable par l'autre en employant la première personne du singulier. (« J'apprécierais beaucoup que tu puisses être à l'heure lors de nos prochains rendez-vous. »)

C : conclure par les *conséquences positives* pour vous si l'autre accepte votre solution.

Albert a remarquablement utilisé cette méthode du DESC en préparant l'expression des critiques de sa liste de la manière suivante :

– *Critique évaluée à 20* : demander à mon ami Bernard d'être à l'heure à nos rendez-vous : « Bernard, je t'ai attendu une bonne quinzaine de minutes à chacun de nos rencontres (*description de la situation*). Ça m'a agacé d'attendre (*émotions négatives*). J'apprécierais que tu sois à l'heure à nos prochains rendez-vous (*solution positive*). Je t'en remercie par avance. Je me sentirai bien mieux de ne pas attendre (*conséquences positives*). »

– *critique évaluée à 40* : dire à ma femme que je ne veux plus qu'elle me critique devant mes amis. Albert prend soin de dire cela à sa femme en tête à tête et à un moment où leur relation est plutôt bonne. « Tu sais, chérie, tu as tendance à me critiquer souvent devant nos amis, comme samedi dernier chez Amandine et Louis (*description de la situation*). Ça me met très mal à l'aise et ça me rabaisse (*émotions négatives*). J'apprécierais beaucoup que tu me fasses tes critiques en tête à tête et en dehors de nos amis. J'aimerais que tu parles plus positivement de moi devant eux (*solution positive*). Alors, je serai beaucoup plus détendu

quand nous sortirons ensemble (*conséquences positives*). »
Pour une critique de couple, je vous conseille de toujours
limiter la discussion à une seule critique à la fois, même si
vous en avez plusieurs à faire à votre épouse !

- *Critique évaluée à 60* : dire à mon supérieur que je n'apprécie pas l'évaluation moyenne de mon travail de l'an dernier.
Auparavant, il aura pris soin de demander un rendez-vous
avec son supérieur qu'il verra tranquillement et à tête repo-
sée, dans son bureau et non pas entre deux portes, surtout
si son supérieur est pressé. « Voilà, monsieur, vous m'avez
mis une évaluation plus que moyenne sur le travail de l'an
dernier (*description de la situation*), je suis déçu et je ne
comprends pas cette évaluation (*émotions négatives*).
J'aimerais que vous me donniez les raisons de cette évaluation et que vous reconsidériez votre position à la lumière
de mes résultats (*solution positive*). J'aurai l'impression
que mon travail est récompensé (*conséquences positives*). »
- *Critique évaluée à 80* : demander à ma mère d'arrêter
de dire du mal de la terre entière. « Maman, souvent je
t'entends parler négativement des autres (*description de
la situation*). Ça m'agace et ça me rend triste (*émotions
négatives*). J'aimerais que tu puisses voir les choses différemment (*solution positive*). Nous serions plus heureux (*conséquences positives*). »

Comme vous le voyez, ces critiques sont de plus en plus
difficiles à exprimer et nécessitent une préparation. Toutefois,
elles sont franches et directes et non pas agressives. En pratique, il n'est pas question d'aller exprimer vos désagréments
si vous les évaluez toujours à 80. Mieux vaut vous préparer
en commençant par les plus faciles, comme Albert.

La procédure est toujours la même : entraînez-vous avant
de le faire « en vrai ». Quand vous vous jetez à l'eau, commencez toujours par des situations de difficulté inférieure ou égales

à 40. Pour les autres, attendez d'être suffisamment entraîné et attendez que la difficulté ait diminué avant de vous y atteler.

Osez dire « non », osez négocier

Pourquoi dire « non » est-il si important pour la confiance en soi ? Parce que, si vous ne savez pas dire « non », c'est votre intégrité même qui est menacée. Savoir dire « non » aux autres est indispensable : pour vous respecter vous-même, pour vous faire respecter par les autres. Si vous dites « non » régulièrement, vous donnerez de la valeur à vos « oui ».

De plus, vous disposez d'une troisième possibilité, entre le non et le oui : la négociation. Ainsi vous passerez d'un « oui » stéréotypé à tout le monde, à une vaste palette de possibilités : oui, non, oui mais en contrepartie…

Là aussi, je vous propose une méthode en quatre étapes.

➤ *Première étape : prenez conscience*
des conséquences de votre incapacité à dire « non »

- Vous ne posez pas de limites aux autres.
- Ils peuvent vous exploiter et vous considérer comme une « bonne poire ».
- Vous ne préservez pas votre personnalité, votre intégrité (voir la première partie p. 24).

Laissez-vous vos fenêtres et votre porte d'entrée ouvertes ? Laissez-vous n'importe qui pénétrer chez vous ? Laissez-vous par mauvais temps la pluie mouiller votre salon par la fenêtre grande ouverte ? Non, bien sûr, vous fermez les portes et les fenêtres pour préserver votre intérieur. Faites de même avec vous de temps en temps. Dites non et fermez la porte. Dites stop, ici on n'entre pas. Ici, c'est mon intimité. Mais comment faire pour s'opposer aux autres ?

> ➤ *Deuxième étape : opposez-vous aux pensées négatives qui vous empêchent de dire « non »*

Pensées gênant les refus	Pensées favorisant les refus
Si je dis non, il va très mal le prendre !	Il est important pour moi de dire non. Je vais essayer de le faire sans le vexer.
Cela va entraîner un conflit.	C'est possible. Mais, de mon côté, je vais tout faire pour dire les choses en respectant l'autre le plus possible.
Si on me demande quelque chose, je dois le faire.	On m'a éduqué comme cela. Cela m'a attiré beaucoup d'ennuis car j'ai fait des choses que je ne voulais pas faire et qui étaient mauvaises pour moi. Maintenant, j'ai décidé de changer et de décider ce que je ne veux pas faire et ce que je veux faire.
Dire non, c'est égoïste !	C'est plutôt de l'intérêt que l'on se porte à soi-même pour se préserver. Cela ne veut pas dire que je ne m'intéresserai plus aux autres.
Pour dire non, il faut se justifier ou avoir de bonnes raisons	C'est à moi seul de décider de ce qui est bon ou pas. Je n'ai pas à me justifier en permanence.
Si je ne dis pas non tout de suite, je ne pourrai pas revenir en arrière !	Il est souvent possible de dire non après avoir dit oui.

Aidez-vous de ce que vous avez appris dans la clé 1. Notez les distorsions cognitives dans la colonne de gauche : généralisation, inférence arbitraire… Aidez-vous du GRIMPA. Notez le schéma cognitif conditionnel (si on me demande…)

les *should* et les *must* (je dois), les PIC et à l'inverse les POC, les formulations positives et constructives dans la colonne de droite. Cela va vous mettre dans les meilleures dispositions mentales pour vous affirmer ensuite.

➤ Troisième étape :
faites la liste des refus importants pour vous

• *Dans la vie sociale* : refuser d'acheter un produit à un démarcheur à domicile, refuser la mendicité…

• *Au travail* : refuser le surplus de travail de mes collègues (exemple Sabine), refuser les tâches qui ne font pas partie de ma fonction…

• *Vie amicale* : refuser à un ami de faire un sport ou une sortie (aller au football avec lui alors que l'on n'aime pas cela), refuser d'aller voir le film d'un cinéaste que l'on n'apprécie pas.

• *Vie intime* : refuser de partir en vacances seul(e) avec votre conjoint(e) dans un lieu qui vous déplaît, négocier les visites chez les beaux-parents.

Voici à titre d'exemple la liste de refus que Daniel a dressée.

La liste des refus de Daniel

Intensité Avant	Les refus
10	Refuser d'acheter une encyclopédie en dix volumes à un démarcheur à domicile.
20	Refuser de donner un euro à un SDF qui m'a gentiment gardé une place sur le parking.
30	Refuser un verre d'alcool supplémentaire chez un ami.

Intensité Avant	Les refus
40	Refuser à mon collège d'aller dîner avec lui.
50	Refuser la part supplémentaire de gâteau que mon amie a confectionné elle-même.
60	Refuser à mon supérieur de m'occuper de ce client qui m'a insulté.
70	Refuser que mon supérieur continue de me parler agressivement devant tout le monde.
80	Refuser à ma femme d'aller voir ses parents tous les dimanches.

➤ *Quatrième étape :*
les techniques d'affirmation de soi pour oser refuser

Les techniques d'affirmation de soi de refus sont résumées dans le tableau suivant.

Savoir dire non
Vos droits et vos devoirs :
1. Se donner le droit de dire *non*.
2. Ne pas se sentir obligé de se justifier.
3. Négocier ensuite et ensuite seulement (après avoir dit non).
Vos cinq étapes :
1. *Dire non*, ce doit être votre premier mot (« Non, je suis désolée » et pas « oui, mais »).
2. *Répéter non* comme un disque rayé (« Je vous le redis, ma réponse est *non* »).
3. *Faire preuve d'empathie* pour montrer que vous avez bien compris (« Je suis vraiment désolé d'apprendre que tu as des difficultés financières, mais je ne souhaite pas te prêter d'argent… »), puis répéter votre refus en boucle.
4. *Exprimer ses émotions négatives* si l'autre insiste (« Cela me gêne que vous insistiez »).

5. *Mettre fin à la discussion* (« Ma réponse est définitive : c'est non ») en ajoutant éventuellement un geste d'opposition (tendre la main, fermer la porte, etc.).

Selon le contexte :

1. *Exprimer* votre difficulté à refuser (« Je suis vraiment désolé et embarrassé d'avoir à te dire non »).

2. *Faire un recadrage*, si la demande est manipulatrice (« Mon amitié, tu peux compter dessus, mais, pour les 500 euros, ma réponse est non »).

3. *Dire non après avoir dit oui* (« Je suis désolé, j'ai accepté trop vite. En fait, je dois refuser votre demande, je comprends que mon changement d'avis vous dérange, mais je dois vous dire non »).

Voyons comment appliquer les différentes méthodes présentées dans ce tableau. Avec Daniel nous avons fait le travail suivant :

– *Exemple à 20 : le SDF qui a gardé la place de parking*
« Non merci ! », dit-il avec un visage aimable et sans agressivité. Ici, il s'agit d'un refus social simple. Vous n'avez besoin que de la première étape du refus, le *non*. Vous n'avez pas à négocier et encore moins à vous justifier.

– *Exemple à 40 : l'invitation du collègue à dîner*
Daniel m'avait apporté le dialogue qu'il avait eu avec son collègue, Thierry, en précisant entre parenthèses les pensées qu'il n'avait pas osé lui communiquer. Je le reproduis ici :

Thierry : Cela fait longtemps que l'on ne s'est pas vu ! On dîne ensemble un de ces soirs ?

Daniel : Oui, avec plaisir (mais je suis fatigué en ce moment).

Thierry : Jeudi, je ne finis pas trop tard, ça te va ?

Daniel : OK. Pas de problème ! (Ça tombe mal j'ai une réunion, il va falloir que je me dépêche. En plus je suis fatigué et je vais me coucher tard !)

Thierry : Je connais un resto sympa. Je te rappelle demain sur ton portable.

Daniel : (mais pourquoi ai-je dit oui ?)

En fait, on voit bien la difficulté que l'on peut avoir à dire « non » alors que dans sa tête, on a envie de refuser.

J'ai fait reprendre ce dialogue à Daniel en lui conseillant de dire à haute voix ce qu'il avait pensé intérieurement. Voici le dialogue :

Thierry : Ça fait longtemps que l'on ne s'est pas vu ! On dîne ensemble un de ces soirs ?

Daniel : Oui, avec plaisir mais je suis un petit peu fatigué en ce moment !

Thierry : Jeudi, je ne finis pas trop tard, cela te va ?

Daniel : OK. Je dînerai bien avec toi mais ça tombe mal, j'ai une réunion. Il va falloir que je me dépêche et en plus je suis fatigué et ça va m'obliger à me coucher tard !

Et ici la réponse de Thierry change.

Thierry : Ah bon ! Si tu es fatigué et que ça ne t'arrange pas jeudi, nous pouvons dîner un autre jour !

Daniel : Oui, tu sais, je préférerais la semaine prochaine. Je serai plus disponible. Est-ce que mardi te conviendrait par exemple ?

Cette nouvelle version du dialogue n'est-elle pas meilleure pour la confiance en soi de Daniel ?

– *Exemple à 60 : refuser à mon supérieur de m'occuper de ce client qui m'a insulté*

« Non, Monsieur ! (*refus*) Je suis désolé mais je ne retournerai pas voir ce client qui a été agressif avec moi ! Je comprends que vous souhaitiez que quelqu'un s'occupe de lui (*empathie*), mais je ne tolère pas la façon dont il m'a parlé. Je n'ai pas l'intention de me laisser rabaisser de la sorte (*expression de vos émotions négatives*). Si vous tenez vraiment à ce que quelqu'un s'occupe de ce client, je préfère que ce soit quelqu'un d'autre (*proposition de solution*) mais, moi, vu la façon dont il m'a traité, il n'en est pas question (*persistance dans le refus*). Je suis désolé (*expression de vos émotions*). »

– *Exemple à 80 : refuser à votre femme d'aller chez vos beaux-parents tous les dimanches*

« Chérie, j'ai un gros problème que j'aimerais aborder avec toi (*proposition de discussion*). Je ne souhaite pas aller tous les dimanches chez tes parents (*refus*). Je m'y ennuie et je préférerais faire autre chose (*expression des émotions négatives*). Je suis très ennuyé d'avoir à te dire ça (*expression des émotions négatives*)… Je ne voudrais pas te choquer ou te décevoir (*respect des émotions de l'autre*) et je comprends qu'il soit important pour toi d'aller les voir le dimanche (*respect de la position de l'autre*)… Par ailleurs, je suppose que tes parents prendraient très mal le fait que je n'y aille plus (*respect de la position de l'autre*). J'aimerais en discuter avec toi pour trouver une solution… Si j'y allais une fois sur deux ? (*recherche de solution*). Il me semble que je serai plus détendu (*anticipation de vos émotions positives*). Peut-être que tes parents s'en rendraient compte ? Et peut-être nous verrions-nous avec plus de plaisir, qu'en penses-tu ? (*recherche de l'opinion de l'autre et de négociation*). »

On le voit, dans les cas délicats, on utilisera beaucoup l'empathie et l'expression des émotions à la fois les nôtres et de celles des autres pour aboutir à une négociation.

En effet, entre le « oui » sec et le « non » sec, il existe tout un éventail de réponses possibles comme le montre le schéma suivant :

OUI ⟵————————— NÉGOCIATION —————————⟶ NON

Comment dire non après avoir dit oui ?

Ces techniques très empathiques et émotionnelles vont être uti-lisées également lorsque vous avez à revenir sur un oui. C'est l'exemple de Bernadette qui, après avoir accepté une sortie avec son amie Monique un samedi après-midi (elle n'a pas osé lui dire non sur le moment), est obligée de revenir sur sa posi-tion (elle avait déjà accepté une invitation avec son mari).

Voici quelques exemples de formulation : « Monique, je suis désolée de revenir sur ce que je t'avais dit pour samedi après-midi (*expression de mes émotions négatives*)… Je suis très gênée parce que je sais que tu comptes sur moi (*empathie, respect de l'émotion de son amie*)… Je sais que c'est très mal poli de dire non après avoir dit oui (*acceptation de votre erreur et de votre défaut*) et en plus mon revirement va peut-être te décevoir (*recherche des émotions négatives de l'autre*). Est-ce le cas ? De plus, ça va bouleverser tes plans, n'est-ce pas ? (*recherche de la gêne que l'on crée chez l'autre*)… » En fonction de la réaction de son amie, Bernadette pourra alors certainement trouver un compromis. Car, même si son amie est déçue par son changement de position, elle voit que Ber-nadette respecte le désagrément qu'elle lui crée en changeant d'avis.

Osez répondre aux critiques

Pourquoi est-il important pour la confiance en soi de répondre aux critiques ?

Tout simplement parce que, si vous ne le faites pas, vous risquez d'être détruit. Accepter toutes les critiques des autres sans les discuter met en cause votre solidité personnelle. Comment faire pour éviter cela ?

➤ *Les grands principes des critiques*

Il s'agit non seulement des critiques verbalement exprimées, mais également des moqueries, de la médisance et des sous-entendus…

Dans la réponse aux critiques, il ne faut être ni trop ouvert ni trop fermé. Si vous êtes trop ouvert et que vous acceptez toutes les critiques, vous risquez de vous laisser déstabiliser. Si vous êtes trop fermé, vous risquez d'être intolérant et de ne pas progresser.

Le troisième principe est que, souvent, lorsqu'on manque de confiance en soi, on peut penser que l'on ne vaut rien. Toute critique devient alors vérité et on donne *a priori* raison à l'autre en pensant qu'il a bien vu nos points faibles. Ceci donne un pouvoir à l'autre sur nous qui risque de nous amener à nous laisser harceler.

Quatrième principe : à l'inverse vous pouvez avoir une réaction de rejet de toute critique en redoutant que l'autre n'arrive réellement à vous détruire. Vous serez alors très agressif et n'aurez que peu de possibilité d'évolution.

Le cinquième principe : dans les critiques, le grand problème est de savoir faire le tri entre les critiques constructives et les critiques destructives. Les techniques d'affirmation de soi sont là pour vous aider.

➤ *Luttez contre vos pensées négatives*

Les pensées qui vous empêchent de répondre aux critiques	Les pensées qui vous aident à répondre aux critiques
Les chefs ont tous les droits.	Les droits du chef ne concernent que le travail, il n'a en aucun cas le droit de m'agresser. Je vais me défendre.

Les pensées qui vous empêchent de répondre aux critiques	Les pensées qui vous aident à répondre aux critiques
S'il me critique il a en partie raison.	Je vais admettre mes torts et faire valoir mon point de vue.
Cela ne sert à rien de se défendre.	Me défendre, c'est assumer ma sécurité, ma stabilité et ma confiance en moi.
Il vaut mieux que j'évite les conflits.	Une réponse ouverte mais ferme n'augmente pas le conflit. Au contraire, elle peut faire diminuer la tension.

➤ Les techniques d'affirmation de soi pour répondre aux critiques

Dans tous les cas, quel que soit le type de critique, je vous conseille de commencer par la technique de l'enquête négative.

L'enquête négative

Il s'agit, comme un journaliste ou un enquêteur de police, de poser des questions ouvertes qui commencent par « qu'est-ce que, qu'est-ce qui, comment, pourquoi ? », afin d'en savoir plus sur ce que l'autre a à vous dire. Il faut, à ce stade, éviter à tout prix la contre-attaque.

Par exemple : « Lorsque vous dites que mon travail ne va pas, qu'est-ce que vous voulez dire exactement ? Sur quels points trouvez-vous que mon travail ne convient pas ? Quand avez-vous remarqué que mon travail allait moins bien ? »

Ces questions sont des enquêtes négatives sur les faits. On cherche à savoir ce que l'autre a à nous reprocher.

Mais on peut aussi faire une enquête négative sur les émotions : « Qu'avez-vous ressenti lorsque vous vous êtes rendu compte que mon travail était de moins bonne qualité ? Que vous êtes-vous dit ? »

Cette technique a de multiples intérêts, elle permet :

– d'éviter la contre-attaque,
– de faire préciser à l'autre ce qu'il a à vous dire,
– de faire le tri entre ceux qui veulent réellement vous aider avec des critiques positives — ils auront alors des choses précises à vous répondre — et ceux qui vous critiquent uniquement pour vous ennuyer — ils n'auront guère d'arguments à avancer lorsque vous leur poserez des questions,
– de montrer à l'autre que vous êtes fort : vous ne réagissez pas avec une nervosité à fleur de peau et vous prenez le temps d'avoir une discussion.

Une fois cette enquête achevée, selon que la critique est justifiée ou non, vous aurez recours à différentes techniques.

Premier cas : la critique est justifiée

Si la critique est justifiée alors je vous conseille l'ERD

– E veut dire *enquêter*, nous venons de le voir.
– R pour *reconnaître*. Il s'agit ici de reconnaître vos torts (*reconnaître les faits*) ainsi que la gêne que vous avez pu procurer chez l'autre (*reconnaître les émotions*). Par exemple : « Oui, c'est vrai, j'ai fait ce dossier très rapidement et je reconnais peut-être un petit peu trop vite (*reconnaître les faits*) et je comprends que vous ayez été déçu (*reconnaître les émotions*). »
– D signifie *décider*. Si vous avez fait des erreurs, après l'avoir reconnu, vous pouvez décider de changer, de ne pas changer, ou de négocier. Par exemple : « Je vais d'ailleurs immédiatement reprendre ce dossier (*décider de changer*) » ou bien : « Je reconnais que j'ai traité

rapidement ce dossier mais je n'ai absolument pas le temps de le reprendre, compte tenu de ma charge de travail actuelle (*décider de ne pas changer*) » ou « Je reconnais que j'ai traité rapidement ce dossier et qu'il faudrait le revoir mais j'ai énormément de travail en ce moment. Aussi, si vous souhaitez que je revoie ce dossier, je vous demande de me dispenser de la réunion de vendredi (*décider de négocier*). »

Second cas : la critique n'est pas justifiée

Si la critique de l'autre n'est pas justifiée, il faut alors vous défendre. Vous pouvez reconnaître le fond de ce qui vous est reproché, mais refuser la forme avec laquelle cela vous est dit. C'est le cas si votre conjoint vous critique un soir devant vos amis. Reprenez alors la discussion en tête à tête comme nous l'avons vu page 227.

Ce peut être aussi votre supérieur qui vous reproche vos mauvais résultats en pleine réunion devant plusieurs de vos collaborateurs en criant. Apprenez alors à répondre : « Monsieur, je veux bien que nous discutions de mon travail et de mes éventuels points faibles (*acceptation du fond*), mais je refuse que vous le fassiez avec ce ton-là, en criant et devant certains de mes collègues (*refus de la forme*) ! »

Ne vous laissez pas harceler

Souvenez-vous que si vous avez intérêt à écouter les critiques concernant vos *actes*, en revanche vous ne devez pas laisser aux autres la possibilité de critiquer votre *personne*. C'est votre intimité, votre stabilité que les autres peuvent, consciemment ou non, remettre en cause.

Dans les cas extrêmes, rares heureusement, si l'autre continue son agression violente, et ce malgré les réponses précédentes, alors il vaut mieux parfois partir, abandonner la « partie ». En ultime recours, votre protection doit toujours être privilégiée. Malheureusement, je suis amené à voir des personnes qui sont quotidiennement harcelées, soit dans le cadre de leur travail, soit dans leur couple. Au fil du temps, elles sont comme paralysées par les critiques permanentes et les manipulations. Elles en deviennent presque anesthésiées comme incapables de répondre. Dans ces cas-là, leur confiance en elles est complètement détruite, même si ces personnes avaient une bonne image d'elles-mêmes avant d'être soumises au harcèlement. Il faut alors, grâce à une psychothérapie très patiente, ramener ces personnes à retrouver un certain respect d'elles-mêmes. Cela n'est possible que si elles arrivent à penser qu'elles sont la chose la plus importante du monde, avant leur travail et leur couple, et qu'elles doivent à tout prix assumer elles-mêmes la défense de leurs intérêts quitte à se faire aider par d'autres.

Dans ce contexte, les techniques d'affirmation de soi qui permettent de dire non ou de répondre aux critiques sont d'une grande utilité : lorsque ces personnes arrivent à les utiliser avec efficacité la tâche des harceleurs devient beaucoup plus difficile.

Voici un dernier exemple, très typique en ce qu'il concerne une personne hypersensible à la critique. Il s'agit de Joséphine à qui son patron demande, sur un ton assez neutre : « Avez-vous téléphoné à Martin aujourd'hui ? »

Joséphine répond, sur un ton ironique et pincé : « Mais vous savez que je n'ai rien fait pendant la journée ! Je me tourne les pouces depuis ce matin, comme d'habitude. Vous croyez que je n'ai que ça à faire de téléphoner à Martin ! »

Si vous étiez à la place du patron de Joséphine, comment réagiriez-vous face à cette réponse ?

En fait, Joséphine manque totalement de confiance en elle. Elle a besoin d'être valorisée dans son travail et ne peut supporter les critiques. C'est d'ailleurs ce qui l'a amenée à venir consulter. Nous avons travaillé sur cet exemple. Voici, à titre illustratif, l'utilisation des techniques d'affirmation de soi que Joséphine a pu faire :

« Vous me posez cette question parce que c'est important pour vous que M. Martin soit contacté aujourd'hui ? (*vérification du contenu*). Bon, écoutez, j'ai été débordée et je ne l'ai pas fait (*reconnaître son erreur*). Mais, puisque c'est urgent (*empathie, respect des besoins de l'autre*), je vais m'en occuper sur-le-champ (*décision de changer de comportement*). En revanche, vous comprendrez, je pense, que je dois différer le dossier Dupond le temps de régler celui de Martin (*recherche de compromis et de l'acceptation de l'autre*). »

Joséphine a-t-elle moins de valeur à vos yeux ? La trouvez-vous plus ou moins sûre d'elle dans sa réponse ?

Osez être vous-même :
l'affirmation de soi authentique

Grâce aux techniques d'affirmation de soi que nous venons de voir ensemble, vous demandez plus, vous refusez plus, vous posez des limites aux autres, vous vous défendez en cas d'agression.

Mais il existe aussi une affirmation de soi *authentique* qui vous aidera à accroître votre confiance en vous. C'est l'expression de vos émotions, de vos points forts, de vos points faibles, de ce que vous êtes, tel que vous êtes. Cette tolérance envers vous-même vous évitera la course à la performance et vous permettra de vous accepter mais aussi de vous faire accepter par les autres.

Voici quelques exemples de techniques d'affirmation de soi authentique utilisées par certains de mes patients.

➤ *La révélation de soi*

L'autoprésentation

Apprenez à vous présenter lors d'une réunion. La présentation peut être très sobre ou plus approfondie.

Voici un exemple d'autoprésentation, d'abord dans sa version sobre : « Je m'appelle Adeline, je suis professeur d'espagnol et je travaille à mi-temps sur deux niveaux de secondes et de premières. Mon lycée comprend onze classes. Nous avons deux réunions par mois… »

On le voit, il s'agit d'une présentation un petit peu administrative.

Voici une présentation plus engagée d'Adeline : « Je m'appelle Adeline, je suis née à Lyon d'un père maghrébin et d'une mère espagnole. J'ai deux enfants âgés de 2 et de 5 ans. Cette année j'enseigne sur deux niveaux… » Dans cette seconde présentation Adeline parle un peu plus d'elle sur le plan privé (ce fut beaucoup plus difficile pour elle). À vous de voir et d'adapter votre présentation au contexte. En tout cas, acceptez de dire qui vous êtes, ce que vous êtes, ce que vous faites.

La révélation de vos points faibles

Valérie, est une jeune fille extrêmement perfectionniste, pas du tout sûre d'elle, qui préfère jouer le personnage de la « nana bien dans sa peau », souriante, « tout va très bien pour moi ». Moi qui la connais, je sais en fait qu'elle doute constamment d'elle, de son intelligence, de sa beauté… Pour sortir de cette course permanente à l'image dans laquelle elle se sent très mal, nous avons décidé de faire, en thérapie de groupe, un exercice de révélation de soi.

Alors qu'elle présentait une banale critique d'un de ses collègues de travail, elle s'effondre en pleurs : « Je sais, je suis beaucoup trop perfectionniste. On m'a appris qu'il fallait toujours être parfaite. En fait, je me rends bien compte que votre critique n'est pas méchante, mais le simple fait que vous émettiez un doute sur la qualité de ce que je fais m'inquiète énormément. »

➤ La recherche de compliments

Sabine a reçu chez elle (ce qu'elle n'avait pas fait depuis des années par crainte de mal recevoir) deux de ses amies avec leurs maris. Très angoissée au cours de la semaine précédente, elle avait mis les petits plats dans les grands, nettoyé sa maison et était très inquiète du jugement de ses amies sur elle. Comme son doute persistait et que cela l'inquiétait beaucoup, nous avons ensemble élaboré la discussion qu'elle pourrait avoir en téléphonant à une de ses amies.

« Écoute, tu vas peut-être me trouver cloche, mais je me demande comment tu as trouvé la soirée de samedi. Tu sais, je doute souvent de moi et j'ai peur que vous n'ayez pas passé un bon moment, toi ou ton mari ? »

Son amie répond : « Ta soirée était très réussie. D'ailleurs en sortant de chez toi, avec mon mari et nos amis, nous en avons parlé tous les quatre dans la voiture et nous sommes tous tombés d'accord pour dire que tu avais vraiment du talent pour recevoir les gens. » Sabine, sidérée par cette réponse, mais qui la croit — elle connaît bien son amie et sait qu'elle dit ce qu'elle pense —, revient très fière à la consultation suivante.

Cette technique s'appelle la *recherche de compliments*. Il ne s'agit pas de faire de l'autosatisfaction, mais, si vous avez des doutes sur vous-même, il s'agit de vérifier, auprès de gens que vous connaissez, ce qu'ils pensent de vos actes. Lorsqu'on fait quelque chose de bien, il est bon de se l'entendre dire !

➤ *La révélation de vos émotions*

Montrez aux autres qu'ils vous touchent. Si par exemple vous recevez une lettre qui vous paraît agressive, ne laissez pas passer : vous risquez d'accumuler de la rancœur et cela pourrait perturber vos relations ultérieures avec la personne. Prenez votre téléphone et dites-lui : « Tu sais, quand j'ai reçu ta lettre j'ai eu un haut-le-cœur. Je me suis sentie agressée. J'aimerais bien discuter avec toi de ce que tu dis dans ce courrier. » L'autre saura quelle réaction sa lettre a produite en vous et il aura l'impression d'avoir en face de lui quelqu'un qui a du répondant et à qui il ne peut pas dire n'importe quoi.

Quant à vous, vous serez fier d'avoir exprimé votre émotion et d'avoir cherché le dialogue sans agresser l'autre.

Valérie voyait les choses autrement : « Ma mère m'a toujours dit qu'il fallait être imperméable pour que les autres n'aient pas d'emprise sur nous ! » Selon elle, exprimer ses émotions, c'était être perméable et cela jusqu'à ce qu'elle fasse l'expérience inverse lors d'une séance de groupe.

Hervé, 30 ans, a coupé toute relation avec sa famille et ses amis. Au cours de sa thérapie et alors qu'il allait mieux, il décide de se dévoiler en téléphonant à l'une de ses cousines qu'il n'avait pas vue depuis longtemps pour tenter de renouer le contact : « Bonjour, Laurence, c'est Hervé. Je sais qu'il y a des siècles que nous ne nous sommes pas parlé et tu vas me trouver gonflé de te rappeler, mais j'ai depuis très longtemps envie d'avoir de tes nouvelles et de te revoir. Comme tu te souviens peut-être, je suis *très timide* et *je n'ai pas osé* le faire jusqu'à maintenant (*révélation de soi*). »

Chantal est restée toute sa vie réservée avec ses parents. À 48 ans, elle n'a jamais osé leur dire ce qu'elle pensait réellement de l'éducation qu'ils lui ont donnée. Elle voudrait dire à ses parents combien elle admire la façon dont ils ont conduit leur vie, l'éducation de leurs enfants et le deuil de leur fille aînée. Mais dire cela à sa mère est impossible pour Chantal. Elle a peur que cette discussion soit trop émouvante. Elle évalue à 80 % l'anxiété liée à cette situation.

En fait, un travail sur les pensées de Chantal va me permettre de comprendre que dire tout cela à sa mère risquerait de la déstabiliser voire de la détruire. L'angoisse de détruire nos parents si nous leur parlons de ce que nous ressentons, en bien ou en mal, est courante chez les enfants, même lorsqu'ils sont devenus adultes ! Toutefois, dans son jeu de rôles, Chantal était tellement vraie et crédible que, lorsqu'elle est allée trouver sa mère, celle-ci a certes été bouleversée mais dans le bon sens. Et les liens entre la mère et la fille se sont considérablement approfondis.

Voici, de mémoire, le dialogue que Chantal m'a rapporté après avoir vu sa mère. Après de longues hésitations : « Tu sais maman, il y a longtemps que je pense à des choses que je n'ai jamais osé te dire : je suis très admirative de la façon dont papa et toi avez élevé vos enfants. Avec une fille aînée handicapée, ça n'a pas dû être facile. De plus, toi, Maman, tu es une femme accomplie qui a su t'épanouir dans ta famille et en dehors de ta famille, tu es un modèle pour moi ... » et les deux se mettent à pleurer.

Ces techniques sont utilisées par des professionnels au cours des psychothérapies. Ce sont des techniques émotionnelles. Vous pouvez les utiliser sans professionnel à condition, comme nous l'avons vu tout au long de ce chapitre, de le faire très progressivement, en évaluant les difficultés des scènes avant de les faire, de 0 à 100. Ne les faites en vrai que lorsque la difficulté est à moins de 40 ou 50 maximum. Faites-vous aider au besoin par votre entourage, par un travail en imagination... Bref, soyez méthodique et prenez votre temps. Mais vous pouvez aussi vous faire aider par des professionnels qui utilisent ces techniques d'affirmation de soi ainsi que d'autres techniques que je vais vous présenter maintenant pour ceux d'entre vous que cela intéresse. Mais, attention, je vous précise que ces méthodes sont à utiliser de préférence avec un professionnel.

Pour ceux qui veulent en savoir plus

Vous voulez aller plus loin dans la connaissance de vous-même ? Vous voulez comprendre ce qui vous guide ? Pourquoi certaines situations, certains échecs se répètent toujours ?

Après vous avoir montré comment mettre au jour vos préjugés, je vais vous aider à assouplir vos règles de vie.

Comment mettre au jour vos préjugés ?

➤ *Prenez conscience de la répétition*

Toutes les écoles de psychothérapie sont d'accord sur ce point : c'est la répétition des mêmes problèmes qui nous perturbe dans notre vie. Comment découvrir vos principaux problèmes ? Pour cela, je vous propose de reprendre vos trois colonnes et de chercher dans la colonne de droite les thèmes communs à la majorité de vos pensées. Voici l'exemple de Jean.

Les trois colonnes de Jean

Situation	Émotions	Pensées automatiques
Au travail, ma collègue me demande si elle peut faire une activité musicale dans la pièce à côté avec les enfants dont elle s'occupe. Elle me dit : « Mais le bruit sera peut-être insupportable pour toi ! »	Émotion. Irritation. Colère. Injustice. 5/10	Elle pense que je ne tolérerai pas le bruit. Elle me trouve intolérant ! Elle est *injuste* avec moi. Elle ne voit pas tous les efforts que je fais.
Le même soir, en rentrant pour me détendre, je fais manger ma fille âgée de 6 mois. Ma femme qui est à côté me dit en criant : « Regarde ! Tu en mets partout. Décidément tu ne sais pas la faire manger ! »	Tristesse. Colère. Injustice. 7/10	Ma femme est *injuste*. Elle me critique tout le temps. Elle ne voit pas tout ce que je fais à la maison.
Samedi dernier j'annonce à ma femme que le vendeur ne pouvait pas nous livrer le lave-linge en promotion que nous avions commandé et qu'il m'en propose un plus cher. Ma femme me dit : « Tu t'es mal débrouillé ! On va encore se faire avoir. Tu aurais dû t'en occuper mieux ! »	Injustice. Colère. Déception. 7/10	Ma femme est *injuste*. Elle ne voit pas toute l'énergie que j'ai dépensée pour trouver cette promotion. C'est toujours pareil on ne voit que ce que je fais mal.

Comme vous pouvez le voir si vous utilisez la technique des attributions que nous avons apprise avec la clé 1 (voir p. 156), la majorité des pensées automatiques de Jean sont *externes négatives*. Elles sont reliées par un thème commun : « Les autres sont *injustes* avec moi. » Jean remarque ce fait et me précise : « Oui, c'est vrai, j'ai toujours l'impression que les autres sont injustes avec moi : j'ai besoin qu'on m'apprécie, qu'on apprécie tout ce que je fais. Du coup, je tolère très très mal tout ce qui ressemble de près ou de loin et une critique. » Et Jean de comprendre que son préjugé principal est : « J'ai besoin que les autres m'approuvent pour me sentir bien ! » Dès que Jean est désapprouvé, il se sent mal. Du coup, il doit en permanence surveiller les éventuelles critiques et être sur ses gardes.

➤ *Voyage au bout de la catastrophe : la technique de la flèche descendante*

Les psychologues ont montré que le doute et le manque de confiance en soi vont se maintenir tant que vous *éviterez* certaines pensées. La maxime : « Mieux vaut ne pas y penser » est certainement responsable du *maintien* du manque de confiance en soi.

Il faut au contraire penser à tout ce qui pourrait vous arriver, même aux situations les pires pour pouvoir les dédramatiser et vous rendre compte que, si le pire existe, il n'est pas si fréquent. De plus, il existe souvent des alternatives moins catastrophiques. Une technique nommée la *flèche descendante* consiste à vous demander quelle serait la conséquence la pire pour vous.

Vous pouvez voir l'exemple de Thibault, souvenez-vous de cet organisateur de voyages, qui manque de confiance en lui et qui a fait cet exercice à partir d'un moment de doute. À la suite du départ d'un groupe à l'aéroport, il s'est demandé s'il avait bien vérifié les billets. Thibault a souvent tendance à douter qu'il a bien fait les choses. Il a peur de faire une erreur. Voici la flèche descendante de Thibault.

La flèche descendante de Thibault

Scénario catastrophe	Scénario alternatif
10. Je n'ai pas vérifié les billets.	11. J'ai effectivement vérifié les billets.
↓	
20. Il y a une erreur dans les billets.	21. Je n'ai pas vérifié mais il n'y a pas d'erreur.
↓	
30. Cette erreur est grave et irrécupérable.	31. Il y a une erreur mais qui n'est pas grave.
	32. Il y a une erreur grave mais récupérable.
↓	
40. Mon employeur me licencie à la suite de cette erreur.	41. L'employeur me reproche mon erreur mais ne me licencie pas.
↓	
50. Je ne retrouve jamais de travail et n'ai plus de revenus.	51. Je reste en chômage de longue durée.
	52. Je travaille régulièrement en intérim.
↓	
60. Je fais une dépression irrémédiable.	61. Je peux faire une dépression et m'en sortir.
↓	
70. Les médicaments ne me guérissent pas et je deviens un légume.	71. Les médicaments me guérissent partiellement.
	72. Les médicaments me guérissent totalement.
↓	
80. Mon conjoint me laisse.	81. Mon conjoint reste.
↓	
90. Je termine ma vie à l'hôpital psychiatrique comme un légume.	91. Je peux rencontrer quelqu'un d'autre et refaire ma vie.

Le tableau de Thibault doit être lu de la façon suivante : regardez d'abord la colonne de gauche qui est le scénario catastrophe sans regarder la colonne de droite. Lisez-la dans le sens vertical. À chaque affirmation de Thibault, je lui ai demandé : « Et alors, quelle serait la conséquence la pire ? » Par exemple, lorsqu'il dit qu'il n'a pas vérifié les billets, je lui demande : « Et si cela était le cas quelle serait la conséquence pour vous ? » Il m'a répondu : « Il y a une erreur dans les billets. » Je lui ai dit : « Et alors, quelle serait la pire conséquence ? » Il m'a répondu : « Cette erreur est grave et irrécupérable. » Et j'ai continué à pousser Thibault dans ses retranchements. Comme vous pouvez le constater à l'étape 90, son angoisse va très loin. Il redoute son licenciement et une dépression grave qui l'amènerait à être désocialisé comme un malade mental, irrécupérable et abandonné par son conjoint ! Même si cela peut paraître farfelu au premier abord, cette technique vous permet d'aller au bout de votre angoisse. Elle est difficile et nécessite, dans la plupart des cas, l'aide d'un psychothérapeute.

On appelle cette technique la *flèche descendante* : chaque étape catastrophique est introduite par une flèche verticale descendante.

Une fois que ce travail est terminé, la plupart des personnes me disent : « Oui, je me rends compte que c'est tout de même très exagéré et que les choses n'iront pas jusque-là. » Toutefois, ces mêmes personnes ne jugent pas ces catastrophes totalement impossibles. Il va donc falloir les aider à remettre l'hypothèse catastrophique à sa juste place. Pour cela, nous complétons la partie droite du tableau avec la technique du scénario alternatif.

Assouplissez vos règles de vie

➤ *Et si ce n'était pas si catastrophique que cela ?*
Le scénario alternatif

Je demande alors à Thibault : « Êtes-vous bien sûr qu'un éventuel oubli sur les billets va entraîner une telle catastrophe ? » En souriant, Thibault me répond : « Non, Docteur, c'est un peu exagéré. Je pense qu'il y aurait bien d'autres alternatives avant d'en arriver là. » Je lui demande alors quelles seraient ces alternatives.

Regardez la partie droite du tableau dans laquelle nous avons, à chaque étape, envisagé les alternatives moins catastrophiques. C'est ainsi que, face à la première pensée 30, erreur grave et irrécupérable, Thibault a pu imaginer (pensée 31) qu'il avait pu faire une erreur mais qu'elle n'était pas grave ou qu'il pouvait faire une erreur grave mais récupérable (pensée 32).

Pour que la catastrophe tant redoutée par Thibault se produise, il faut que toutes les étapes catastrophiques soient vérifiées. Si Thibault sort de la colonne de gauche, que ce soit après la pensée numéro 10, 30 ou 50, il évoluera vers une hypothèse moins catastrophique.

Une règle de vie encore nommée *schéma cognitif conditionnel* (SCC) correspond comme nous l'avons vu avec les *schould* et les *must* à des impératifs, à des règles que vous vous fixez (voir clé 1 p. 165).

Vous pouvez repérer vos règles de vie qui en général commencent par les formules : « Si je ne fais pas… alors… », « Je dois… sinon… » Par exemple : « Si je ne fais pas les choses parfaitement alors je serai mal jugé », ou bien : « Je dois toujours être parfait sinon je serai mal jugé. » Un autre exemple pourrait être : « Si je m'oppose à l'opinion des autres alors je serai rejeté », ou bien « Je dois toujours être approuvé par les autres sinon je serai rejeté. »

➤ *Comment faire ?*

Les méthodes pour assouplir vos règles de vie ont déjà été abordées dans la clé 1. Il s'agit d'étudier les avantages et les inconvénients de vos règles de vie, leur utilité à court, moyen et long terme, et éventuellement les conséquences qu'il y a à respecter ou ne pas respecter vos règles de vie.

Par exemple pour la règle de vie : « Je dois toujours être approuvé par les autres… sinon je serai rejeté » que certains patients formulent dans l'autre sens : « Je ne dois jamais être désapprouvé par les autres sinon je serai rejeté », les avantages et les inconvénients, exprimés ici par Chantal, seront les suivants.

Avantages	Inconvénients
Je suis tolérée dans la plupart des groupes : 70.	Je n'exprime jamais mon opinion : 60.
J'évite les critiques et ainsi d'y répondre : 90.	Je n'ai plus de personnalité : 90.
	Je perds toute confiance en moi, me considérant comme une personne sans valeur : 100.
	Je suis un véritable caméléon, toujours de l'avis des autres : 90.
TOTAL : 160	TOTAL : 340

Comme vous le voyez, il est plus désavantageux, pour Chantal, de rechercher l'approbation des autres : c'est d'ailleurs ce qui l'a amenée en thérapie.

Vous pouvez aussi réfléchir à l'*utilité* à court, moyen et long terme de *garder votre règle de vie* :

- à court terme : « J'ai beaucoup de propositions de sortie car tout le monde me trouve agréable et comme on le dit je ne me fais pas remarquer »,
- à moyen terme : « Je suis sûre de ne jamais être seule »,
- à long terme : « J'aurai eu l'impression de n'avoir pas vécu vraiment et d'être une personne insignifiante et qui n'aura jamais exprimé ce qu'elle désire. »

Vous pouvez à l'inverse étudier l'*utilité* à court, moyen et long terme de *modifier de votre règle de vie*. Si à partir de maintenant vous décidez de ne plus rechercher l'approbation des autres, mais d'exprimer vos opinions, quitte éventuellement à vous faire critiquer. Quelle serait pour vous l'utilité à court, moyen et long terme de ce nouveau fonctionnement ?

- à court terme, ce serait difficile car je me retrouverais face à des critiques,
- à moyen terme, je perdrais certainement des amis qui sont des parasites et qui ne supporteraient pas que je m'oppose à eux,
- à long terme, je serais fière de moi : j'aurais pu m'affirmer dans mes opinions et mes volontés. Je pense que les gens qui m'aimeraient vraiment resteraient avec moi et que mes relations avec eux seraient renforcées.

Vous pouvez également étudier les *conséquences comportementales*, à court, moyen et long terme, de *votre règle de vie*.

Conséquences du besoin d'être approuvé par les autres :

- je suis les autres de manière passive,
- je suis assujetti aux désirs de ceux qui m'entourent,

– mon manque de confiance en moi s'aggrave et j'ai même fait plusieurs dépressions à force de me dévaloriser,
– ceci m'amène à consulter régulièrement des spécialistes, à prendre des médicaments et à arrêter régulièrement mon travail.

Vous pouvez à l'inverse étudier les *conséquences comportementales du changement de votre règle de vie* si vous décidiez de ne plus rechercher l'approbation des autres :

– à court terme, je vais certainement me retrouver dans des conflits (mais avec les méthodes d'affirmation de soi, je sais maintenant y faire face),
– à moyen terme, je perdrai certainement les relations qui étaient possessives et qui ne me permettaient pas de m'exprimer, ce qui sera peut-être une bonne chose,
– à long terme, je vais m'épanouir moi-même. Peut-être vais-je arrêter ma psychothérapie et mes médicaments et reprendre une activité sociale et professionnelle normale. Je vais aussi approfondir mes relations et me faire respecter en tant que personne à part entière, pour moi-même.

Démocratisez vos préjugés !

Un préjugé est plus fort, plus profond, plus violent qu'une règle de vie. C'est ce que les spécialistes appellent un *schéma cognitif inconditionnel* (SCI). Il ne souffre aucune discussion. Il n'y a pas de conditions pour le modifier, à la différence des règles de vie. C'est une affirmation totalitaire en tout ou rien. Les principaux préjugés que l'on rencontre chez les personnes manquant de confiance en soi sont, comme nous l'avons vu :

- je ne suis pas capable de…
- j'ai besoin qu'on m'aime,
- je me trouve nul(le),
- je dois faire toujours mieux,
- je n'arrive jamais à me décider,
- la vie est faite de soucis et je ne sais pas faire face,
- je ne peux pas compter sur les autres et je dois m'en méfier.

Ces préjugés sont beaucoup plus difficiles à modifier par vous-même que les règles de vie et nécessitent des méthodes spécialisées. Nous entrons ici dans le domaine de la psychothérapie : c'est pourquoi, si vos préjugés sont très puissants, je vous conseille de consulter un spécialiste. Ces méthodes ne sont utilisées que dans 10 % des cas pour les patients chez qui les préjugés sont vraiment violents et gênants. Dans la grande majorité des cas, les méthodes présentées dans les clés 1, 2 et 3 suffisent.

Pour ceux d'entre vous qui sont curieux ou ceux qui veulent aller plus loin, mais j'insiste il serait alors probablement nécessaire de vous faire aider par un thérapeute, voici les principales méthodes de modification de préjugés que nous utilisons dans nos soins. L'objectif de toutes ces méthodes est de sortir du totalitarisme de vos préjugés pour adopter une pensée sur vous-même plus souple, plus ouverte au débat. Bref plus démocratique…

➤ *Réutilisons certaines méthodes utilisées sur les pensées* (voir clé 1 p. 140)

Par exemple, pour le préjugé : « je suis nul » un thérapeute demandera :

- Pouvez-vous me définir ce que vous entendez par le mot « nul » ?

- Quels sont les faits dans la réalité qui démontrent que vous êtes une personne nulle ?
- Quels sont les arguments pour et contre le fait que vous soyez nul ?
- Quels sont les avantages et les inconvénients à vous considérer comme nul...

Ces méthodes utilisées dans la clé 1 sur les pensées sont plus difficiles à utiliser car ici il s'agit de préjugés de fond. On insistera en particulier sur les arguments *contre*. En fait, depuis son enfance, la personne qui se trouve nulle a toujours alimenté cette opinion d'elle-même en se concentrant sur ses échecs... Elle n'a en général que très peu regardé les informations qui pouvaient contredire son préjugé. Elle ne tient pas compte de ses réussites et de ses points forts. Nous l'aiderons donc à faire le point sur tout ce qui pourrait contredire son préjugé.

➤ Les méthodes cognitives

L'utilisation des métaphores

Un préjugé est une sorte de conviction inébranlable, omniprésente depuis notre enfance et avec laquelle nous vivons au quotidien. Pour mesurer ce pouvoir d'aliénation du préjugé, on peut utiliser des images comme par exemple celle de la paralysie congénitale d'un bras : « Depuis votre naissance, vous avez le bras droit paralysé. Il y a eu un problème d'irrigation du cerveau au moment de l'accouchement et ce bras droit n'a jamais été utilisé. Vous vous êtes débrouillé jusqu'à la quarantaine pour tout faire avec votre bras gauche. Vous avez toujours pensé que seul votre bras gauche était utilisable et que votre bras droit était inutilisable. » Pour votre pensée « je suis nul », il en est de même. Mais les problèmes psychologiques ont l'avantage d'être réversibles plus facilement que les problèmes physiques. Vous allez pouvoir modifier votre schéma de nullité en essayant de voir que peut-être vous n'êtes pas si nul que cela. En fait, vous allez vous mettre à utiliser votre bras droit. Comme il n'a pas servi depuis quarante ans, il est probable que vous aurez quelques difficultés à l'utiliser au moins les premières semaines.

Ce type de métaphore permet à la personne de comprendre que, lorsqu'on veut modifier l'un de ses préjugés, il s'agit d'un travail long et difficile. Au début, cela peut être balbutiant comme l'utilisation d'un bras qui n'a jamais servi. On risque d'être assez maladroit et de faire tomber quelques verres ! Il s'agit donc d'un engagement de la personne dans un travail patient, long et difficile.

D'autres métaphores sont utilisables comme par exemple le « port de lunettes », munies de verres de différentes teintes. Depuis que vous êtes né vous avez utilisé des lunettes grises. Tout ce que vous faites, tout ce qui vous entoure est vu à travers ces lunettes grises. À partir de maintenant vous allez utiliser une deuxième paire de lunettes avec des verres roses. Lorsque vous les avez sur votre nez comment voyez-vous ce qui vous entoure, vous-même et vos projets ?

J'utilise également la métaphore de la semelle de chaussure en expliquant aux personnes qui veulent modifier leur préjugé que chaque exercice de thérapie cognitive correspond à un pas et que le préjugé est votre semelle de chaussure. Avant de l'user, il va falloir un certain nombre de pas !

L'utilisation des continuums

Passez d'une évaluation globale de vous-même — comme « je suis nul » — à une évaluation de chacun de vos comportements. Amandine a compris qu'elle se définissait par un ensemble de caractéristiques comportementales (associant un certain sens de l'écoute, de l'hospitalité et une compétence dans le travail), mais aussi physiques (son nez, ses jambes ou ses hanches) et relationnelles comme par exemple son sens du contact au travail et son sens de l'amitié… Comme vous pouvez le voir sur le schéma du continuum d'Amandine, nous avons, pour chacune des caractéristiques, dessiné une ligne de 10 cm. J'ai demandé à Amandine de placer une croix sur la ligne correspondant au jugement qu'elle avait d'elle-même concernant cette caractéristique. Ainsi pour le sens de l'écoute, qui est la première ligne, si elle considère qu'elle n'a aucun sens de l'écoute, elle met la croix à gauche, si elle pense qu'elle a un sens de l'écoute excellent, elle met la croix à droite de l'axe. Si elle considère qu'elle a un sens de l'écoute moyen, elle met la croix au milieu.

Amandine comprend, grâce à cet exercice, qu'un jugement de soi-même du type « je suis nul » est trop global. On peut évaluer chacun de nos comportements, mais il est abusif de se juger globalement nul. De plus, c'est très mauvais pour le moral !

Continuum d'Amandine

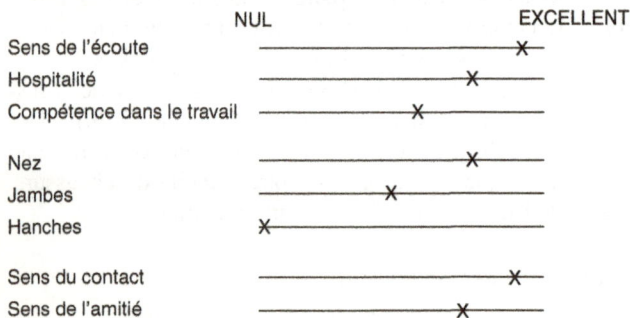

	NUL	EXCELLENT
Sens de l'écoute		X
Hospitalité		X
Compétence dans le travail	X	
Nez		X
Jambes	X	
Hanches	X	
Sens du contact		X
Sens de l'amitié		X

Devenez votre propre avocat de la défense

J'ai été très impressionné au début de ma carrière par la rencontre avec un monsieur d'une soixante d'années tout à fait admirable et en proie, depuis de longues années, à une dépression extrêmement sévère. Il n'arrivait pas à s'en sortir et avait été en arrêt de travail prolongé, puis hospitalisé plusieurs fois.

Raymond exerçait une autocritique permanente sur lui-même. Tout ce qu'il avait fait dans sa vie était à ses yeux répréhensible. Et, à chaque consultation, il argumentait pour me montrer à quel point il était une mauvaise personne et à quel point ses actes étaient répréhensibles. Il me raconta un jour la période de son service militaire. Il était officier et devait faire faire à ses hommes des choses avec lesquelles il n'était pas d'accord mais il devait le faire parce que c'était les ordres ! Un jour qu'un de ses hommes n'était pas habillé correctement, selon ses supérieurs, il prit sa défense, essayant d'assouplir la règle un peu rigide en matière de tenue vestimentaire. Il fut immédiatement réprimandé et convoqué à un entretien qui lui fit penser à un tribunal. Je lui dis alors : « Si vous aviez eu un avocat de la défense ou même si vous aviez été vous-même l'avocat de la défense qu'auriez-vous pu dire ? » Il me répondit comme s'il était l'avocat s'adressant aux juges : « Je vous trouve très intolérant avec Raymond. Certes, il a pris la défense d'un de ses hommes dont la tenue n'était pas parfaite. Il aurait dû vous obéir. Toutefois, Raymond vous a fait remarquer qu'il avait eu un comportement irréprochable par ailleurs. Il aurait pu également vous expliquer que ce soldat avait eu des soucis familiaux importants et la tête ailleurs. De plus, c'est la première fois que Raymond s'oppose à vos ordres. Vous lui avez dit vous-même et à plusieurs reprises que vous trouviez que c'était un officier respectable et c'est pour cela que vous l'avez monté en grade. Il a eu tort de discuter un de vos ordres, mais peut-on considérer qu'il est coupable au seul motif qu'il a discuté un ordre ?… » Et petit à petit Raymond, bien que déprimé, arrivait à trouver une énergie pour défense son propre cas. Sorti de lui-même, dans la peau de son avocat, il était devenu capable de se trouver des circonstances atté-nuantes.

Lorsque vous vous maltraitez avec des préjugés très négatifs sur vous-même, faites attention. Tout se passe comme si vous étiez dans un tribunal d'exception sans avoir droit à la moindre défense et la moindre circonstance atténuante. Ce travail sur vos préjugés va vous amener à devenir plus tolérant et à vous accorder des circonstances atténuantes.

L'historique du préjugé

Cette technique consiste à reprendre l'histoire de votre préjugé tout au long de votre vie. Il s'agit en quelque sorte de refaire l'histoire. Lorsque Caroline m'explique par exemple à quel point elle a tout raté : « D'ailleurs, Docteur, ce n'est pas uniquement au travail. J'ai raté mon permis de conduire. Mon bac, j'ai dû m'y reprendre à deux fois, et à l'école je n'avais pas de bonnes notes. » Caroline n'a retenu que les informations négatives et les échecs qui confirment son préjugé d'incapacité.

Au cours des entretiens suivants, je reviendrai avec elle sur toutes les étapes de sa vie en lui disant par exemple : « Lorsque vous n'aviez pas de bonnes notes à l'école primaire, souvenez-vous, avant votre entrée en sixième, qu'avez-vous fait d'autre pendant cette année-là ? Avez-vous réussi des choses ? Aviez-vous des amis ? Vos parents étaient-ils satisfaits de vos comportements ? » Nous ferons le même travail pour la période du permis de conduire et du baccalauréat : « À 18 ans que viviez-vous exactement, souvenez-vous ? Avez-vous eu des réussites, des amies ?… » Au cours de ce questionnement, Caroline va se rendre compte que, si elle a connu des échecs, elle a aussi souvent réussi ce qu'elle entreprenait. Elle est toujours entourée de beaucoup d'amies. Elle est très positive et constructive avec les autres, les entraînant dans des sorties, des activités diverses. Elle est aussi très appréciée par les vendeuses avec lesquelles elle travaille.

Il s'agit donc ici de refaire l'histoire, mais en tenant compte des faits réels et en réexaminant votre passé avec une autre paire de lunettes.

➤ *Les méthodes émotionnelles : libérez l'enfant blessé qui est en vous !*

Toutes les méthodes que nous venons de voir jusqu'à maintenant sont des méthodes que je pourrais qualifier de « raisonnables ». Il s'agit de travailler sur votre façon de penser et de voir les choses. Elles peuvent être complétées, lorsque le manque de confiance en vous se poursuit, par des méthodes qui vous feront travailler sur vos émotions. Ces méthodes sont beaucoup plus perturbantes et elles peuvent vous exposer à des moments de forte émotion. Toutefois, elles sont également extrêmement riches et permettent de constater des évolutions importantes.

Le bilan de son éducation

Pour prendre confiance en soi et développer sa personnalité, il est nécessaire — et cela est particulièrement vrai à l'adolescence — de garder un certain nombre de choses qui vous ont été transmises par vos parents : c'est ce qu'on appelle le *processus d'identification*. Il faut en rejeter d'autres, c'est le *processus d'opposition*. Mais ce n'est pas suffisant. Un troisième processus est nécessaire. C'est notre création, ce qui fera notre personnalité, notre originalité par rapport à nos parents. Ce sont tous ces éléments nouveaux que n'avaient pas nos parents et qui déterminent notre originalité, notre caractéristique unique. Par exemple, jouer d'un instrument de musique, alors que nos parents ne s'intéressaient pas à la musique mais n'avaient rien contre.

La fiche de Patrick vous donne un exemple de cet exercice.

Dans la colonne de gauche, vous inscrivez « ce que je garde », dans celle du milieu « ce que je rejette », dans la colonne de droite « ce que je crée ».

Bilan de l'éducation de Patrick par rapport à sa mère

Ce que je garde	Ce que je rejette	Ce que je crée
Son énergie. Ses voyages. Sa façon de cuisiner. Son envie de paraître jeune. Son indépendance. Son côté artistique.	Son égoïsme. Son manque de tact. Elle juge en un instant et sans appel. Elle coupe la parole. Elle se croit toujours supérieure aux autres. Elle pose des questions et rejette les réponses. Elle préfère mon frère. Elle fait porter ses décisions aux autres. Elle ramène tout à l'argent.	Je lis beaucoup. Je fais un métier plutôt scientifique. J'aime les ordinateurs. Je travaille dans des entreprises privées. J'aime les jeux. J'aime rire et faire rire. Je n'aime pas le jardinage et je vis en appartement.

Bilan de l'éducation de Patrick par rapport à son père

Ce que je garde	Ce que je rejette	Ce que je crée
Son sens artistique. Sa gentillesse. Sa générosité. Son honnêteté. La possibilité de dialoguer. Sa connaissance du monde du travail. Sa résistance aux épreuves.	Son manque d'assurance. Ses relations avec sa famille. Son côté influençable. Son manque d'ambition.	Je suis plutôt extraverti. Je suis plus laxiste et moins discipliné. Je ne me laisse pas marcher sur les pieds.

Bilan de l'éducation de Patrick par rapport à son frère

Ce que je garde	Ce que je rejette	Ce que je crée
Le fait de ne pas être enfant unique.	Son manque d'initiative. Son mutisme. Son manque d'ambition.	Je suis autonome. Je ne suis pas aussi faible.

Cet exercice est particulièrement propice à vous aider à vous situer par rapport à vos parents sans rejet ni fusion excessif. Il peut, dans certains cas, être complété par l'exercice suivant.

Écrire à ses parents

Pour prendre confiance soi et devenir soi-même, il peut être utile dans certains cas d'exprimer par écrit à ses parents ce qu'on n'a jamais osé leur dire.

Je vous précise que ces lettres aux parents sont faites pendant les séances de thérapie mais qu'elles ne sont pas, dans la plupart des cas, envoyées aux parents. Cet exercice a pour objectif de faire préciser à la personne les critiques qu'elle aurait à exprimer à ses parents mais aussi les remerciements et les compliments.

Voici par exemple la lettre d'Arnaud à son père :

« Entre nous ce n'est pas simple. Lorsque je me trouve en face de toi je ressens physiquement la présence d'un mur. De l'indifférence, voilà ce que je ressens. Et tout se résume alors à quelques formules banales : "Comment va ton travail ? Et Jean ?"

À l'issue de notre dernière querelle pour des détails, j'ai pour une fois réagi très violemment à ton égard. Les mots blessants t'ont touché, vexé certainement, mais, je pense, fait réfléchir et peut-être avancer. Ce jour-là, j'ai été fier et triste à la fois. Fier d'oser peut-être t'affronter réellement pour la première fois sans trop redouter les conséquences. Triste de voir que ces mots te touchaient et qu'il faille en arriver à cette extrémité faute d'avoir pu dialoguer depuis des années sans craindre d'être jugé, rabaissé…

J'ai tellement la sensation de ne pas pouvoir partager avec toi un de ces moments et je nous sens pourtant si proches. Parfois je sens cela tellement fort, ce lien qui nous unit. Par exemple après une conversation, je me sens parfois si glacé, si vide, si coupable de ne pouvoir être à ta hauteur. Cette sensation d'infériorité, oui, c'est cela qu'il me reste de nos rencontres. Je suis un enfant qui n'est rien, qui ne sera jamais à la hauteur, qui ne te mérite pas. Toi d'une intelligence rare, toi qui t'es fait tout seul à la force de ta volonté, toi qui es parti de rien et as fini si haut et moi, moi qui ai tout eu dès la naissance et qui n'a pas la volonté de m'élever plus haut, de faire mieux, toujours plus, bref de te valoir. Et toujours cette culpabilité liée à tout ce que je n'arrive pas à faire, mes faiblesses. Jusqu'à cette dépression dont je n'ai jamais pu te parler, par honte sans doute, par crainte de te perdre. Et pourtant, parler avec toi, pour que tu saches qui je suis, que tu comprennes et qu'enfin nous puissions partager des tranches de nos vies.

J'aimerais pouvoir partager tant de choses de ma vie avec toi. J'envie cette complicité entre un père et un fils, entre toi et mes frères. »

Comme on le voit la relation entre Arnaud et son père n'est pas très simple. Elle est passionnelle, difficile, mais aussi profonde. Ce travail a amené Arnaud à refaire avec moi cette lettre avec plusieurs dizaines de versions. Diminuer l'agressivité de certaines phrases et trouver aussi des choses positives qu'il reconnaissait lui a permis de mieux cerner quels étaient les messages qu'il avait à faire passer. En effet la première version de la lettre qu'il m'avait apportée était très agressive il n'était pas possible de l'envoyer au père. Même sans l'envoyer, le simple fait de l'écrire de façon aussi directe, culpabilisait Arnaud de pouvoir penser des choses pareilles de son père.

Ce travail émotionnel va vous permettre de prendre une certaine distance par rapport à vos parents, à la fois de mieux accepter et de mieux rejeter certaines de leurs caractéristiques puisque ce ne sont pas vos parents que vous rejetez dans leur globalité, mais seulement certains de leurs comportements. Dans le cas d'Arnaud, il n'a pas envoyé la lettre, mais il a utilisé certains passages pour parler avec son père. Mais la mémoire n'est pas toujours si précise. Aussi faudra-t-il parfois l'aider.

La mémoire émotionnelle :
Aidez-vous de votre passé. Jessica abandonnée...

Jessica vient me consulter : elle manque totalement de confiance en elle et en particulier dans les moments où elle se retrouve seule de manière imprévue. Par exemple, la semaine dernière, son conjoint qui devait rentrer des courses à 19 heures, n'était toujours pas là à 20 h 15. Dans ces moments-là, elle s'angoisse terriblement jusqu'à la panique, sans comprendre pourquoi elle est dans cet état. Elle n'a décelé sur le moment aucune pensée. Elle cite un autre exemple : alors qu'elle attendait un client pour visiter un appartement (elle est vendeuse en immobilier), celui-ci a eu vingt minutes de retard. Là encore, Jessica s'est retrouvée dans un état d'angoisse important sans savoir du tout pourquoi. Ce n'est qu'au bout d'une quinzaine de séances de thérapie, à la recherche de toute l'histoire de Jessica, que nous avons un peu compris les choses. En fait Jessica répète une émotion qui est celle de l'angoisse paniquante. Cette émotion est attachée à une pensée, à un préjugé qui est : « Je serai abandonnée. » Mais, sur le moment, elle n'a pas conscience de ce préjugé.

Comme les saumons remontent de l'embouchure jusqu'à l'origine de la rivière, Jessica va remonter le fil du temps et retrouver les événements au cours desquels elle s'est sentie abandonnée. Elle retrouve d'abord un événement qui se situe au début de son adolescence à 12 ans : alors que sa mère venait la chercher régulièrement à la sortie du collège, un jour, Jessica s'est retrouvée seule : pas de maman, plus de petites camarades. Elle a alors vécu une attaque de panique très importante ; le directeur du collège a appelé les pompiers et Jessica s'est retrouvée au service des urgences. Elle avait totalement oublié cet événement. Une autre fois, Jessica me raconte : « Je suis fille unique. Lorsque j'avais 9 ans, je me suis levée à minuit et je suis allée voir mes parents. L'appartement était vide, je me suis angoissée terriblement en voyant que j'étais seule et que mes parents n'étaient plus là. »

Cet événement sera repris par Jessica qui ira demander à sa mère pourquoi elle était seule. Sa mère lui expliquera qu'ils étaient allés boire un verre chez des voisins de palier. Jessica ne se réveillait jamais, ils l'avaient fait plusieurs fois et ils n'avaient pas imaginé, qu'elle pouvait se réveiller. Sa mère lui a précisé qu'elle avait été désolée de la retrouver en pleurs ce soir-là.

Quelques séances plus tard, alors que Jessica cherche encore à quel moment elle a eu ce vécu émotionnel d'abandon, elle se souvient que, jeune enfant, gardée chez une nourrice, elle était seule, assise dans un coin sans jouer. Elle avait l'impression d'être abandonnée : la nourrice faisait son ménage, sa cuisine et s'occupait des quatre autres enfants et très peu d'elle. Jessica me raconte cela en pleurant : « J'ai vraiment eu l'impression d'être abandonnée à la fois par mes parents et par la nourrice qui ne s'occupait pas de moi. » En fait, c'est l'émotion qui fait le lien dans l'histoire de Jessica. Les événements qui ont déclenché cette émotion sont très différents les uns des autres. Mais l'émotion est la même, c'est de l'angoisse. Le préjugé aussi est identique, c'est un sentiment d'abandon.

Lorsque vous avez cerné votre émotion principale, je vous conseille d'être vigilant et de vérifier, avec une fiche à trois colonnes, dans quelles circonstances cette émotion a tendance à revenir. Vous allez vous rendre compte que c'est toujours la même émotion qui revient, dans des circonstances extrêmement variées. Vous allez ensuite vous rendre compte que cette émotion n'est pas toujours justifiée par ce que vous êtes en train de vivre sur le moment. Il s'agira d'un retard de votre conjoint ou d'un client et non pas d'un abandon réel. Vous pourrez alors remettre cet abandon à sa place et vous dire : « Écoute, tu le sais, tu as tendance à te sentir très vite abandonnée compte tenu de ce que tu as vécu. Dans le cas présent, il ne s'agit pas d'un abandon mais d'un retard de ton conjoint… » C'est ce travail sur l'instant de la reviviscence émotionnelle qui vous permettra de calmer au plus vite votre malaise.

Comment faire pour retrouver votre passé ? Il existe beaucoup de petits moyens pour faire le point sur votre histoire et retrouver vos émotions principales. Vous pouvez par exemple utiliser des albums photos aux différents âges de votre vie, discuter de ces photos avec les gens qui vous ont connu à l'époque. Interrogez-les sur vos comportements et vos émotions : « Comment étais-je à l'époque ? » Vous pouvez également utiliser un agenda avec des dates marquantes (anniversaires, enterrements, mariages), demander à vos proches comment vous étiez à ces moments-là. Je vous conseille d'ailleurs de garder vos agendas pour pouvoir y revenir plus tard. Il en est de même des carnets scolaires : les annotations de vos professeurs sur vos comportements vous apporteront souvent beaucoup.

Vous pouvez également rencontrer des membres de la famille qui vous ont connu tout au long de votre vie : grand-père, grand-mère, oncle, tante, proches de la famille.

➤ *Des méthodes interpersonnelles*

Il s'agit ici d'utiliser, en psychothérapie, des émotions qui vont resurgir au moment même de l'entretien. Il m'est arrivé de voir, face à moi, une cliente complètement angoissée fin juillet à l'idée de mon départ en vacances au mois d'août. Elle téléphonait chaque jour et demandait des consultations chaque semaine jusqu'à ce que je comprenne que c'était mon départ en vacances qui ravivait une angoisse d'abandon très forte chez elle puisqu'il s'agissait d'une femme qui avait été authentiquement abandonnée dans son enfance. Ce n'est que lorsqu'elle a pu comprendre que l'événement de mon départ en vacances ne faisait que raviver, dans sa vie actuelle, une émotion intense de l'ordre du passé qui était l'angoisse d'abandon, qu'elle a pu supporter que je m'absente.

Le même phénomène va être utilisé dans les thérapies de groupe avec jeux de rôles. Chacun peut revivre les émotions qu'il ressent lorsque ses préjugés lui reviennent en tête. C'est l'exemple de Clémentine qui fait en thérapie de groupe une réponse à une critique. Alors qu'elle répond assez bien à la critique, elle me dit : « Docteur, vous voyez bien, je suis complètement nulle ! Je suis incapable de répondre à toutes les critiques » et s'écroule en pleurs. En fait, l'exercice en jeu de rôles a ravivé le préjugé que Clémentine a sur elle-même. Et c'est la mémoire émotionnelle du malaise qu'elle ressent lorsqu'elle se trouve nulle qui la fait pleurer. Dans la réalité, il n'y avait rien pour justifier ces pleurs, puisque Clémentine était plutôt performante et authentique dans sa réponse à la personne qui la critiquait.

On pourrait encore continuer à décrire d'autres techniques psychothérapeutiques utilisées par les professionnels. Mais l'auteur, qui craint d'être atteint par le « syndrome du perfectionnisme excessif » (voir p. 102), mais qui se soigne (!), vous propose de conclure…

Conclusion

Le manque de confiance en soi prend souvent racine dans l'enfance. Mais, même chez un adulte d'âge mûr, il est possible d'agir sur soi et de bâtir ou de rebâtir la confiance. Rien n'est inéluctable en ce domaine, et ce qui fut longtemps considéré comme un « trait de caractère » est en fait tout à fait modifiable pour ceux d'entre vous qui le souhaitent.

Les méthodes de thérapie, scientifiquement validées et utilisées par des professionnels dans le monde entier, que je vous ai présentées dans ce livre sont à votre portée. Il s'agit d'une démarche pédagogique, d'apprentissage, puis d'action sur vous-même dans votre vie quotidienne, qui va vous permettre de retrouver la confiance en vous.

Travailler votre confiance en vous vous apportera un bien-être, une qualité de vie que vous pensiez peut-être ne jamais connaître. De plus, vous éviterez un certain nombre de maladies que mes collègues psychiatres et moi-même rencontrons malheureusement dans nos cabinets et dont certaines sont souvent, en partie du moins, liées à un manque de confiance en soi (dépression, anxiété, abus d'alcool ou de drogues…).

La motivation du médecin que je suis est alimentée au quotidien par l'évolution très favorable des patients qui ont utilisé ces méthodes. J'ai confiance en ces méthodes et j'ai confiance en vous, vous pouvez y arriver ! Bonne route !

À lire

Voici une liste de livres qui m'ont intéressé et que vous pouvez lire. Bien sûr cette liste n'est pas exhaustive, il y en a bien d'autres.

Sur la confiance en soi et l'estime de soi

C. ANDRÉ, F. LELORD, *L'Estime de soi*, Odile Jacob, 1999, « Poches Odile Jacob », 2002.

Certainement le livre à lire sur l'estime de soi, complet et au fait de toutes les données scientifiques. Écrit par deux grands spécialistes dans un style très agréable, ce livre est pour moi le meilleur sur le sujet en langue française. Accessible à tout public et pouvant intéresser les professionnels.

J. COTTRAUX, *La Répétition des scénarios de vie*, Odile Jacob, 2001.

J. Cottraux est le leader français des thérapies comportementales et cognitives. Auteur de plus d'une douzaine d'ouvrages, il nous présente un essai tout à fait séduisant sur les mécanismes de répétition en psychologie. Sa grande culture cinématographique lui permet de comparer l'histoire de nos vies avec celles des scénarios de films. Le résultat est un livre de haut niveau sur la personnalité mais aussi très original.

J. YOUNG, J. S. KLOSKO, *Je réinvente ma vie*, Éditions de l'Homme, 1995.

J. Young est un des premiers élèves du professeur Beck, inventeur des thérapies cognitives. Mais il est aussi un thérapeute éclectique, c'est-à-dire qu'il utilise différentes écoles de thérapie. Ce livre a passionné beaucoup de patients à qui je l'ai fait lire. Il s'agit d'une description des différents types de personnalités. J. Young utilise douze schémas cognitifs (très proches de la notion de préjugé) qu'il décrit parfaitement bien et avec un langage clair. Il donne également un test vous permettant de vous orienter parmi ces douze schémas cognitifs. Cela vous permettra de vous connaître mieux. Ce livre déborde le thème de la confiance en soi et traite de la personnalité en général.

S. HAHUSSEAU, *Comment ne plus se gâcher la vie*, Odile Jacob, 2003.

Un livre très pratique, inspiré des travaux de J. Young (*cf.* livre précédent), destiné aux personnes qui répètent systématiquement dans leur vie les mêmes erreurs liées au manque de confiance en soi, et aux petites voix intérieures qui en découlent « je ne vaux rien », « je n'y arriverai pas », « je ne le mérite pas »…). Par un médecin psychiatre toulousain.

J. VAN RILLAER, *La Gestion de soi*, Éditions Mardaga, 1992.

J. Van Rillaer est professeur de psychologie en Belgique. C'est un homme très cultivé, connaissant très bien tous les domaines de la psychologie, qui, lui aussi, n'en est pas à son premier livre. Celui-ci est un ouvrage exhaustif sur la gestion de soi et qui aborde le thème de façon assez complète.

C. R. ROGERS, *Le Développement de la personne*, Dunod, 1998.

Rogers est un psychothérapeute extrêmement connu qui a prôné une école de psychothérapie basée sur l'écoute et l'empathie, c'est-à-dire sur la compréhension de l'autre. Ce livre intéressera tout un chacun mais surtout les professionnels, car il traite avant tout de la relation thérapeutique entre les psychothérapeutes et leurs clients.

Sur l'affirmation de soi

J. M. BOISVERT, M. BEAUDRY, *S'affirmer et communiquer*, Éditions de l'Homme, 1979.

Il s'agit du premier livre d'affirmation de soi écrit en langue française qui reste une référence pour tous ceux qui s'intéressent au sujet.

C. CUNGI, *Savoir s'affirmer*, Retz, 2001.

Le docteur C. Cungi est psychiatre cognitiviste très investi dans son milieu. Il assure son métier de clinicien et la formation de professionnels et a écrit, lui aussi, plusieurs livres, tous plus intéressants les uns que les autres. C'est un guide pratique, clair et utile.

F. FANGET, *Affirmez-vous !,* Odile Jacob, 2002.

Il est toujours très difficile de commenter son propre livre. Il s'agit d'un guide d'affirmation de soi, qui a déjà connu un important succès, et qui développe essentiellement la relation et le mieux-être avec les autres. Il se veut clair, concret et aidant pour les personnes qui souhaitent s'affirmer.

Sur la confiance en soi chez l'enfant

G. GEORGE, L. VERA, *La Timidité chez l'enfant et l'adolescent*, Dunod, 1999.

Il s'agit au départ d'un livre plutôt pour les professionnels, écrit par d'excellents spécialistes de la question. Toutefois, il m'a paru lisible pour le grand public et en particulier pour les parents qui auraient un enfant timide.

G. GEORGE, *Mon enfant s'oppose*, Odile Jacob, 2000.

Ce livre est destiné au grand public. Écrit par une pédopsychiatre de terrain qui explique fort bien les choses. Bien qu'il ne soit pas directement sur le thème de la confiance en soi, il apparaîtra utile à certains parents qui souhaitent comprendre les réactions de leur enfant.

D. PLEUX, *« Peut mieux faire »*, Odile Jacob, 2003.

D. Pleux est un psychologue cognitiviste qui aborde la question de la motivation des enfants envers le système scolaire. Il s'agit d'un livre très clair, concret, destiné au grand public mais qui pourra aussi intéresser les professionnels. Il met le doigt à mon avis de manière très intelligente sur l'excès de responsabilité que l'on fait porter parfois à nos enfants.

L. Vera, *Mon enfant est triste*, Odile Jacob, 2001.

Louis Vera est un psychologue ayant une grosse expérience du traitement des enfants dépressifs. Lui aussi s'est efforcé d'écrire en langage très clair un livre qui ne repose que sur des données scientifiques et cliniques extrêmement sérieuses et rigoureuses. Pour ceux d'entre vous qui ont un enfant triste, c'est certainement une référence.

Sur les maladies liées au manque de confiance en soi

C. André, P. Légeron, *La Peur des autres*, Odile Jacob, 2000, « Poches Odile Jacob », 2003.

Il s'agit du livre de base sur la timidité et l'anxiété sociale. Le titre correspond tout à fait au contenu. Pour ceux d'entre vous qui ont peur des autres et de leurs jugements, il s'agit d'un livre à lire. Celui-ci concerne à la fois le grand public et les professionnels. Il est sérieux, de qualité, écrit dans un langage accessible.

C. Cungi, Y.D. Note, *Faire face à la dépression*, Retz, 1999.

Deux psychiatres cognitivistes, tous deux investis dans des activités de clinique, de recherche et d'écriture qui se sont associés pour notre plus grand plaisir à l'écriture de cet ouvrage sur la dépression qui donne des clés concrètes et pratiques pour s'en sortir.

C. Mirabel-Sarron, *La Dépression, comment s'en sortir*, Odile Jacob, 2002.

Le docteur C. Mirabel-sarron est une psychiatre-psychothérapeute très investie dans la recherche et la formation en psychothérapie puisqu'elle préside actuellement l'Association française de thérapies comportementales et cognitives (AFTCC). Elle a écrit elle aussi un livre qui, comme le précédent, associe la rigueur et le langage, accessible pour le grand public. Ces deux livres peuvent intéresser à la fois le grand public et les professionnels.

A. Ellis, *Dominez votre anxiété avant qu'elle ne vous domine*, Éditions de l'Homme, 1999.

Le docteur A. Ellis est un des pionniers des thérapies cognitives aux États-Unis. Il a été un des premiers à proposer les modifications de pensée. Il s'agit d'un livre qui intéressera en particulier les professionnels qui veulent mieux connaître les thérapies cognitives.

D. Burns, *Se libérer de l'anxiété sans médicaments*, J.-C. Lattès, 1996.

Il s'agit d'un best-seller puisque D. Burns aurait vendu trois millions d'exemplaires de ce livre. On peut donc supposer que c'est un livre dans lequel le grand public s'est retrouvé. Effectivement, le docteur D. Burns sait très bien faire passer les messages. Attention, le titre ne reflète pas le contenu du livre. En fait, il ne s'agit pas d'un livre sur l'anxiété mais d'un livre sur les thérapies cognitives en général.

L. Auger, *S'aider soi-même davantage*, Éditions de l'Homme, 1980.

L. Auger qui malheureusement vient de nous quitter était un homme très attachant. Il avait surtout l'art de rendre la psychologie, qui apparaît parfois très compliquée, très simple. Il a su dans ces deux livres adresser des messages simples qui ne sont toutefois pas dénués d'intérêt pour ceux d'entre vous qui veulent s'aider eux-mêmes.

C. CUNGI, *Faire face aux dépendances*, Retz, 2000.

É. MOLLARD, *La Peur de tout*, Odile Jacob, 2003.

Sur les aspects sociologiques

A. EHRENBERG, *La Fatigue d'être soi*, Odile Jacob, 1998, « Poches Odile Jacob », 2000.

Sur les méthodes cognitives

J. COTTRAUX, *Les Thérapies cognitives*, Retz, 2001.

J. COTTRAUX, *Les Thérapies comportementales et cognitives*, Masson, 1998. Deux livres de base, le premier plus accessible au grand public, le second plutôt pour les professionnels.

Sur les émotions

F. LELORD, C. ANDRÉ, *La Force des émotions*, Odile Jacob, 2001. Il s'agit d'un livre très clinique et très complet. C'est sûrement le livre sérieux scientifiquement le plus accessible sur les émotions pour le grand public. Toutefois je pense que les professionnels trouveront aussi intérêt à le lire.

B. RIME, K. SCHERER, *Les Émotions*, collection « Textes de base en psychologie », Delachaux et Niestlé, 1993. Il s'agit d'un livre littéraire qui regroupe les principaux textes écrits sur les émotions, en particulier ceux de Darwin, de Sartre, de Piaget. Certainement un livre à avoir dans sa bibliothèque pour pouvoir le consulter et avoir des informations de base sur les émotions.

A. DAMASIO, *L'Erreur de Descartes*, Odile Jacob, 1995, « Poches Odile Jacob », 2001. Livre passionnant pour ceux qui s'intéressent aux recherches sur le cerveau. Accessible au grand public.

M. JEANNEROD, *Le Cerveau intime*, Odile Jacob, 2002. M. Jeannerod est un chercheur très doué. Il a d'ailleurs organisé en 2002 à Paris l'exposition intitulée « Le cerveau intime » à la Cité des sciences et de l'industrie pour laquelle ce livre est sorti. La qualité scientifique de l'auteur n'est plus à discuter. De plus, il se met à la portée du public, pour ceux d'entre vous qui veulent en savoir un peu plus sur le fonctionnement du cerveau.

J. COSNIER, *Psychologie des émotions et des sentiments*, Retz, 1994. Comme l'auteur précédent il s'agit d'un chercheur lyonnais. Mais lui a travaillé à l'université de psychologie essentiellement sur le comportement humain. Il est probablement l'un des Français à avoir, le plus tôt, étudié les systèmes de communication entre les hommes. Aussi ce livre reste pour moi une référence qui s'adresse à la fois au grand public et aux professionnels.

Pour ceux qui s'intéressent à la recherche en psychologie

A. BANDURA, *L'Apprentissage social*, Mardaga, 1980.
Le livre d'un grand chercheur en psychothérapie.

M. BOUVARD, *Questionnaires et échelles d'évaluation de la personnalité*, Masson, 2002, 2ᵉ édition.
M. Bouvard est docteur en psychologie et s'intéresse beaucoup à la recherche. Il s'agit d'un livre essentiellement destiné aux professionnels qui décrit très bien les différents concepts et leurs systèmes d'évaluation. On pourra en particulier s'intéresser au chapitre sur l'estime de soi.

J. KAGAN, *La Part de l'inné*, Bayard, 1995.
J. Kagan est un professeur de psychologie à l'Université d'Harvard. Il s'agit d'un gros livre intéressant essentiellement les professionnels et regroupant les principaux travaux scientifiques autour desquels sont discutées, de manière brillante, la part de l'inné et celle de l'acquis.

J. KAGAN, *Des idées reçues en psychologie*, Odile Jacob, 2000.
Il s'agit d'un livre du même auteur mais destiné au grand public. Le professeur Kagan n'hésite pas à discuter les grandes idées tabous de la psychologie, de manière intelligente et brillante.

N. DUBOIS, *La Psychologie du contrôle, les croyances internes et externes*, Presses Universitaires de Grenoble, 1987.
N. Dubois est maître de conférences en psychologie. Ce livre présente de manière détaillée les recherches concernant les croyances internes et externes que nous avons abordées dans la clé numéro 1 avec la théorie des attributions. Livre destiné aux professionnels ou aux passionnés de recherche.

Sur les aspects philosophiques et religieux

EMERSON, *La Confiance en soi et autres essais*, Payot et Rivages, 2000.
Emerson est un philosophe de l'« optimisme » du XIXᵉ siècle. J'ai été très content de tomber sur ce petit livre qui regroupe plusieurs essais philosophiques dont un sur la confiance en soi, avec de belles phrases. Pour les amoureux de la philosophie !

DALAI-LAMA, M. CULTER, *L'Art du bonheur*, Robert Laffont, 1999.

J. MONBOURQUETTE, *De l'estime de soi à l'estime du soi*, Bayard, 2002.
Une approche psychologique et religieuse par cet auteur prêtre qui s'est lancé dans la psychologie.

Pour ceux d'entre vous qui veulent lire en anglais

M. FENNELL, *Overcoming low self-esteem,* New York University Press, 1999.
Une psychologue britannique a écrit un livre pour le grand public, lequel

donne les moyens de remonter soi-même une estime de soi basse. Livre remarquable, très accessible au grand public. En langue anglaise toutefois !

D. D. BURNS, *Ten days to self esteem*, New York, Marper Collins Publishers, 1993.

Il s'agit d'un livre très pratique qui présente des exercices concrets que l'on peut faire soi-même pour remonter son estime de soi en dix jours. Très américain ! Mais intéressant ! Pour le grand public et les professionnels.

D. FREY, C. J. CARLOCK, *Practical techniques for enhancing self-esteem, Accelerated Development*, Bristol, 1991.

Guide pratique présentant les exercices que les auteurs utilisent dans les thérapies de groupe pour les problèmes d'estime de soi. Destiné plutôt aux professionnels souhaitant appliquer ces techniques.

Autres ouvrages sur la confiance en soi

N. BRADEN, *Les Six Clés de la confiance en soi*, J'ai lu, 1994.

Le best-seller américain sur le thème traduit en français.

M. HADDOU, *Avoir confiance en soi*, Flammarion, 2000.

Ouvrage accessible d'une psychologue sur la confiance en soi.

W. PASINI, *Être sûr de soi*, Odile Jacob, 2002.

Médecin psychiatre, auteur de plusieurs livres, il s'intéresse beaucoup à la sexologie et présente ici un essai sur la confiance en soi.

J. DE SAINT PAUL, *Estime de soi, confiance en soi*, InterÉditions, 1999.

Il s'agit de ce que l'on appelle dans notre jargon un P.N.Liste connue dans le milieu des spécialistes de P.N.L. Livre destiné au grand public.

Autres ouvrages abordant la confiance en soi

B. CYRULNIK, *Les Nourritures affectives*, « Poches Odile Jacob », 2000.

J.-L. SERVAN-SCHREIBER, *Vivre content*, Albin Michel, 2002.

P. WATZLAWICK, *Faites vous-même votre malheur*, Seuil, 1982.

Et bien d'autres…

Table

Première partie
Les mécanismes de la confiance en soi

COMMENT LE MANQUE DE CONFIANCE
EN VOUS VOUS GÂCHE LA VIE

LE POINT DE VUE DES SPÉCIALISTES

Deuxième partie
Les préjugés à l'origine du manque de confiance en soi

TABLE • 283

Préjugé 6 :
« Je me fais toujours du souci »

Préjugé 7 : « Je ne peux pas compter
sur les autres
et je dois m'en méfier »

Troisième partie
Une thérapie de la confiance en soi

Clé 1 : Mieux s'aimer

Clé 2 : Oser agir

TABLE • 285

Clé 3 :
S'affirmer avec les autres

Pour ceux qui veulent
en savoir plus

Remerciements

Je tiens à remercier chaleureusement :

Christophe André et sa présence amicale et professionnelle du début jusqu'à la fin de ce livre,

Odile Jacob, qui a soutenu ce projet,

Catherine Meyer, pour ses qualités humaines et ses conseils éditoriaux précieux,

Toute l'équipe des éditions Odile Jacob qui assure le suivi des livres avec tout le sérieux que je connais maintenant,

Bernard Rouchouse et Benjamin Fanget qui ont relu le manuscrit,

Emmanuelle Fougeron qui en a assuré la saisie,

Laurence, mon épouse, pour sa disponibilité et ses conseils avisés,

Mes enfants Noémie, Anaïs et Timothée pour leur présence attentive,

Mes parents et mes frères qui m'ont fait confiance,

Mes patients : leur volonté de progresser me donne le courage et le désir de continuer à apprendre et à réfléchir pour mieux les soigner.

Ouvrage proposé par Christophe André
et publié sous la responsabilité de Catherine Meyer

Cet ouvrage a été imprimé en France par

CPi
BUSSIÈRE

à Saint-Amand-Montrond (Cher)
en janvier 2014

Composé par Nord Compo Multimédia
7, rue de Fives, 59650 Villeneuve-d'Ascq

N° d'édition : 7381-1727-11 – N° d'impression : 2007231
Dépôt légal : avril 2006